網路小
Novel@1

純愛小說教主 **晴菜** 著

是幸福，是寂寞

就算必須與世界為敵，
也要奮不顧身地守護這段愛情。

大家都說，我這是在玩扮家家酒，像小孩子想裝成大人，
迫不及待地要長大，才以為那份感情是真心的。
然而，如果那不是真正的感情，
又為什麼他道別時的背影，竟會化成我記憶中的一絲痛楚？

編輯的話

被催稿，是種奢侈的幸福

結束了一趟遠行後，我興奮地告訴晴菜，才讀完原稿三分之一，就被她的故事騙走不少眼淚。沒想到晴菜神來一筆地提出，不如，這次來篇編輯的推薦序吧！起初我完全以為是句玩笑話……

「讀晴菜的故事，就像看了一齣偶像劇的享受。」

我想，我不是第一個這麼說的人，也絕對不會是最後一個。但每讀完一部晴菜的作品，總還是很沒創意地在腦中閃過這樣的念頭。每當晴菜開始寫新小說，我都忍不住要期待：「這次，她又會為我們寫出一部什麼樣的偶像劇？」

第一次讀《是幸福，是寂寞》，是在一趟遠行的路程上。故事裡溫暖光明的氣氛，就是硬生生讓我感動到鼻酸。在當時，我手上還只有整本小說前三分之一左右的篇幅。

隨著《是幸福，是寂寞》的出版作業陸續開始進行，和晴菜密集地來回討論各方面的製作細節，偶爾閒聊起最近聽了哪些音樂、看了什麼好電影、這次海棠畫得好帥、子言這名字取得真好……，有一天，冷不防被晴菜溫柔地問了句：「推薦序寫好了嗎？」才知道那個邀請一點都不是玩笑，和我為了《是幸福，是寂寞》落下的第一滴眼淚一樣認真。而且，頭一次感同身受到，喜歡被讀者催稿的晴菜是在怎麼樣的心情下被催稿的。

在晴菜的小說中，我們可以同時看到人生中的種種缺陷和美好。總說她的小說像偶像劇，卻又寫實親近生活，像我們每個人都有可能成為劇中人物似的，透過晴菜的文字，身邊所有看似平凡的一切，都有了被期待的可能。

讀了《是幸福，是寂寞》，我們的愛情、我們的執著、我們的眼淚，都再一次換得更多可能，然後明白，我們都不必害怕受傷，因為每一個受傷的靈魂，總有一天，會遇見另一個溫暖的笑容，最後被治癒。

回想起來，被感動得太早可能是種失策，「被催稿」這種奢侈的幸福，嗯，還是留給我們親愛的晴菜就好了。

$y = \sin e^{nx}$

【序章】

大家都說，我在玩扮家家酒，像小孩子想裝成大人，迫不及待地要長大，才以爲那份感情是眞心的，是絕對的。我不太明白他們憑什麼這麼想，雖然我的確曾經那麼渴望長大，那麼著急地想證明自己不是無能爲力的。然而，如果我眞的不曾喜歡過他，如果一切都只是遊戲，那麼，道別時看著他遠去的背影，那個背影，爲什麼會化爲記憶中的一絲痛楚？

她讀著夾在書本中的發黃紙條，事過境遷後，當時的激動和傷狂被時間沖淡，如今只留下紙張受潮的柔軟觸感和上頭微微暈開的秀氣字跡。

頭頂傳來的微小雷聲彷彿還很遠，抬起頭，公園另一端飄來一塊十分烏黑的雲朵，透著飽含水氣的味道，那味道涼涼的，像那個冬天的溫度。

她繼續仰著頭，等著親眼看見雨滴落下似的，彷彿如此他就會出現。

她不是認眞在等待他的出現，只是，只是啊……安靜獨處時，總有些片刻特別容易觸景傷情。那年的故事好像才發生過，怎麼也不會結束一樣。和他並肩走完的那條安靜小路、不讓自己痛哭失聲的極力壓抑，有時漫長得不見盡頭。不過有些事的的確確已經完結，不管被動或主動，他們都成長了，用一些純眞換來世故，用一點傷口得到堅強，某些東西被取代，然後不再回來。

她坐在公園的長椅上耐心等候，雖然不清楚自己到底在等什麼，一個人？一份感觸？腳邊昨夜下雨積成的水坑，風才經過，幾個同心圓的波紋一圈圈滑開，會一直無止境地擴大那樣，連同那年那個說也說不完的故事，一起憶起來了。

【第一章】

光線後的陰影裡站了一個人，
頎長又纖瘦的個子筆直站立，正專心注視落地窗的方向，
透進的微光刷淡了他的身影，不仔細看，會錯以為那是一縷漂泊的魂魄。
她第一次見到那樣的瞳孔，
一種空洞而冷漠的眼神，像一口乾涸的井，深不見底，
再多看幾眼，彷彿會一頭栽進那片未知的黑暗中。

故事，應該從哪裡說起呢？女孩附在耳邊伴隨著輕笑的悄悄話？還是安靜得幾乎可以聽見回音的那間客廳？

說起來，有個畫面始終深印在她腦海裡。雖然並不是特別重要，每每想起，又總是非常鮮明，安安分分地存在著。

有一個騎車上學的早晨，霧還沒有完全散去，她在停紅綠燈時看見有隻小貓倒臥在馬路中央。那是一隻有棕色大斑點的白貓，一動也不動的身體看上去好柔軟，肯定是才剛剛被撞死的吧！沒什麼外傷或血跡，乾乾淨淨的，或許牠只是昏倒而已，如果現在衝過去把牠抱離車來車往的路口，應該還有救。

子言雙眼直盯著那背對著她的小身軀，綠燈亮了，她用力踩起踏板，揚高視線，一股勁地衝過馬路，衝過那片迎面撲來的清蒼空氣。

她大概是一個無情的人吧！向學校狂飆的路上，子言這麼自問。

記得那年她是即將邁向十七歲的高二學生，有個最要好的朋友，名字叫詩縈，個子比她矮一些，個性比她正經八百一些，牽起的手比她細嫩一些。每每詩縈附在她耳畔說話時，總會讓她不自禁呵呵笑起來。

「哪一個？」

「左邊那個。」

「頭髮捲捲、在看書的那個？」

「不是啦！更前面一點，戴耳機那個。」

「他穿紅色球鞋耶！」

「那又怎麼樣？」

「男生穿紅鞋子感覺很孩子氣。」

「有什麼關係？妳不覺得他很帥嗎？」

「嗯……」子言調皮地將身體往後倒，明眸圓睜，觀察起站在公車站牌旁的男生，他聽著耳機裡的音樂，發呆的側臉，在一堆乘客中露出一種沒睡醒的惺忪。看到他抬頭尋找公車的影子，她迅速把身體拉正，低聲問詩縈：「他有女朋友嗎？」

「好像沒有。」

「長得好看的男生通常都死會了。」

「之前被他拒絕的女生問過他女朋友的事，他說沒有。」

「妳不知道他是哪一班的嗎？」

詩縈搖搖頭。

「拜託，妳不知道他的班級，可是竟然知道他在哪一站上車。」

公車到了，乘客紛紛上車，那個男生也是。她們兩個還在討論他的事，司機從裡頭揚聲問：「妳們到底要不要上車？」

子言和詩縈趕忙掉頭，搖頭搖得很一致，站直身體等到公車慢慢駛離，才不約而同地噗嗤笑出來。

「別笑了，快走啦！」子言拉著詩縈往一旁的腳踏車跑去，「為了看妳的心上人，萬一遲到怎麼辦？」

「是妳一直吵著要看我心上人的耶！」

她們兩個跳上腳踏車，使盡全力追著遠去的公車。那個男生站在公車最後面的位置，一手拉著吊環，正動手調他的MP3。高高的運動員個子，低下眼的時候，覆在臉上的睫毛陰影很好看。

幾天後，詩縈打聽到他是五班的，名字叫柳旭凱。

詩縈寫了一封信託人交給他，內容就是她注意他整整一年來的告白。

午休時間，她拖著子言離開教室，躲在樓梯間，苦苦央求子言答應她一件事。

「咦？妳幹麼要我做那種事？」子言困擾地哇哇叫。

「拜託嘛！柳旭凱要回覆我的那天，我剛好要去醫院回診啊！」

「那妳就叫他改時間嘛！」

「不要啦！反正都會被拒絕，約哪一天有什麼差別。」

子言見她洩氣地垂下糾纏的手，狐疑追問：「都還沒聽到回覆，怎麼知道會被拒絕？」

詩縈傷心地看了她一眼，兀自在階梯上坐下，發呆片刻後才不疾不徐地開口：「聽說他都對被他拒絕的女生說，他現在只想專心準備推甄，不想分心。」

「嗯……好公式化的理由喔！」子言跟著坐在她身邊，雙手撐起下巴，「推甄不是還久嗎？他眞的這麼乖？」

「我覺得我一定也會聽到一樣的話，啊……好討厭。」

「所以妳才想要我代替妳去啊？」

「也不完全是這樣，畢竟妳不是本人啊！聽到那些話也不會難過。」

「可是那樣好奇怪喔！萬一被拆穿了怎麼辦？」

「不會啦！都被拒絕了哪有什麼機會被拆穿？」詩縈扯扯子言的上衣，擺出賴皮的可憐相，「拜託啦！我心臟不好，不能承受太大的打擊耶！」

子言心不甘情不願地威脅她，「那以後我有新魔術，妳一定都要當觀眾才行喔。」

詩縈甜甜地笑了，舉起手承諾，「好，一定！」

「還有，下次班會表演的時候，妳要當我的助手，而且要穿上那件蘿莉裝。」

「啊？這代價太大了吧？」

「不要就算了。」

「好啦好啦！妳很會趁火打劫耶！」

「呵呵！是交易，交易。」子言站起身，拍拍裙子，「回教室吧！」

詩縈笑容黯淡了些，似乎很介意那不怎麼樂觀的未來。她將半張臉埋進膝蓋裡，嘟噥著：「妳先回去吧！我想幫自己默哀一下。」

子言不語地望了望她，三步併兩步下樓，忽然又打住，回頭問，「喂！要是他答應了怎麼辦？」

「什麼？」

「那個柳旭凱，要是他不打算拒絕妳，答應了怎麼辦啊？」

詩縈無語地和她對望半晌，「不可能。」

子言不置可否地聳聳肩，繼續往下走。突然間，樓梯上的詩縈又出聲喊住她，「子言。」

「什麼？」

「妳啊，會不會喜歡上柳旭凱？」

面對詩縈憂忡的神情，她愣了一下，「神經。」

很久之後，她再回到這所學校時，曾在這裡的走廊駐留許久。抹茶色的光線斜射在樓梯間，隨風搖曳的樹影、不遠處麻雀的啁啾，都在那束光線中靜止了。穿著高中制服的女孩們穿透那道光，輕快跑下階梯，翻飛的百褶裙襬一眨眼就消失在她懷念的視線盡頭。如夢初醒的怔忡之下，那仍舊是一個什麼都沒有的寂寞樓梯間。

她是這樣不時地想起從前那些青春片段，單是一闔眼，畫面依然歷歷在目。

子言清楚記得第一次和柳旭凱說話，她是以詩縈替身的身分出現在他面前。

「沒關係，還是謝謝你回答我。」前一天，子言以平板的語調講完，隨即皺眉反問：「妳要我說這麼肉麻的話？」

「就算被拒絕，我也希望他覺得我有禮貌，一定要這樣說喔！」詩縈不讓她討價還價。

當天，子言遠遠窺探柳旭凱一個人站在無人的庭院，下課時間的喧鬧彷彿被隔絕得好遠好遠，他時而看看遠處，時而低頭踢起腳下的落葉，坐立難安的模樣讓她覺得有趣。

子言踏出步伐，踩響一地沒被掃開的落葉。他驚醒般抬起頭，緊張的目光隨著她的來到而顯得尷尬。

「嗨！我來了。」她立定，長長的馬尾在背後甩出漂亮的弧線。

「妳……妳是吳、吳詩縈嗎？」才說完，他就為自己的吞吐感到懊惱。

「我是啊！」

他避開她強忍住的微笑，只好低下頭看兩個人相對的雙腳，「那個……我收到妳的信，不過，我現在只想好好地……」

「沒關係，還是謝謝你回答我。」子言語畢，撞見柳旭凱發愣的表情，這才意識到自己說得太快了。「啊！抱歉，請你繼續。」

「嗯？喔，我是要說，我現在只想專心在課業上，其他的事就……」

果然被用同樣的理由拒絕了，但是拒絕的這一方還這麼緊張，倒是出乎子言意料。

她趁他說話的空檔，瞪大眼睛，像是要把眼前這個大男孩的長相端詳仔細一樣，害得柳旭凱愈說聲音愈小，莫名其妙地看看自己哪裡不對勁。

他的頭髮不是完全的黑，帶著淡淡的棕褐，髮質看起來很順很柔軟，像那天倒在路上那隻小貓毛茸茸的毛。他的眼睛水汪汪的，跟他的髮色一樣，漾著琥珀色的光澤。

「沒關係，還是謝謝你回答我。」

這回她認眞地把詩縈囑咐的話說完。他看起來是一個滿眞誠的男生，並沒有隨便應付的態度，幸好詩縈的眼光不錯。

「眞的很抱歉。」

柳旭凱搔著頭，稍稍看了她一眼，又很快把視線移開。眞是個不擅言詞的人。

「沒關係啦！眞的！不過，你能不能答應我一件事？」

「什麼？」他納悶地問。

「我寫給你的那封信，請你不要丟掉，把它收起來好嗎？因爲那是我好不容易鼓起勇氣拿給你的。」子言用清亮的聲音要求他，她男孩子氣的眼神奕奕發光，沒有一絲失落。

柳旭凱呆著呆著，靦腆地微微紅了臉，「好，我不會丟。」

「那我先走了，拜拜。」她轉身跑了幾步，還回頭叮嚀：「一定不能丟喔！」

子言離開時，地上一層厚厚的枯葉被她踩踏得沙沙作響。他目送她高眺的身影跑出這塊冷清院落，爲那個女孩本人和信裡文字的感覺有些落差而感到有些困惑。

沙沙聲漸漸聽不見了，他想叫住她，最後還是沒有那麼做。

「嗯……他果然那麼說啊……」

體育課，詩縈聽完子言的報告，只是無精打采地吐出一句話。

她們站在操場外圍的樹下，看著其他班級也在上體育課，操場熱鬧得要命。子言不知道該怎麼安慰詩縈，有意無意地問起她的身體狀況。「妳去回診，醫生怎麼說？」

「就說還不錯啊！人工瓣膜可以撐很久。」

「那就好。」子言掉頭，晃晃頭上被吹得搖晃的枯枝，打了一個哆嗦，實在想不出這節骨眼還能說什麼比較有建設性的話。

詩縈始終低著頭，用右腳腳尖在黃土上畫圈圈，跳芭蕾一般，一遍又一遍，把自己的球鞋都弄髒了。沉默好一會兒，才忽然又開口：「我其實很後悔把那封信交給柳旭凱，打從送出去那天就一直後悔到現在。」

「爲什麼？」

「如果我沒有告白，就不會知道結果，那我就可以一直喜歡他啦！」

「這是鴕鳥心態嗎？」

「我還滿喜歡暗戀的感覺耶！」詩縈終於抬起頭，笑嘻嘻的，「雖然常常會心急、會覺得孤單，可是大多都是很開心的，像是看見他經過我們班教室外面啦、期待明天又能遇到他啦、看他在操場踢球啦……暗戀眞的比告白好。」

「……妳不要哭啦！」

「我才沒有哭呢！」

子言望著她眼角的淚光，還有她笑開的酒渦，輕輕將頭靠在詩縈的肩膀上。

她不確定暗戀是不是眞的比告白好，坦白說，她沒有特別的感受，不明白詩縈後悔的心情和她對暗戀的執著，也說不出任何體貼的話語。恍然間，馬路上那隻小白貓背對她的身影又浮現腦海，這揮之不去的影像似乎成了她不願觸及感情的證明，時時苛責著她。

「對了！妳還記得答應過要看我的新魔術吧？我今天有準備喔！」

子言快樂地轉移話題，從體育褲口袋掏出一副撲克牌，在詩縈面前晃晃。

詩縈暫時擱下失戀的感傷，興高采烈地看著子言擺出魔術師的架勢，表演起來。

這時，一顆球滾了過來，柳旭凱快步跑上來撿球，不意發現樹下的兩個女生，認出其中一個就是昨天才被他拒絕的女孩子。

他撿起球，遠遠眺望子言古靈精怪的豐富表情，最神奇的是，她右手動一動，左手轉一轉，夾在指間的撲克牌就眞的被她變不見了，換來朋友猛搜她身的哈哈大笑。

柳旭凱也跟著笑。當初讀著她的信，以爲會是個文靜、容易害羞的女孩子，結果本人好像不是這麼一回事。

柳旭凱隨後發現自己抱著球傻笑，連忙回到隊上去。沒想到不一會兒，同學踢歪了球，那顆足球快速地往樹下飛去。他還來不及出聲，球已經不偏不倚地打中子言的頭。

她「哇」地叫一聲，整個人摔倒在地面，藏在身上的撲克牌也散了出來。

「子言！」詩縈嚇得驚呼，跟著蹲下去搖搖雙眼緊閉的子言。

「對不起！沒事吧？」

別班的男生趕來了，詩縈一看，那兩個男生一個是肇事者，另一個則是柳旭凱。

「昏倒了嗎？」肇事的男生小心翼翼地近前打量。

柳旭凱也蹲下，笨拙地喚起她的名字，「吳、吳詩縈，妳還好嗎？」

聽見自己的名字，詩縈一度訝異地看向他，又因爲他的靠近而微醺了臉。子言並沒有完全暈過去，方才的瞬間撞擊讓她痛得沒辦法做任何反應，現在總算能夠慢吞吞地撐起上身，按住發麻的額頭，心裡有點火大。

「誰是吳詩……」她睜開眼，登時住嘴，望望柳旭凱，又望望向她擠眉弄眼的詩縈，呆了幾秒，這才原地坐好，摀上臉，「頭好暈喔……」

「會不會是腦震盪？」詩縈擔心地猜測。

肇事者一聽，嚇得六神無主，不停小聲問身旁的柳旭凱該怎麼辦。

「我先……帶她去保健室好了。」

說話的是柳旭凱，在場的人目光全轉向他。他不好意思地躊躇一下，背對子言蹲著，「吳詩縈，我背妳去。」

子言怔怔，拿著求救的眼神朝正牌的詩縈看，不料詩縈反倒催促她：「妳快去，萬一眞的腦震盪了怎麼辦？」

於是子言爬上柳旭凱的背，看看忙著撿撲克牌的詩縈，只好乖乖地到保健室去。

詩縈騙人！說什麼「都被拒絕了哪有什麼機會拆穿」，結果現在她非得被當成是吳詩縈不可了。

一路上他們沒有交談，男生背著女生橫越校園就夠引人注目了，更何況她還是個冒牌貨。那期間她曾因爲觸見柳旭凱紅通通的耳朵而笑出聲，惹得他回頭望。

她止住笑，發覺自己的手碰觸到陌生的體溫。看了看自己的手指搭在他背上的模樣，子言還是將雙手拳握起來擱在上頭，好像那樣就不算是眞的碰到他。

簡單檢查的結果，子言並沒有腦震盪之虞，不過保健室醫師還是建議她回家休息。

「你不用送我，我可以自己回去。」子言坐在床沿，拒絕的態度堅持得很。

「可是……」他還是滿臉歉意，高高的個子擋住她眼前大半的光線。

「而且，就算要送，也應該是踢球砸我的那傢伙來送吧！」子言不看他，手撐住床，逕自踢起穿著白襪的雙腳，她的腳在光與影之間來回跳躍。

聽她一說，他才意識到自己的多管閒事，斂起擔憂的神情，沒再多說什麼，掉頭離開。

門關上後，子言注視他離去的方向，窗外波斯菊交織的花影投射在那扇門上，安安靜靜地搖曳著，好漂亮啊！她緩緩停下頑皮的腳。

「啊！忘記說謝謝。」

子言騎上腳踏車，迎面而來的北風稍稍舒緩她的頭暈腦脹，腦袋清醒多了。賣力踩動踏板時，回想起柳旭凱背她的那一幕，他的肩硬邦邦的，和她四目交接的慌張神情很可愛，子言有那麼一點點了解爲什麼詩縈會喜歡這個人。

至少就他自告奮勇背她去保健室這點來說，也可以把他歸類成是熱心的大好人了吧！這一點讓子言暗暗嫉妒著他，連男生都比她善良。

腳踏車轉個彎，滑進車輛稀少的住宅區。子言跳下車，打開籬笆門，將腳踏車牽到棚下放好，一面摸摸紅腫的額頭，一面找出鑰匙要開門。

「咦？」門沒鎖，一推就開了一道縫。或許是媽媽在家，但放著門不鎖也太粗心了吧！

一襲冷風掃進巷弄，她打起哆嗦，匆匆躲進屋內。

客廳裡燈沒開，只有冬天的日光從簾幔半掩的落地窗曬進來。子言才移動腳步，便被自己踏步的回音嚇一跳。她看住廳中斜射的光線，有細塵的微粒在飛，沒有人的空蕩客廳靜得有點可怕。

沒有人？不對。她微微抬高視線，那束光線後的陰影下站了一個人，是她從沒見過的。那個人並沒有正面對著她，頎長又纖瘦的個子筆直站立，正專心注視落地窗的方向，透進的微光刷淡了他的身影，不仔細看，會錯以爲那是一縷漂泊的魂魄。可是他終究是眞實的。稍後，他注意到子言，才側過頭。

子言屏住呼吸，她第一次見到那樣的瞳孔，一種空洞而冷漠的眼神，像一口乾涸的井，深不見底，再多看幾眼，彷彿會一頭栽進那片未知的黑暗中。

然而她移不開視線，分不清是害怕還是被吸引，細細地將他整個人看清楚了。那個人蓄著俐落的短髮，一雙漂亮的單眼皮眼睛，清秀的五官透著鮮明的憂鬱，那憂鬱流瀉了一身，甚至滴淌到他修長的指尖末端。

他也看著她，又好像並沒有看見她。或者說，她的存在對他而言是無關緊要的，在意義上就跟周圍沒有生命的傢俱差不多。

「哎呀，子言，妳怎麼回來了？」

媽媽的聲音從廚房響起，打斷他們之間沉默的對視。子言趕緊轉過頭，抓緊書包說：「我被球打到頭。」

「妳的額頭好腫喔！我看看。」媽媽放下果汁，過來摸摸她額頭，既擔心又爲難，「很紅耶！怎麼辦？我現在有工作，不能帶妳去看醫生……」

「沒關係啦！我在學校擦過藥了，現在想先睡覺。」

「好，快上去吧！我等一下再去看妳。」她笑笑地輕推子言一把。

子言踏了幾層階梯，不禁回頭看一眼。媽媽端著果汁，和那個人一起走進書房。

子言的母親是觀護人，專門執行少年保護管束的工作。通常她都在白天進行約談，所以子言很少見到母親工作的對象，之前只有一次，因爲學校運動會她提早回家，見到染了一頭金髮的大姊姊對著媽媽激動哭訴，那時候起，她就對媽媽的工作感到幾分敬畏和好奇。

這麼說起來，那個人是犯什麼罪了？他看起來那麼人畜無害，沉靜得很，就跟一塊呆板的石頭一樣，能做出什麼傷天害理的事？

「該不會是偷東西吧？」那的確是要保持緘默才能幹的事。

子言窩在床上，將棉被拉到鼻梁，反覆猜測著那個人的罪名。她難以想像一個散發憂鬱氣息的人會做出什麼讓自己更傷心的事，或者，他是因爲做了什麼事才如此憂鬱？

那天下午，她睡著之前，滿腦子想的都是那個人的眼睛。她知道這世界上不會再有第二個人會擁有和她如此相似的瞳孔，一種因爲怕受到傷害而冷漠的眼神，相像得簡直可以把他的眼珠子摘下來放進她的眼眶裡那樣契合。

她以爲自己淡漠的情感，終於遇上同伴了。

後來才明白並不是她所想的那麼一回事，不是那麼輕鬆簡單。

愛，難道不能小氣一點嗎？我不把愛輕易送給別人，是因為我比較愛自己。

【第二章】

她望著玻璃窗凝結的白色霧氣，許多混亂的思緒被拋在腦後。

如同那些容易被遺忘的日常細節一般，

隨著分秒流逝，

直到連現實中都再也找不到過去的蛛絲馬跡。

消失的點點滴滴，在記憶裡，卻都像伸出手就能觸及得到一樣，

清晰得叫她捨不得睜開眼睛。

子言其實睡得不好，她一整晚都在作夢。有時自己在柳旭凱的面前，「詩縈」和「子言」兩種身分變來變去的；有時跑著跑著就踩空，跌落不見底的深淵，就跟那個人的瞳孔一樣。

早餐時，子言的視線不時往廚房瞄，想問清楚昨天在客廳遇到的那個人的事。

「鮮奶有點燙喔！」媽媽將透明玻璃杯放在她手邊，又走進廚房，不知道忙些什麼。

子言嚥下欲言又止的疑問，就算問了，媽媽應該也不會多說什麼吧！她不喜歡家人接觸她的觀護對象。

「聽說妳昨天被球打到？」原本在看報紙的爸爸突然出聲，她一開始還沒會意到是在對她講話。匆匆一抬頭，手差點撞倒牛奶。

「喔！對呀！還腫腫的對不對？」她不自覺伸手碰碰額頭，介意自己破了相。

「自己要小心，有需要就去看醫生。」

「我沒事啦！」

她望著玻璃窗凝結的白色霧氣，覺得今天好像會很冷，眞想在家裡待久一點。然而，這個想法在她想起今天班會上要表演時，立刻被拋到腦後。如同那些容易被遺忘的日常細節一般，隨著分秒流逝，直到就連在現實生活中再也找不到過去時光的蛛絲馬跡，她卻在某個相似的早晨，獨自回到餐廳座位，趴在桌面上，只要闔上眼，曾經被時間洪流淹沒的一切好像又浮現出來了。安靜的雪白鮮奶、廚房中白瓷的碗盤碰撞、對面桌前翻動報紙的聲響……那感覺……彷彿伸出手就觸及似的，清晰得叫她捨不得睜開眼。

爸爸放下報紙，拿起披在椅背上的外套，準備要出門，走到門口又回頭，略略揚起得意的嘴角說：「爸爸這次蓋的房子就在附近，上次跟妳說過了，要是經過就順便去看看啊！」

「喔！」

整頓早餐，似乎只有她和爸爸、她和媽媽各自交談，爸媽兩人倒是都沒搭理過對方。

昨天半夜她隱約聽見吵架的聲音，內容聽不太清楚，她也不想聽清楚。以前子言還會跟姊姊有默契地拉上棉被，把自己蒙在裡頭，然後比賽誰撐得久。不過姊姊今年離家去別的城市讀大學了，媽媽準備送姊姊去搭車的前夕，子言望著她雀躍得像隻春天小鳥的臉龐，忽然覺得寂寞。

昨晚她把自己悶在棉被裡，聆聽自己沉重的呼吸時，也很寂寞。

子言騎著腳踏車來到路口，恍恍惚惚面對路口另一端的大樓。幾名同樣在等紅燈的路人背後，矗立著披上綠網的高樓。大樓還在興建中，現在並不是開工的時間，鋼鐵骨架在水泥灰的內部交錯，看不出外觀的模樣，灰沉沉的，外頭用寫著「施工中，請勿進入」的鐵板圍起來，跟廢棄的工地看起來好像差不了多少。

她想起爸爸在飯桌上提到的那棟大樓就是這裡。爸爸是建設公司的主管，外表看起來比實際年齡年輕得多，她常以自己有個「年輕有爲」的帥老爸而自豪。這棟大樓就是爸爸負責的，聽說以後要做爲商業大樓。

「根本看不出來長什麼樣子嘛！」

路上遇見詩縈，她嘲笑了子言的額頭一番，兩人一前一後騎著腳踏車追逐了起來。

下午開班會前，子言和詩縈到保健室預作準備。導師希望每次班會都有二到三位的同學上台表演才藝，班上每個人都有機會上台。

被迫換上粉紅色蘿莉裝的詩縈拉拉縫了一堆蕾絲的公主袖和裙襬，再瞧瞧子言，忍不住抗議：「姚子言！爲什麼妳就不用變裝？」

子言把玩著手上的黑色大禮帽，笑咪咪地看她一眼，「因爲這次的主題是『高中女生和可愛女僕』。」

「妳那是什麼莫名其妙的主題啦！」

「我忘記帶西裝了嘛！昨晚想事情想得做一堆怪夢，早上嚴重精神不濟。」

「想什麼事啊？」

子言抿著嘴，做起怪表情，最後還是在詩縈的逼問下，把在家中客廳遇見那個人的事說出來。

「他大概多大年紀？」聽完後，詩縈學著子言坐在床沿上。

「嗯……滿年輕的喔！可是一定比我們大，二十初頭吧！不過他瘦巴巴的。」

「二十初頭，又高又瘦，長得不賴，很安靜，觀護中……然後呢？」

「啊？」

「妳幹麼對他那麼在意？」

子言瞠目結舌地和詩縈面面相覷，一會兒才試著理直氣壯地反駁回去，「換成是妳，難道不會好奇嗎？比方說，他到底犯了什麼罪，做過什麼壞事？」

「不會，那是妳媽媽的工作啊！更何況，除非妳又剛好早退，不然再見到那個人的機會少之又少吧！」

「話是沒錯啦……」不愧是理性的詩縈，子言無話可說，只好悶悶地踢起腳。

詩縈瞥瞥她，又低頭玩弄身上多得不像話的蕾絲，終於忍不住心急，再次轉頭發問：
「昨天……柳旭凱送妳到保健室，然後呢？」
「啊？沒然後啊，他走了之後，我就回家了。」
子言不去看急欲知道詳情的詩縈，不敢讓她知道她這冒牌貨對柳旭凱怪冷淡的。
「你們沒說話嗎？總會聊點什麼吧！」
詩縈依舊不死心，子言佯裝努力地回想，還是對她搖頭。
「他說要送我回家，我說不用，就這樣。」
「哎唷！妳怎麼不多聊一點？」詩縈沮喪地垮下肩膀。
「我又不認識他，要聊什麼？」
「你們有機會交談了，起碼多問問他的興趣啦、喜歡的女生類型什麼的嘛。」
「那我問妳，妳知道他家在做什麼的嗎？他有沒有兄弟姊妹？」
輪到詩縈語塞，她無辜地噘起嘴，「還沒調查那麼多嘛！」
「真奇怪，妳好像只知道世界上有他這個人，就喜歡上他了。」
「難道一定要把他調查清楚才能喜歡他嗎？」
「換成是我，起碼對他要有一定程度的認識，評估利弊後，再決定要不要喜歡這個人。」
「還評估利弊呢！妳又不是要做生意，『喜歡』是一種意念，不是動作，沒辦法說停就停。」詩縈竟然爲他爭辯得有點生氣了，「上次我看見他扶他們班拄枴杖的同學上樓，他一定很好心。而且他還記得我的名字，一般人會記得那麼清楚嗎？更何況，妳別忘了，妳被球砸到，是他主動要背妳去保健室的喔。」

子言困擾地蹙起眉頭，詩縈不是被判出局了嗎？爲什麼還要這麼在乎他的事？這麼幫他講話？就算他人眞的不錯，或者有比其他人還要特別的優點……

她注視著那扇門，窗外的花影依舊輕愜地映在上頭。

「他的……」

「嗯？」

聲音哽在咽喉，子言閉上嘴，面對詩縈登時熠熠發亮的眼眸，傻笑，「好啦！下次有機會再幫妳問。」

他的背很寬，五隻手掌不知道夠不夠丈量。

她似乎不能那麼說，子言想。

班會時間，子言帶著詩縈在講台上表演魔術，子言活潑俏皮，詩縈比較放不開，忸怩地幫忙端拿大禮帽。底下男生對她誇張的蘿莉裝扮不時吹口哨叫好，她難爲情得幾乎沒有抬起頭過，唯一的一次，詩縈才剛把眼睛揚高，便撞見外頭走廊上柳旭凱和那位踢球打中子言的男生走過來了。

「啊！」她發出小小的聲音，嚇得鬆了手，禮帽一下子掉在地上，裡頭的彩帶、布偶、書和一堆雜七雜八的東西全散出來了。

子言瞪大眼，不可置信地面向詩縈，只見詩縈滿臉通紅，一副直想挖個地洞鑽的模樣。

「哎，你看！」

柳旭凱的同學推推他，要他瞧瞧這個教室的講台方向。柳旭凱正好看見禮帽被打翻，子言和詩縈狼狽地呆在台上。

他露出淺淺微笑，同學湊近前看，像看見什麼奇觀似地大呼：「那不是昨天那兩個女生嗎？哇！蘿莉裝耶！太猛了吧！」

班上哄堂大笑，子言反應快，「嘿嘿」一笑，拿起禮帽，做個下台一鞠躬的帥氣姿勢，然後拉著詩縈跑下去，同學很給面子地爆出響亮的掌聲。

她在狹窄的走道間奔跑，眼角捕捉到外頭的柳旭凱，和他不自然地四目交接一下，單是那一眼，她便讀出他再次見到她的複雜心緒。子言迅速收起視線，馬上回到座位坐好。

有點喘，子言深呼吸一口氣，等平靜了，再轉頭看旁邊的詩縈，詩縈整個人趴在桌子上，八成有種了無生趣的挫敗感吧！

原來詩縈會失手是因爲柳旭凱經過的關係，那，她剛剛在走道上心跳突然漏跳一拍又是爲什麼？

「妳眞是太不夠意思了！竟然見色忘友！」

下課後，子言對詩縈大聲抱怨，詩縈雙手合十，拚命討饒，「對不起啦！我也被自己的反應嚇一跳啊！眞的對不起啦！」

「被嚇一跳的人是我！我的可愛女僕窩裡反了！」她很認眞地假裝生氣。

「哎唷！妳也站在我的立場幫我想一想嘛！被喜歡的男生看見自己穿蘿莉裝耶！簡直是生不如死……」

「算了，算了，反正對妳來說，愛情比較重要吧！」

「沒有啦！再怎麼說當然是朋友最重要！」詩縈摟住子言，「不要拋棄我啊！好友。」

「嘻嘻……」子言因爲詩縈靠得太近，連她慣用的外國牌子的乳液味道也聞得到，說話時氣都吹到子言頸子上，子言因而癢得笑起來，「好啦！拜託妳離我遠一點，好癢喔！」

教室內外穿梭著下課時分的喧鬧，彷彿人生最燦爛、最無憂的時刻就在這裡。而她忙著歡笑，從沒想過有些稀鬆平常的字句並不會隨著時間過去，不會照著想要逃避的私心而被輕易忽略。當有一天「見色忘友」這句話從這片紛亂和詩縈身上淡淡的香氣中被再次提起，她才明白人生總有什麼不是眞的過去，還是會回來的。

那一次卻沒有伴隨笑語。

那天放學，子言從車棚牽了腳踏車出來，走沒幾步就遇上準備排隊上校車的人潮。柳旭凱的身影十分顯眼，只有他的個子是那麼修長勻稱，爲了什麼事而哈哈大笑的表情顯得很稚氣，作勢向同伴揮拳的動作也頗有陽剛味。這麼陽光的男生，喜歡他的女生一定不少。

她才發現他，他也在下一秒注意到她的存在，停頓了往前進的腳步。

爲什麼以前從不會在意的人，一旦認識之後，巧遇的機會也跟著莫名其妙地變多了？

子言原本想跳上腳踏車閃人，後來又想起要幫忙維護「詩縈」的形象，上次連道謝都忘記說，這一次可不能再失禮了吧！

她猶豫片刻，忽然咧開嘴，露出兩排潔白的牙。柳旭凱因爲她那扮鬼臉般的笑容而愣一下，等她飛快騎著腳踏車走了，留下長長的馬尾滑溜地盪啊盪，這才情不自禁失笑，笑得連身旁同伴都一頭霧水。那個女生的表情眞的好多喔！

笨透了！呆透了！她為什麼不揮揮手就好？擺那什麼怪表情嘛！要把剛剛笑得不倫不類的自己遠遠丟掉似的，子言死命踩著踏板，懊惱起當初答應假扮詩縈的要求，後悔認識柳旭凱這號人物，打從認識他那天起就沒有什麼好事！

「咦？一下子就到這裡啦？」當子言環顧自己身在何處，已經不知不覺間來到爸爸負責的那棟大樓旁。她趁紅燈跳下車，摸摸坐疼的屁股，稍微調整呼吸。

大樓裡外早有不少工人在走動，比起清晨時分有生氣許多。

子言目光從大樓頂端，沿著水泥灰的樑柱往下，再往下，直到看見有個年輕工人自顧自地坐在外頭，咬著手裡的麵包，又順手撕了一小片丟給腳邊的貓兒。

那隻貓餓壞般地衝上去，兩三下就把麵包吞進肚子裡了，那隻貓……

一道寒意從腳底竄上背脊，方才騎快車的熱意全消散了！子言驚恐地睜著眼，慢慢認出那隻貓正是早前她在路口遇見的那一隻，雪白的毛色，伴著棕褐的大斑點，是牠沒錯！可是、可是牠已經被車撞到，當時倒在地上動也不動，應該是死了啊！難不成活過來了？

所以、所以人家才說「九命怪貓」嗎？

那位年輕工人原本專心地啃咬麵包，後來注意到前方有個女學生不停朝那隻貓看，他靜止好一會兒，將嘴裡的麵包吞下，把剩下一半的麵包擱在地上，隻手抱起貓，起身，闊步走到子言面前。

子言因為貓的靠近而緊張後退，撞倒了單車，發出好大聲響，兩眼卻依然直視著貓，唯恐牠再接近自己分毫。

工人低眼瞧一瞧倒在地上的車子，翹高的輪子輕輕打起轉。

「是妳的貓嗎？」異常低沉的嗓音。

「咦？」子言猛然抬頭，望向他似曾相識的溫和面容，用力搖頭。「不是！」

他聽了，又看了手上完全不掙扎的貓兒一眼，輕淡地哼一聲，「不是嗎？」

因爲他慢調子的性情，子言原本紛亂的情緒漸漸平撫下來了。她歪起頭，仔細打量他那張些許恍惚的側臉，努力回想出來的記憶化作簡單的速寫，輕輕重疊在他身上。

「啊！」子言在心中大叫，是在客廳出現過的那個人！她不會認錯的，雖然穿著髒髒的工作服，臉上也有幾抹泥灰，可是他那雙不定焦在任何一處的眼睛，就跟她第一次見到他的那天一模一樣，黑得深邃，黑得不見亮光。

他彎身把貓放下，走向大樓，貓兒在後頭不遠不近地跟著。

「請問一下！」

她出聲，那個高瘦的背影打住腳步，回頭，困惑的臉龐更顯出他的眉清目秀。

「那個……那隻貓，一直都在這裡嗎？」

「不知道，昨天這個時候自己跑來，吃飽又走掉了。」

子言細細端詳那隻在他腳邊來回走動的貓，大了一些，右後腿有點一跛一跛的。她可以這麼想嗎？當時躺在路口的那隻小貓幸運地存活下來了，或許有一個比她還好心的人救走牠，因此如今牠還活生生地出現在這裡。

「我以爲牠早就死了，幸好還活著……」她不自覺紅了眼眶，明明是爲了小貓而高興，眼淚卻幾乎要掉下來，感到某一部分的罪惡終於得到了原諒。

這一次，年輕工人的視線轉移到她身上，認眞地、若有所思地凝視她慶幸的神情。子言驀然發現他的目光，暗暗驚訝。在這裡待了好一會兒，他彷彿現在才算是眞的注視著她，他的眼神不再虛無，反而深沉得宛如隱藏了許多故事一樣。

然而年輕工人卻沒有說出任何一個故事，倒是掉頭看看旁邊倒下的腳踏車。

「車。」他說。

「嗯?」

「妳的車。」

他還是沒把話講完整，只是近前把車扶起來。腳踏車把手撞得有點變形，他使勁一扭，將把手扳正。

這個人好瘦，從袖口露出的胳臂卻比想像中還有肌肉。

這時大樓裡的工頭粗魯地吆喝他趕快上工，他默默頷個首，又轉向子言。

「貓，要帶回去養嗎?」

他又開口了，沒有表情的聲音和臉孔，不多話，簡短的句子偶爾會間雜單字。

「我家不能養。」她生硬地回答，還鼓起勇氣反問：「你不是在養牠?」

他的表情轉爲茫然，似乎需要時間吸收她的問題，順便確認自己算不算在飼養這隻野貓。「沒有。牠來，我又剛好有麵包，就餵牠。」

「牠喜歡吃麵包嗎?」貓不是吃魚和老鼠嗎?

「……我只給過麵包。」

「……」子言抿起唇、眉一皺，開始對自己今天的行逕感到惶恐和納悶，站在施工中的大樓外和不認識的人討論貓的喜好，是不是很奇怪啊?

不過那個人沒再搭腔，逕自朝大樓走去。

「啊……」子言想叫他，卻不知道該怎麼稱呼那個人，「腳踏車的事謝謝你！還有，我家裡雖然不能養貓，可是我會帶東西來給牠吃！」

這一次，他並沒有回頭，只是待在原地聽她說完，便拿起擱在地上的麵包往口袋塞，另一隻手拎起土氣的工地帽，走進那棟灰色調的大樓，貓兒跟著他一起沒了蹤影。

子言又逗留了一陣子，才騎上腳踏車離開。他不記得她了嗎？那天額頭腫了一個大包的女孩子，應該很好認啊！

路上，心情挺矛盾的，她好想馬上打電話告訴詩縈，說她又遇見那個人了。但另一方面又想私自將它當成自己的祕密，那個人很適合祕密。

回到家，媽媽已經在準備晚餐，再晚一些，爸爸也提早回來了。子言從旁觀察又開始交談的兩人，大概和好了吧！

飯桌上，爸爸隨口問起有沒有去看那棟大樓，她說有。

「妳覺得怎麼樣？」

她含著白飯支吾半晌，「就很大棟啊！」

你認不認識在大樓工作的那個人啊？她其實很想這麼問。

「那棟房子還在蓋，你問得太早了吧！」媽媽心情不錯地跟著吐槽。

子言又夾起一口飯，偷偷瞅著媽媽。

她在幫忙洗碗時，假裝漫不經心地提起那個人的事。

「媽，那天我不是被球打到頭早退嗎？來家裡的那個人是誰呀？」

「妳怎麼會突然問這個？」媽媽將洗好的餐盤一一遞給她，手沒停下。

「好奇嘛！」

她笑起女兒的好奇，「也是一個需要幫助的人啊！」

「他怎麼了？」

面對子言不死心的追問，媽媽終於放下手，沒轍地吐氣，「還不是老樣子，一失手成千古恨，現在很努力地重新做人就是了。好啦！這種事妳不用知道得太多，等一下記得按『烘乾』喔！」

一失「手」成千古恨？所以他真的偷了什麼東西是嗎？總覺得他不像是那麼狡猾的人。感覺他整個人溫吞吞的，胸無大志，一點也不靈敏。

可是媽媽已經卸下圍裙，走出廚房，完全不讓她有深入了解的機會。

子言心不在焉地將餐盤擺進烘碗機，想著今天遇見那個人的經過，想得出神。

她不只想知道那個人犯了什麼罪、做過什麼壞事，還想知道他的名字。像他那樣的人，會有什麼樣的名字呢？

總不能老是叫他「那個人」吧？

愛，在付出的開始，往往會將對方預設為好人；換句話說，能得到愛的，非得是好人才可以。

【第三章】

她屏住呼吸，靜靜感受他靠近的體溫，
深怕自己加速的心跳會被他聽見，
一瞬間，胸口變得好燙，
像金星燃燒那般炙熱，在玻璃量杯的碰撞聲中，熊熊燃燒著。

「啊！」推開理化教室的門，子言下意識地輕呼。

教室裡原本埋首在櫥櫃中找東西的人影聽見聲響，回過身，同樣一怔。

教室的燈沒有開，子言站在門口背光的身形乍看像剪影，長到腰際的馬尾很好認。

他們倆無言地對望幾秒鐘，子言才生澀地說：「我來……拿量杯。」

她把音量壓低了些，在這間密閉又空曠的理化教室，一舉一動都擦撞得出回音。

「喔，我也是。」柳旭凱對著櫥櫃聳聳肩，「可是還沒找到。」

「我也來找。」

子言走上前，到旁邊的櫥櫃翻找起來。柳旭凱也繼續動手，他們製造出來的噪音暫時塞進沉默中。那期間，子言曾經蹲下翻找低處的抽屜，嘴裡還碎碎唸著「怎麼沒有」。

柳旭凱停下手，看她孩子氣地邊嘟噥邊探頭搜找，那頭馬尾幾乎就要掃到地上。

「頭髮好長喔！」

「啊？」

她驀然仰頭，害他嚇了一跳。「呃，我剛說，妳的頭髮，很長。」

「這個啊！」她得意地抓了一把長髮到胸前，「長頭髮比較有神祕感嘛！表演魔術不是神祕一點比較好嗎？」

「妳很喜歡魔術？」似乎因爲找到能夠討論的話題，他的神情和口吻都放鬆多了。

「喜歡啊！小時候看我爸表演過，就很喜歡了。」

「妳爸也玩魔術啊？」

「哈！沒有啦！他應該是想逗我，才特地變把戲的，我看他會的也只有那一招而已。

啊！找到了！」

子言開心地一一搬出量杯，柳旭凱在一旁幫忙，沾上一層灰塵的量杯很快就擺滿一桌。

子言忽然興起，抽出三個量杯，手法熟練地將它們的位置輪流調換。柳旭凱驚奇地看著她細長的手指跳起舞一般，讓旋轉的量杯折射的光點在昏暗中閃耀，像被施了魔法，而她懷念的語調悠悠穿梭其中。

「我爸當時就是拿出三個不同顏色的杯子，把銅板放進其中一個，然後要我猜它最後會在哪個杯子裡，我每次都沒猜中，好不服氣。」

柳旭凱笑笑，「那個魔術我同學也玩過，不過他玩得很糟，每次都露餡。」

「哈哈！我也會耶！啊！我失敗那天就被你看到了嘛！」

「妳是說有蘿莉裝的同學幫忙那次嗎？」他細心挑選出比較乾淨的量杯給她，「對了，忘了先算我們需要幾個，妳要幾個？」

蘿莉裝？子言突然想起詩縈的交代，要多打聽關於他的事。眞尷尬耶！要怎麼問？

子言瞟瞟他，再瞧瞧天花板，雙手背在背後，指頭不安地交纏起來，「我問你喔！你喜歡怎麼樣的女孩子啊？」

柳旭凱原本在挑量杯，被她沒頭沒腦地一問，緊張得摔掉一個杯子。幸好子言及時彎身，一個箭步接住它。

她拍拍胸脯，他則驚魂未定地結巴起來，「妳怎麼、怎麼突然問這個？」

「因爲我被你拒絕啊！當然會想知道你喜歡的女生類型。」

話是這麼說沒錯，可是他怎麼覺得她並沒有把「被拒絕」當一回事，完全沒有絲毫的負面情緒，反而非常大方。

「說一下吧！別那麼小氣。」

子言催他，他為難地搔著頭，偶爾瞥瞥她期待的表情，後來才勉為其難地回答：「我沒想過這個問題，我想，應該是懂事、溫柔，還有……」

「你說得太籠統了，外表呢？例如，長頭髮或短頭髮？」

「嗯……長頭髮吧……」他打住，撞見子言那頭飄逸的黑髮，連忙慌張改口，「不對，頭髮不超過肩膀，個子不要太高……」

頭髮不超過肩膀、個子不要太高、溫柔又懂事……子言恍然大悟地拍個手，這不是在說詩縈嗎？詩縈一定是他喜歡的類型啦！

柳旭凱根本摸不清她葫蘆裡賣的是什麼藥，只想早點結束這個話題，「我先把剩下的量杯放回去。」

「喔！我也來。」

他忙著把那一堆量杯擺回去，子言跳到他身邊幫忙，一面忙，還不忘若無其事地打聽其他事。「對了，你喜歡什麼顏色？」

「嗯？紅色吧。」

這麼一說，子言也想起來了，詩縈帶她到公車站偷看柳旭凱的那天，他腳上穿的就是紅色球鞋。她真想問問那雙鞋的下落。

這時，柳旭凱這邊的櫥櫃已經擺滿了，子言那邊的還有空位。他探身過去，將杯子放到她面前。子言縮回手，剎那間忘記自己還要問什麼。

他貼近的臉放大許多，長長的睫毛彎出了漂亮的弧度。她的胸口彷彿被那道弧線搔到，揪了一下。

放大的不只有他的臉，還有這空間令人耳鳴的寂靜、空氣中混雜的化學藥劑味道、她的心跳聲。

她屏住呼吸，靜靜感受他靠近的體溫，深怕自己加速的心跳會被他聽見，一瞬間胸口變得好燙，就像金星燃燒那般炙熱，在玻璃量杯喀噹喀噹的碰撞聲中熊熊燃燒著。儘管如此小心翼翼，當柳旭凱的劉海髮梢擦過她鼻尖之際，子言還是忍不住倒抽一口氣。他聽見微小聲響而側頭，正好觸見子言的雙頰泛起可愛的紅暈，因而愣住了。

被發現了！子言頓時覺得狼狽，胸口的高溫迅速退去，一股腦全轉移到臉上，她受不了這陣困窘，乾脆抽身站起。

這時教室外傳來詩縈尋找她的聲音：「子言！」

詩縈一闖進門，猶如察覺到那些一一被放大的感受似的，馬上立定不再進前，她看看還蹲在地上的柳旭凱，再看看滿臉通紅的子言。

子言也看看雙唇緊閉的詩縈，再看看柳旭凱，認為自己應該說點什麼，卻只是慌，半句話都想不到。倒是柳旭凱站起身，狐疑地發問：「她為什麼叫妳子言？」

這個問題嚇壞兩個女孩，詩縈著急地轉向子言，子言擠出笑容，跑到詩縈身邊，「子、子言是她啦！她是說『子言來了』，這丫頭就是喜歡裝可愛。」

柳旭凱輪流打量兩個相視而笑的女生，半信半疑。

子言又跑回來，拿走桌上的量杯，「子言，幫我拿三個。」

「啊……喔！」詩縈跟上來，緊張兮兮地抱起三個量杯。她抱得很緊，在經過柳旭凱面前時，低垂的臉悄悄嫣紅了，和前一刻的子言有同樣的反應，只是他沒能看見。

當她們急急忙忙要出去，沒想到柳旭凱又出聲叫住子言，「吳詩縈！」

「什麼？」

「妳呢？妳喜歡什麼顏色？」

子言和身旁的詩縈互望一眼，躊躇著，偶然看見他羽毛般柔軟的頭髮輕輕地舒展，彷彿稍微觸碰一下就會飛到天上去。當那些髮絲拂過她鼻尖，她覺得自己也騰空了，雙腳沒有踏在地面的實在感。

「我喜歡褐色。」

那並不是普遍的答案，他因此露出不解。子言十分確定地微笑，「現在喜歡褐色。」

他大概沒有發現，褐色是他頭髮美麗的顏色。

返回教室的路上，詩縈和子言的腳步很一致，捧著量杯的姿勢也頗為相像。然而子言卻像是忍受不了這種凝滯而瞄向詩縈，在她讀不出思緒的面容上搜索半天，好像跟平常一樣沒事，又好像有事。

「我幫妳打聽到柳旭凱喜歡的女生類型喔！」她故作興奮地揚高聲音。

這倒引起詩縈小小的注意，她略略向著子言，等她繼續說下去。

「他喜歡個子別太高、溫柔懂事、頭髮長度不超過肩膀的。妳看，不是跟妳很像嗎？」

「有嗎？」詩縈聽完，只是不感興趣地應聲，還是打不起精神。

子言不死心，「還有，他喜歡的顏色是紅色，妳記不記得，那天我們在公車站偷看他，他穿的就是紅色球鞋啊！」

詩縈一邊想著什麼事，一邊踢起路上的小石頭，然後半怨艾地回嘴。「不記得，那是妳注意到的。」

子言閉上嘴，她想，還是別再開口了，這時候說什麼都不對。

接著，她注意到福利社，一想到這堂下課就要關門了，便興沖沖朝那裡跑去，「詩縈，我去一趟福利社！」

「現在？」詩縈吃驚大叫，原地看看老師等著要的量杯，不明究理地跟上去。

一踏進福利社，剛好聽見子言向福利社阿姨要麵包。

「妳肚子餓啦？」

「要給貓吃的。」

「貓？妳沒養貓啊！」

「是野貓啦！」

子言把在那棟大樓遇見那個人和那隻貓的事說給詩縈聽，沒想到詩縈興致勃勃地附和道：「那我也跟妳一起去！我想看他長什麼樣子。」

「好是好，不過不要有大動作喔！那個人啊，好像不愛說話，呆呆的，反應不快。」

她們在放學路上不停談論那個人的事，包括長相、單字式的講話方式、與世無爭的調調等等，可是，那一天並沒有見到他。

子言和詩縈在大樓外站了半天，也沒有等到他出現。貓倒是來了，一路嗅著地面，待在不遠的行道樹下，痴痴朝大樓裡頭張望。

「來，麵包。」子言朝牠丟了一小片麵包。貓兒只是看，動動鼻子，依舊不肯近前。

她試探性地往前走幾步，晃晃手上的麵包，「是麵包喔！來吃啊！」

詩縈不抱希望地瞧瞧極度警戒的貓兒，搓搓雙手，「牠不會吃啦！好冷喔！回家吧！」

子言失望地垂下手，「好奇怪，上次牠明明很愛吃啊！」

「人不對吧！對牠來說，妳是陌生人啊！」

「才不是這樣，聽說牠遇到那個人的第一天就吃他的麵包了。」

「隨便啦！我們走吧！」

詩縈怕冷，先走過去牽腳踏車，子言跟在後頭，自言自語猜測著，「是不是因爲貓感覺得出他是好人，所以根本不怕他？」

「妳幹麼說得好像自己不是好人？」

「我沒有那麼厚臉皮。」其實，她是沒有勇氣讓自己和「善良」連在一起。

不過，才說完，便見到前方的詩縈暫停腳步，回頭，柔和的視線對上她的眼睛，「子言也很好啊！」

子言原地立定，望著詩縈掉頭時飄揚而後落下的柔順髮絲，心的弧度，變圓融了。

她才不善良呢！她曾經對這隻貓見死不救啊！詩縈就不同，她就算看到地上死去的麻雀，也會想辦法用落葉埋葬牠的。

詩縈總是這樣，每每在子言以爲兩個人就要吵架時，詩縈又會好像什麼事都沒發生過一樣，對她展開笑容。

子言心底明白自己沒能像詩縈那般溫柔，一方面嫉妒著那份特質，另一方面也因爲詩縈的溫柔，怯懦的心總在不經意間受到撫慰了。

「怎麼了？快走吧！」詩縈已經坐在腳踏車上，奇怪子言的呆愣而開口催促。

「喔！好。」子言連忙牽著車趕上去。

一直以來，她就是懷抱著這種矛盾和詩縈相處，她知道爲什麼自己和詩縈當了這麼多年的朋友，她領悟到應該怎麼做最好。

她想，以後不能再和柳旭凱說話了。

那之後，子言又去了幾次工地，不知道是不是時間不湊巧，每一次都沒再遇到那名年輕工人。

對於她的麵包，貓也仍舊不賞臉。

他們之間薄弱的交集再次斷了線，直到某個星期假日那天。

那天，家裡來了通陌生人的電話。

「喂？」子言從餐廳跑到客廳接聽，對方聽見她的聲音，細細「啊」了一小聲，便沉默下來。子言以爲她接下來會說「我打錯了」之類的話。

「請問，姚尊棋先生……他在家嗎？」

她的聲音就像深夜電台主持人那樣的渾圓輕柔，聽起來頗富知性的語氣。

「他不在耶，請問妳哪裡找？」

子言一手拿話筒，另一隻手忙著找紙筆，對方忽然又不說話了，似乎兀自沉吟起來。

「喂？」子言有些不耐煩，喚她一聲。

對方連忙接話，卻是問起另一個問題，「嗯，請問，妳是他的……」

「我是他女兒，請問妳哪裡找？」

在三四秒鐘的寂靜之後，對方竟然掛電話了。

子言瞪著發出嘟嘟聲的話筒，嘀咕一句「怪人」。

這時樓梯響起快速下樓的腳步聲，放假回家的姊姊停在轉角處探頭問：「找我的嗎？」

「找爸的。」子言瞧瞧她握在手上的手機，「妳在等電話？」

「沒有特別等啦！」

「等男朋友的電話？」

子言的姊姊放慢下樓的腳步，「也不算男朋友。」

子言只是隨口問問，沒想到眞的有疑似男朋友的人物存在，姊姊明明才剛進大學不到一個學期呢！

「是就是，不是就不是，什麼叫做『也不算』男朋友？」

「哎唷！」姊姊睨她一眼，姊妹倆都不是太有耐心的人。「意思就是有可能會變成男朋友嘛！妳還不懂啦！不能跟爸媽講喔！」

「爲什麼？」她記得媽媽並不反對她們上大學交男朋友，還因此預先給了不少開導和提醒呢！

姊姊將自己正在努力減重的身體投入沙發，開始打起簡訊，「讓他們知道啊，一定每件事都要向他們報告，萬一分手了，還要被問東問西，不是很煩嗎？」

「妳都還沒開始交往，就先想到分手的事嗎？這樣一點誠意都沒有。」

「嘿嘿！」姊姊抬起頭，給她一個「小鬼就是小鬼」的笑臉。「現在，我也沒打算要一直跟他交往下去，最後結婚啊！」

子言直盯住姊姊開始學化妝的臉，抓起外套，「我出去一下。」

子言在路上買了麵包和飲料，繼續騎車，整個人心不在焉，騎錯路了也不曉得。

她被搞糊塗了。聽說爸媽從大學時代就開始交往，長跑九年才結婚的，既然愛情可以如此長久不移，爲什麼姊姊還不打算對它持之以恆呢？不過，爸媽這一兩年爭吵頻繁，愛情的面貌似乎並不那麼完美，詩縈又怎麼能夠傻里傻氣地就一頭栽進去？

至於她自己，自從那天在理化教室莫名其妙地臉紅之後，子言在學校便刻意閃避有可能會遇見柳旭凱的機會。她不會陪詩縈一起每天守在欄杆旁看柳旭凱踢球，不過，萬一不小心在人群中看見他，子言也會悄悄多看幾眼，輕輕笑起來。這一切當然不可以被任何人發現，這份小小的愉悅就連她自己也不能承認的。

總之，她搞不懂詩縈，也搞不懂她自己。

就在子言陷入苦惱之際，突然感到車輪從左後方被無預警地撞上，腳踏車往側邊打滑，她整個人跟著摔在地面。

子言連撞到她的車子都還沒來得及看清楚，只聽見呼嘯而過的聲音。她在地上趴了好一會兒，感覺膝蓋好痛，濕濕的，八成流血了。硬撐住地面的手肘也麻得半失去知覺，摔得眞慘。

「妳還好吧？」一位檳榔西施從店裡走出來，一面問，一面把她從地上拖起來。

這位大姊動作太豪邁了，拖得她有點痛。子言趕緊收回手，擠出笑容。「謝謝。」

她定睛一看，才注意到，除了內衣之外，這位身材較好的檳榔西施大姊只罩了件透明到不行的薄衫。妝很濃，臉上的化妝品大概比姊姊還要多出三倍以上的厚度，挑染的金髮捲出了大波浪。漂亮是漂亮，但實在看不出她素顏會是什麼模樣。

「靠！撞到人也不停下來！」西施大姊目視車子離去的方向大罵，「小心有一天輪到你被撞！沒關係，我幫妳把車牌記下來了，去告他！」

「呵呵……」面對她的熱血澎湃，好像說「不」也不行，子言只好傻笑。

西施大姊打量了她一下，輕蔑地彎起嘴角，「妳是不是想就這樣算了？」

「……」她無言。

「哼！就是有你們這些怕事的老百姓，壞人才會愈壞！」

沒給子言回話的餘地，豪邁的大姊「呿」了一口，主動幫忙撿起掉在地上的飲料。子言想起要買給貓兒的麵包，趕緊環顧四周，卻有另一個人將地上的麵包撿起來。

子言從那隻拿起麵包的手，沿著高瘦的身形，慢慢往上看向他的臉，不禁張大了嘴。

啊，那個人！

工地的那位年輕工人在這個地方出現了！他還是老樣子，一臉沒睡飽的面容。身上不是骯髒的工作服，他穿著一身輕快的便裝，看上去和一般大學生沒什麼兩樣。他看著這一地的凌亂，轉向西施大姊，「妳們在做什麼？」

「這小妞剛剛騎車被一個缺德鬼撞了。」她朝子言的方向揚揚頭，接著提了一個主意。

「海棠，你家在附近，帶她去清洗一下好了，她應該受傷了。」

子言一聽，連忙出聲：「不、不用啦！我……」

「去啦！妳這樣怎麼回家？」西施大姊幾乎是命令她，然後抱著起雞皮疙瘩的雙臂跑回檳榔攤。

子言走不走都不是地佇立在原地，一直沒表示意見的年輕工人這回反應倒是比她快，他將麵包遞還給子言，然後把腳踏車牽起來，二話不說就蹲下去。在短暫的時間內，將脫落的鍊條修理好，再試著用蠻力想把那只歪七扭八的置物籃扳回原來的形狀，可惜不怎麼成功。

他放棄地停下手，對她說：「籃子，要有鐵鎚才行。」

子言像是聽懂了，點點頭。他說句「走吧」，便牽著車往前走。走沒幾步，回頭看看跟在後頭的子言，和她一跛一跛的腳。

「上來吧！」

「嗯？」

「坐在車上，比較不痛。」

這個時候，如果跳上陌生人的車一定很蠢，而且對方還是個有前科的人，她也曉得「小心為妙」這個道理，可是，那位大姊是好人，至於他呢，會拿麵包餵小貓的傢伙，總不會是無惡不做的壞蛋吧！

她坐上腳踏車後座，那個人並沒有騎車載她，反而穩穩地牽著腳踏車走。

原本想遇都遇不到，現在總算見到面了，還一下子這麼接近，子言不太敢直視他的臉，盡是將視線定在歪籃子裡的麵包和飲料上。

西施大姊說得沒錯，他家真的不遠，不到三分鐘就走到了。是少見的平房，外觀的紅磚看來非常老舊，屋頂的瓦片像是一下雨就會漏水。不過，屋前有整理過的美麗花圃，入口走道兩旁種滿油菜花，雖不壯觀，卻也精緻可愛。

「冬天種油菜花，夏天種什麼？」她讓他扶著下車時順口問。

「向日葵。」

「嗯……都是陽光顏色的花耶！」

對於子言女孩子氣的奇想，他遲疑片刻。對他而言，「陽光」這個字眼是太過刺眼了點。

年輕工人沒請子言進屋子裡，而是將一張有椅背的椅子拿到門口讓她坐，是不是認為她會怕他呢？還是原本就不歡迎有外人來？他的家人都不在家嗎？

子言乖乖坐著，從敞開的大門可以看見後門並沒有關，這房子還有一個後院，比前院大一點，種的是翠綠色的青菜。

她探著頭，輕輕感嘆，「好多白菜喔！」

那個人原本在屋內找藥品，聽了，往後院方向看去，又繼續低頭找。「那是萵苣。」

子言臉一紅，窘得只想挖個地洞鑽下去。他拿著藥來到她面前，瞅著她的腳，一時之間不知道該怎麼開口。子言猜到了，連忙使勁把破掉的牛仔褲管往上掀，一直掀到膝蓋上，有個被路面剉破了皮的大傷口。

「會痛。」那個人落個聊勝於無的警告，便開始動手幫她擦藥。真的很痛，好幾次子言都想把腳縮回來，又不希望在他面前表現得太像溫室花朵，剛剛錯認萵苣已經夠失敗的了。

不消幾分鐘，藥擦好，傷口也包紮處理好了，熟練的程度簡直不輸醫護人員。那個人接下來開始修腳踏車的置物籃，子言看他拿起鐵鎚敲敲打打，頓時覺得神奇。

「你好像什麼都會，沒有事情難得倒你一樣。」

他微微抬起眼，用深黑眸子困惑地望著。

子言繼續說：「可是，我會魔術喔！」

她的宣告讓他露出錯愕的神情，子言卻在他面前張開雙手，正反面翻一翻，「啪」一聲地合起手掌，再次攤開時，不知打哪抽出了一條米色手帕。

子言的天外飛來一筆讓他整個人愣住。她將手帕攤開，要他注意上頭用簡單線條畫出來的太陽輪廓。

「這是我最喜歡的手帕，很少看到手帕上有這種太陽吧！」

他沒有接話。

「給你擦臉。」她指指自己的臉頰，「這裡沾到車油了，黑黑的。」

他本來想用袖子直接往臉上抹，子言搶先一步，用手帕把他臉上的污痕擦去，然後停手，凝視著他渾然天成的俊秀，直到出神。眞不公平，這個人和柳旭凱明明都是男生，爲什麼可以生得這麼好看呢？憂鬱的氣息只將他的美修飾得毫無瑕疵，沉靜時宛若一尊動人的藝術品，她可以站在他面前欣賞一整個下午。

「那位檳榔攤的大姊叫你海棠，『海棠』要怎麼寫？」

他猶豫著，但是子言圓亮的雙眼仍然目不轉睛，不得到答案不會死心似的。他轉身拿起鐵鎚，在花圃的泥土上寫下「海棠」兩個字。

當她看見地上凹陷出來的形狀，只單純地認爲很特別，很好聽。那個時候的她，從沒想過這個名字是用她所不能想像的重量刻畫出來的，又像一堆飄零的沙，從指縫間漏下，最後散進風裡，他的存在也是這樣。

「這個給你吧！以後還可以用。」子言將手帕遞給他。

「不用了……」

「已經髒了，給你。」子言彎腰將褲管放下，挺起身，微笑，「謝謝你幫我忙。」

他不擅長應付客氣話，避開她的目光。她視若無睹，跛著腳走去拿麵包，又擅自擱在剛剛坐過的椅子上。

「麵包給你，我本來要拿去給那隻貓吃的，不過我現在想回家了。你可以吃掉，或是幫我餵牠。對了，你喜歡吃麵包是嗎？」

她無厘頭的問題讓他費心想了一會兒。「我常吃。」

「我只吃蛋糕，不過我知道有一家店的麵包很棒，下次請你吃。」子言準備要牽腳踏車，想起什麼似地「啊」了一聲，又去拿那罐飲料，一起放在椅子上，「這個讓你配麵包，算是謝謝你今天幫我，你不要不好意思。」

他默默地聽她哇啦哇啦交代完畢，看她轉身騎上腳踏車，掉頭向他揮手，「我先走囉！」

她以為不會再有回應了。

「妳跟妳媽媽一樣。」

「咦？」子言緊急煞車，停在小小油菜花田中央，納悶回頭。那個人淡漠的臉上彎起一抹笑意，稀薄得像空氣。

「妳們都喜歡把好意硬塞給別人，不管人家要不要。」

這是稱讚嗎？

唯一可以確定的是，他記得那天在客廳的第一次見面。子言揚起嘴角，大聲對他說：「我叫姚子言喔！不是『妳』！」

子言騎著單車，快速衝出金黃色的花田，不顧腳傷，在大馬路上疾馳起來，一種快感伴隨著無以言喻的快樂油然而生，她滿心只興奮得想大叫。

她知道那個人的家在哪裡了，她還見到比恐龍還稀奇的那個人的笑容，更重要的是，那個人不再是「那個人」，他叫海棠，原來海棠是他的名字。

對於愛，別天真地以為唯獨你能夠改變它的一成不變和腐敗。因為它的存在和人類歷史同樣漫長，曾經有許多人受傷，卻依然前仆後繼。

【第四章】

子言聽著聽著，有點忘神了。
或許是他的說話方式，溫吞的，沉穩的，
天再怎麼黑，她知道身邊這個人一直都會在。
就跟信念一樣，不用語言，不必眼見為憑，
他的守候就是如此牢靠。

「哇，很不錯嘛！一面工作，還可以兼顧課業，很少人能夠做到呢。」書房中，她翻閱完他的成績單，給了一個大大的欣慰笑臉。「現在，一切應該都很順利了吧！」

「是。」他坐在她對面，輕輕回答。儘管是這樣簡單的一個字，他聲音裡厚暖的音調已經透露一切安好。

「你姊姊呢？上次不是說有個交往對象嗎？」

「她也很好，那個人對她不錯。」

「是嗎？」子言的媽媽替他們感到高興，接著興味地問起：「那你呢？」

「嗯？」他不解地睜一下眼。

「今天感覺你比較放鬆了，不像之前好像有千斤壓頂那樣喘不過氣。而且，你爲什麼一直看我的臉？我臉上有什麼不對勁嗎？」

海棠不好意思地壓下視線，望住自己長了好多繭的手，在一分一秒流逝的靜默中琢磨答案，再度面向她，「我最近在想，不只是長相，個性和習慣，好像也會遺傳。」

這是從寡言的海棠身上聽見的新鮮話題，她眼睛爲之一亮。「是啊！應該會吧！你怎麼會突然這麼想？」

「只是遇到這樣的例子。」他歇一歇，專注地看她一眼，這位婦人的臉上有他似曾相識的神韻，「因爲這種遺傳，世界上的好人變多了。」

子言的媽媽暗暗驚訝，這孩子很少說出成串的句子和想法，今天倒是一口氣說了不少，就連僵硬的表情也變得柔和許多。

「你遇上什麼好人了嗎？」

他在工地看見過子言幾次，她並沒有發現他，那個女孩偶爾會朝大樓裡張望，一心要搏取那隻貓的青睞，倔強得很可愛。要離去時，會先牽著腳踏車走到路口，邊走邊回頭，她那身藏青色制服和腳踏車意外地搭調。

海棠欲言又止，似乎覺得不妥，又把話吞回去了，只是淡淡頷首。

對方是女孩子的機率很大喔！子言的媽媽憑著老練的經驗臆測，進而鼓勵。

「如果還有機會跟對方見面，不妨好好交個朋友吧！」

她的樂觀，在他有如一潭死水的瞳孔裡激蕩不出漣漪。他的視線從她臉上移開，重新落在自己安分交疊的雙手上，「老師，像我這種人，還是自己一個人好。」

「海棠……」

「剛剛說的遺傳，其實讓我很害怕。我想，我一定就是屬於壞的例子，因為我做過的事，因為我是『他』的兒子。」

她嘆息，心疼地拍拍的他手背，「別這麼說，你不是正在努力重新來過嗎？」

「我這雙手所造成的罪，和我身體裡的劣根性一樣，是一輩子的。」他在書房舒適的亮度下，抬起那雙光線怎麼也照耀不到的黑色眼睛，「不可能重新來過。」

「痛痛痛……」

進教室的途中，聽子言一叫，詩縈趕快挨近她身邊，讓她搭住自己的肩。

「怎麼還沒好啊？」

「因為傷在膝蓋呀！稍微一動，傷口就會裂開，還會很痛。」

子言扶著詩縈的肩膀，曲起摔傷的右腳跳著走。這幾天她都搭爸爸的車上學，那輛多災多難的腳踏車暫時擱在家中休息，掉了一些漆，醜醜的。她摔車回來的隔天，媽媽曾問她要不要換輛新車。

子言的手，有意無意撫過腳踏車的後座、坐椅、把手，它上頭的每一吋地方彷彿還殘留她和海棠相遇的記憶，一碰觸，立刻就有畫面跑出來。

「不用了，反正還能騎啊！」

她也清楚自己不是那麼有節儉美德的人，不過，還眞的有點捨不得丟掉它。而且她有幾天沒去工地了，心裡還掛念那隻貓，因此她早上對爸爸說，放學後詩縈會載她一程，事實上是打算偷偷到工地看情況。

「啊？我不行啦！」詩縈聽完她的如意算盤，馬上回絕，「今天我們家要出去吃飯，時間訂得很早，我得飆回去。」

「什麼？」

詩縈見她一臉晴天霹靂的錯愕，沒轍地嘆氣，「頂多，我載妳到路口看小貓一眼，不過只能看一眼喔！我不能逗留太久。」

「哇！親愛的！謝謝妳！」子言撲上前，緊緊摟住她，詩縈被她突如其來的擁抱嚇得差點跌倒。混亂之際，子言眼角越過詩縈香噴噴的髮絲，對上剛踏進校門的柳旭凱。

他夾在一群下了校車的學生潮當中，這中間有什麼靈犀相通，才側個頭，他也發現正和同伴打鬧的子言，帥氣的面容亮起一抹笑。脫不去的靦腆，比起以往少了分無措。

那個笑容眞可愛！子言卻爲難地垮下臉，在心裡猛唸著「對不起，我要假裝沒看見你」，然後跛腳加速逃離現場。

「子言，幹麼走這麼快？小心妳的傷口啊！」詩縈一頭霧水地追去。

果然，本來已經開始結痂的傷口因爲她的大動作，不但再度裂開，還輕微地滲出血。

「啊！又來了……」

子言萬念俱灰地倒向椅背，詩縈板起臉怪她幾句，子言委屈地默不吭聲。

不過，詩縈仍然幫她跑了一趟保健室。「我去問問看有沒有大一點的紗布。」

下課時間，詩縈向醫護人員要了瓶碘酒、紗布和膠帶後，匆匆跑回教室，在一個轉角迎面和人撞個正著。

手裡的碘酒、紗布和膠帶全掉了一地。她和對方不約而同地蹲下，又不約而同地出聲道歉，「對不起！」

詩縈聽見熟悉的聲音，警覺地抬頭，拿好的碘酒又摔了下去。天啊！柳旭凱！

「啊！」他當下認出這個女生，「妳是吳詩縈的朋友，是那個……叫子言的。」

詩縈不太會說謊，眼前又是自己的心上人，一陣心慌，只得硬著頭皮點頭。

「不好意思，我剛沒注意看路。」

他動手撿起那些醫藥物品，要遞還給詩縈時，發現她根本連看都不敢看他，接過東西的手微微顫抖，清秀臉頰上的紅暈愈來愈深，好似他今早在路上看見那朵嬌豔欲滴的鳳仙花。

這女生眞容易臉紅，記得上次在理化教室遇到她也是這樣。

柳旭凱覺得有趣，順口問起藥品的用途，「妳受傷啦？」

「呃……」他的關心反而害她受寵若驚，「不是我，是、是詩縈。」

「她怎麼了？」

「腳……膝蓋前幾天騎車摔傷了。」

這麼一說，柳旭凱想起在校門口看見子言逃跑時的模樣的確怪怪的。

詩縈鼓起勇氣，望了望他眉宇微鎖的神情。柳旭凱對上她的視線，很快恢復原來的爽朗精神，「那我先走了。」

詩縈點個頭，等他走遠，才一骨碌蹲了回去，捧在懷中的藥品也再次散開。她撫住自己胸口，原本虛弱的心臟在一分鐘前幾乎要停止跳動，吸不到空氣，也忘了要呼吸。然而，儘管是這麼難受，當她在腦海中溫習起發生的這一切，還是忍不住掩住嘴，歡喜地笑了。

子言安分待在座位上，讓詩縈幫她重新上藥包紮。她瞄著詩縈臉上似有若無的笑意，莫名其妙皺眉，「妳幹麼啊？春風滿面的。」

詩縈沒料到會洩漏心情，手一震，指尖剛好壓在子言的傷口上。

「哇啊啊啊！」

子言抱住膝蓋，痛得大叫。詩縈收回手，笑嘻嘻堆起歉意，「抱歉啦！一時失手。」

子言眨掉飆出來的淚光，奇怪地追問：「妳到底遇上什麼好事啊？」

詩縈盯著那個被碘酒顏色弄花的傷口，感覺刺鼻的藥水味突然濃烈許多，令她作嘔，不想開口。她低下頭，若無其事地拿起紗布，將子言的傷口貼覆起來。

「哪有好事？我路上還跟別人相撞耶！」

「相撞？妳怎麼會跟別人相撞？」

其他同學聽見子言慘叫，紛紛圍過來關心，他們你一言我一語地討論傷口有多噁心，詩縈都聽不太進去了。暗暗咬住下唇，心頭一陣感傷的酸。

她把事情隱瞞起來了，這是第一次她和子言之間有了祕密。記得在理化教室撞見子言和柳旭凱那天，她也認爲他們之間有什麼祕密，是那種不言而喻，或許連他們自己都沒有察覺的祕密。心裡雖然不是滋味，可是等到終究自己也藏起了不想說的話，她才明白那種無以名狀的罪惡感，就像一道醜陋的傷口，在她和子言之間，靜靜裂開。

放學後，詩縈載著子言來到工地那個路口。停下來，詩縈搖頭晃腦地搜尋，在行道樹下發現小貓的蹤影。

「貓在那裡！怎麼樣？我們可以走了吧！」

「等一下！等一下！」

坐在後座的子言伸長頸子，瞇起眼，確定在大樓中推著裝滿沙石推車的那個人是海棠。

「要等什麼？我快要來不及了啦！」

詩縈焦急地看錶，子言索性跳下車，催她回去，「妳先走吧！等一下我自己回家。」

「妳要怎麼自己回去？妳的腳還沒好耶！」

「妳放心啦！快走，快走，不是在趕時間嗎？」

詩縈半信半疑地騎車離開了，子言慢吞吞過了馬路，掏出預先買好的麵包，蹲下身呼叫小貓，叫了幾次依舊吃閉門羹。

這時，海棠已經忙完自己的工作，用肩上的毛巾擦汗，才步出工地，就因爲見到子言而愣住。

子言抬頭，看他還手握毛巾，站起身，笑一笑，「海棠大哥。」

他沒有開口。

「我是姚子言，你還記得嗎？」

他還沒答腔，工地一位長相粗獷的大叔拿著看好戲的語調高喊：「少年仔！女朋友來探班喔？」

「阿伯你不要亂講，我不是他女朋友啦！」子言一點也不介意，大大方方地反駁回去，稍後，發現海棠沉鬱的神色，老實招供，「可是，我擅自把你當作哥哥之類的人呢！我只有姊姊，所以一直好羨慕班上有哥哥的同學，好像有人會保護自己一樣。」

「不要再來了。」

他終於開口，子言驀地被那股冷漠凍著，和他無動於衷的神情相對。

「以後，不要再來了。」

「煩到你了？」她顯得困窘，隨即自嘲：「對不起，我沒注意到，神經好大條喔！」

「快回去吧！」

「呃……」子言右腳悄悄移到左腳後方，臉上還掛著燦爛的笑，「好，你先走吧！我等一下就回家。」

海棠不再理會她，回到工地拿自己的東西，穿上外套。出來時她還在，獨腳站立的姿勢沒變，面向著馬路上下班時間的車流。

子言擺在身後的手拎著塑膠袋，裡頭裝的應該不只一個麵包。

「我只吃蛋糕，不過我知道有一家店的麵包很棒，下次請你吃。」

他記得上次她的話，所以，那些麵包是要給他的？

她穿著長褲的右腳始終不壓地，是因爲前幾天摔車的傷還沒好吧。

明明還是年紀輕輕的女孩，怎麼會這麼逞強呢？大概因爲年少輕狂，少了防備，多了純眞，想到什麼就一頭熱，完全不會考慮後果。他還在她這個年紀時也是這樣啊！才會衝動過了頭，才會讓事情無法挽救。

「沒人送妳回去嗎？」

後方突然有人出聲，害她嚇一跳，轉頭看看已經來到身旁的海棠，尷尬地扯扯嘴角，「本來有，我自己說不要的。」

「一直走動，不會好的。」

子言想不通他怎麼好像已經知道她的處境，講話又簡化得要命，每次都得讓她猜半天。

「我打電話叫我爸過來接我。」她聽話地撥打爸爸的手機，叨唸著「怎麼沒開機」，再改打給媽媽，然後向海棠報告，「我媽說她十分鐘內會到。」

他點頭，不再出聲。冬天天色暗得早，子言等了一會兒，夜幕低垂，頭頂上的路燈一盞盞亮起來。她偷偷打量站在身邊的海棠，沒有打算離開的意思，是要在這裡陪她一陣子嗎？糟糕，剛才已經被他下逐客令了，現在兩個人又在這裡當木頭人，她還寧願他丟下她離開。

「麵包。」海棠沒來由地迸出一句話。

「咦？」

「給貓吃的。」

「喔！好。」

她拿出撕過的麵包，海棠扔了一小片到貓兒跟前，牠立刻狼吞虎嚥了起來。

這時，沒收好的小本子從他的背包裡掉出來。子言先一步將它撿起，本子攤開落在地上，雪白的紙頁用鉛筆畫了一幢兩層樓的房子，有小巧的前院，有寬敞的後院，內部舒適的隔局都能透視得見。

「好漂亮……好想住進這樣的房子喔！」子言不由得驚嘆。她不懂建築，可單單是這麼一眼，便覺得這房子設計得眞好。

「隨便畫的。」他將本子收回背包，不願意多談自己的事，順手又丟一片麵包給小貓。

「好神奇喔！牠只肯吃你給的麵包呢！」子言欣羨地說完，隨後遞出那袋麵包，態度修正得比先前婉轉，「這些給你，我買多了。」

海棠遲疑幾秒，才伸手接下。

「妳上次問我，喜不喜歡吃麵包。我沒想過喜不喜歡的問題，只是因爲習慣了。」他沒看她，就看著貓，好像還不能適應她那雙過度明亮的眼睛，「剛剛要妳別再來，也是一樣，不是喜好的關係，只是我習慣一個人。」

子言聽著聽著，幾乎忘了神，海棠講了好多完整的句子喔！她感動得亂七八糟。

而且，現在待在他身邊，氣氛一點都不僵了，或許是他說話方式的緣故，溫呑的，沉穩的，天再怎麼黑，她也知道身邊這個人一直都會在。就跟信念一樣，不用語言，不必眼見爲憑，海棠的守候就是如此牢靠。

子言歪起頭，淘氣地告訴他：「兩個也不錯啊！」

起先他不明白她在說什麼，後來順著她的視線，才曉得她指的是倒映在地面上的影子，他自己的和子言的，子言還頑皮地擺出怪動作。由於光線角度的關係，那兩枚黑色人形看起來比他們兩個人之間的實際距離還要靠近。

那樣的距離不禁令他未雨綢繆。這個社會並不是完全排擠他這種人，他清楚，有不少人試著接納，試著讓他明瞭他們不介意他的過去，就像子言的媽媽和工地的大叔們。

他也知道兩個以上的影子比較熱鬧。

「妳媽應該快到了，我不方便再待著。」他說。

「沒關係啊！反正你們認識。」

他反而眉頭凝鎖，鎖著一縷化不開的蕭索，「那，妳應該知道，我是個有前科的人。」

「前科」這兩個字宛如竄生的荊棘，扎刺她一下。子言不由得語塞，無措地呆在原地。

她沒想到他的老實並不輸給她。

「我犯下的，是殺人罪。」

子言睜大被嚇著的眸子，他背負的罪過、他那雙眼後的故事，在漸暗的夜幕中倏地鮮明起來。

「不要再來了。」

就算全世界的人都原諒他，他也無法原諒自己。

其實，說她不害怕是騙人的。

自從聽見他親口承認殺過人，只要一想到自己曾經因爲好奇心而試圖接近他，子言就感到不寒而慄。

她連殺魚都不敢看了，更沒有辦法想像殺死一個人會是什麼樣的畫面。

他要她別再來了，她應該也不敢再去那個大樓工地。

只是每次見到媽媽，想要查明眞相的念頭就更加強烈，他殺了誰？爲了什麼殺人呢？

「妳確定可以自己騎車上學了嗎？」媽媽手拿一杯熱牛奶，在她對面坐下。

「嗯！已經不會痛了。」

膝蓋的傷口完全癒合，已經結痂等著脫落。可是，海棠那番話對她的衝擊卻還深深印在心頭，並且與日俱增。

「媽，那個……」

「嗯？」媽媽含著等待的微笑看著她，話到了喉嚨，子言才發現這個問題是多麼難以啓齒，她害怕聽見眞實的答案。

「那個……爸最近好像很少在家喔？」她膽小地收回追究的衝動。

「對呀！公司忙吧！」媽媽的聲音有些乾澀。

不會又吵架了吧？煩不煩啊？都已經是大人了，還那麼愛吵。當初不正是因爲相愛才結婚的嗎？戀愛，難道不能只留在笑容裡？

早晨，子言負責打掃庭院的區域，掃到一半，班上男生就跑來求她傳授幾招魔術，好讓他去追心儀的女生。

有人提起她最愛的魔術，子言扔下大掃帚，興致勃勃耍了幾個簡單手法，男生抗議手勢太快了，根本看不清楚。

一陣玩呀鬧的，她無意間瞥見身爲副班長的柳旭凱站在訓導室外，正朝這個方向望。他的臉色沒有往常的爽朗，笑也不笑，等到他同伴趕來，才一塊兒離開。

「吃錯藥了嗎？」

子言撐起下巴，在上課中回想他不尋常的表情，後來決定認眞聽課，才發現她在課本上隨手寫了好幾次「柳旭凱」這名字。

「我、我在幹麼啊？」她趕緊用立可白把那些原子筆字跡一個個塗掉。

最近在學校，她是偶爾會有脫序的演出，但，倒也不再那麼在意海棠的話。

怎麼說呢，當她把重心放在學校，至少能漸漸覺得自己脫離工地那個世界，這邊和那邊，是兩個完全不同的地帶。

接著，又是和柳旭凱他們班同一個時段的體育課。

期末考快到了，子言班上的體育老師特准學生帶書出來看，女生們幾乎都這麼做。

子言和詩縈待在樹下準備下一堂的歷史小考。參考書看看又停停，子言並不怎麼認眞，操場上不時傳來踢球的叫喊聲。她維持讀書的姿勢，稍稍抬起眼，觀賞遠處在運動場上活力四射的柳旭凱。

難得放晴的冬陽曬著她和她的書，青草味道和紙張的氣息混雜在一起，隱約還能聞到昨天剛洗完頭髮所透出的香氣，這些味道和太陽很接近，都是暖和的。

她呆呆注視著操場上的廝殺，懶得移動視線，胸口啊，好像放了一個懷爐在溫溫發燙，原來，平常詩縈觀看柳旭凱踢球就是這種感覺呀！看著看著，就覺得……心情好舒服。

柳旭凱原本向前奔跑，忽然放慢腳步，朝樹下看過來，這一看，害他猛地被飛來的球砸到臉。

子言嚇一跳，抓緊參考書，誰知旁邊同時傳出小小的驚呼，詩縈直視前方，搗起嘴。

原來詩縈也沒在讀書。

子言不禁覺得落寞，暗暗反省自己貪婪的視線。

「好渴喔！我去買飲料，詩縈妳要喝什麼？」

「嗯……寒天綠茶。」

「好。」她乾脆離開這個是非之地，眼不見爲淨。

販賣機在她們待的樹下後方那兩排教室大樓之間。子言拿著零錢轉進去，在販賣機前站半天，還是沒決定好要喝什麼。

「嗨！」

她循著招呼聲掉頭，怔了怔。柳旭凱額間還沁著汗，微笑地向她打招呼。

又恢復正常了？可是這樣一點都不好！她怎麼又跟他一起落單了啦！

「你先買吧！」她退後一步，讓出空間。

柳旭凱走上前瀏覽飲料的選項，子言能夠清楚見到剛才他被球砸到的臉頰紅紅的，眞可惜了那張好看的臉，痛不痛啊？

「喏！請妳。」

她的臉冷不防被冰了一下。子言按住臉頰，看向他和煦的面容以及手中那罐檸檬茶，對於柳旭凱不再刻意保持距離的舉動而不知所措。

「幹麼請我？我自己可以買啊！」

「反正只是飲料。」

「不要……」子言有意避開他的手，卻一不小心碰掉了鋁罐。他們眼睜睜看著飲料橫躺在黃土上，柳旭凱拿起來時微濕的瓶身已經黏附一層泥土。

子言見他打算再投幣買一罐新的時，連忙制止，「不用啦！原來那一瓶就好了，還是可以喝啊！」

他聽了，說「妳等我」，就跑到對面的洗手台沖洗。

啊，這下子不就等於接受他請客了嗎？

子言低聲罵自己笨，又沒轍地望望洗手台方向。透明的水嘩啦嘩啦從水龍頭流瀉出來，不斷沖擊著鋁罐和柳旭凱挽起袖子的手，在半空中濺出陽光的晶瑩顏色。

子言覺得，有一種純淨的光線，也從她炙熱的胸口緩緩流散出來了。

她在午后靜謐的上課時間，輕輕一笑。

「來，應該很乾淨了。」

柳旭凱跑回她身邊，子言羞澀接下，「謝謝。」

「別客氣。」他也幫自己投了一罐運動飲料，跟她一樣並沒有馬上打開喝，只是和善地與她相視而笑。

面對這麼真誠的大男孩，子言不忍再閃躲，她指指他的右臉，露出糟糕的表情。

「你的臉沒事吧？好像很痛。」

「這種事常發生。」他一點也不在乎，反而關心起她的腳，「之前聽說妳的腳受傷了，還好吧？」

「喔！擦傷而已啦！早就好了。」

「那就好。我聽見的時候有點擔心。」子言表情一僵，很明顯就是不知道該接什麼話。他卻自顧自地說下去：「聽到的那天就想問妳的情況，可是，這樣好像很奇怪，就……」

「是真的很奇怪。」她吐出這麼一句話，便轉身面向販賣機，努力尋找詩縈要的寒天綠茶。

她快速轉身時，馬尾掃過他胸前的運動服，內心悶住的話被拍醒了。

柳旭凱把玩手中飲料，子言正想盡快脫身，他終於決定不吐不快，「那天，我看到妳在外面打掃，和別的男生說話，覺得……這樣說眞的怪怪的，不過，我覺得有點不高興。」

子言沒找到寒天綠茶，又納悶反問他：「他是我們班的男生，你們有恩怨啊？」

她似乎不太明白，柳旭凱總以為寫出那封告白信的女孩，應該很能了解他的意思才對。為什麼吳詩縈本人和她寫的文字老有搭不上的感覺？好像他認識了兩個不同的女生。

「我可以問妳一個問題嗎？」

「問吧！」

「妳到底……喜歡我什麼地方？」

子言瞪大眼，半天吭不出聲，面對微微發窘的柳旭凱，不由得發慌。完、完蛋了，「你為什麼突然問這個？」

「抱歉，我很想知道。」

她轉起圓溜溜的眼珠裝傻，「嗯……我寫給你的信裡面，沒有提到嗎？」

「沒有。」

「這樣啊……」子言再度轉向販賣機，怎麼辦？怎麼辦？喔！找到寒天綠茶了，可是現在的麻煩不是它……等等！她想起詩縈在保健室說過的話了！

子言回頭，笑盈盈回答：「有一次啊，我看見你扶你們班一個拄枴杖的同學上樓梯，那個時候就覺得你一定很好心，當然，還有很多理由啦。」

她暗暗鬆口氣，柳旭凱眞摯而感謝的眼神彷彿表示著他已經相信她的話。子言連忙按下寒天綠茶的按鍵，打算拿了飲料就跑。

「可是，眞奇怪，吳詩縈，我喜歡妳就說不出任何理由。」

喀咚！她彎著身，裝滿飲料的鋁罐重重落下的聲響撞進她耳畔。

不遠的地方誰打開了水龍頭，水聲再度嘩啦嘩啦了起來，不會停止似的，是這一刻所有的聲音。

愛，為什麼老是要和友情做二分法的選擇呢？從愛情中退讓，並不是友情的表現，而是一種瞧不起朋友的卑鄙行為。

【第五章】

這條安靜的小路，隨著路燈銀白色的亮光一盞又一盞地延伸，
他們並肩踩在柏油路上的緩慢腳步，頭上灑下的淡淡燈光，
她說不出的羞澀，他散不去的寂寞，
像交織的豆莖，在這條小路上蔓延又蔓延。
能再多走一會兒，就好了。

一到設定時間，鬧鐘開始鈴鈴作響。子言趴在枕頭上，手一拍，鬧鈴立刻安靜下來。微亮的房間，只聽見秒針一格一格地走動，她也不急著起來，懶懶地賴在床上。盯著平整吊掛在透進的陽光裡的制服，發呆著。

那是第一次，是她生平第一次被異性當面說「喜歡」。縱然是那麼簡單的兩個字，對她而言，卻成了一種神奇的物質，像甜甜發酵出來的情緒，像彷彿可以說出定義又會突然詞窮的感覺，像一種回音，在她記憶裡一遍遍重複，還像許多她不懂得該怎麼形容的感受。

「我……喜、歡、你……」

她稚氣地呢喃，沉靜片刻，然後一頭栽進鬆軟的枕頭中。

子言不怎麼記得後來發生的事，她只知道自己逃跑了。

回到樹下，詩縈並不在那裡。她待在原地喘氣，飲料罐滲出的冰涼水滴，漸漸和她手心上的汗漬交融在一起，分不清楚了。

下一堂上課鐘都敲完了，詩縈才回到教室。接著馬上小考，直到下課，子言才將退冰的寒天綠茶拿給她。

「妳剛剛去哪裡了？我找不到妳。」

「我去廁所。」詩縈打開拉環，喝了一小口，看著黑板上的解答，沒有看她。

昨天一整個下午，子言遇到什麼事、和誰說了哪些話，她完全沒有印象了，滿腦子都被柳旭凱說的「喜歡」佔據，一直煩惱到今天早上。

不過，也、也不全是煩惱啦！子言在車上迎著風輕快回想，他的靦腆、他的懇摯、他說「喜歡」時的溫柔眼神，總會鑽進她心裡，酥酥麻麻的，讓她傻呼呼地笑。

「吳詩縈，我喜歡妳就說不出任何理由。」

子言驀然放慢車速，只靠滑行。柳旭凱叫她「吳詩縈」，她並不是詩縈。

原來，那句話其實很傷人。

子言收起失魂落魄的精神，將腳踏車停在詩縈家門口。她家開早餐店，這個時間正忙，子言坐在車上等了一會兒，吳媽媽才注意到她，停下手中的鐵鏟，揚聲說：「子言啊！我們詩縈已經去學校了耶！」

「咦？」

「她沒跟妳說嗎？」

「呃……」她搔起頭，「哈！大概是我忘記了。」

手指碰到柔軟的髮絲，子言一驚，居然忘記綁頭髮了！

於是，她就這麼一路飄揚著引人注目的長髮騎車到學校。班上同學見到，紛紛湊上來把玩她及腰的黑髮。

「喂！你們不施捨一下髮圈，還一直亂拉！」子言抱著頭躲回座位，用手指梳梳被抓亂的長髮，眼神一飄，原來詩縈已經坐在位置子看書了。

「妳今天怎麼沒等我啊？」

「我今天值日，要早點來。」

詩縈回答時，眼睛仍沒離開書本。子言原本要追問怎麼不告訴她一聲，又想到或許是自己糊塗，詩縈說過而她沒聽進去。她是挺恍神的，不然也不會連頭髮都忘記綁。

中午，另一位值日生手痛，請子言幫忙抬便當，子言便和詩縈一起來到司令台前，各班學生已經擠在那裡領便當了。

柳旭凱發現她的身影，低聲「啊」了一下。子言彷彿聽見他的聲音，在人群中側過頭。她的烏黑長髮垂披在瓜子臉的兩旁，將那張素美的面孔襯托出令人驚豔的清靈質感，眼睛、鼻梁、唇色，一一鮮活了起來，她的面貌比他記憶中還要成熟許多。

他全神貫注地注視，失了神。子言的臉一陣慌、一陣紅，只好匆匆別過臉，沒能察覺身旁詩縈沉著的目光，若有所思地在她和柳旭凱之間游移。

午休時間，子言還是不能安穩入眠。說實話，領便當時她一度害怕柳旭凱會直接到她面前，詢問那個告白的後續。這麼一來，就會被詩縈知道了。

詩縈不能知道嗎？

子言趴在桌上的頭悄悄換個方向，凝視斜前方背對她午睡的詩縈。照理說，她是詩縈的替身，有義務向本尊報告一切有關和柳旭凱接觸的大小事。可是，詩縈一定會很難過的，也許還會很生氣，她沒有辦法想像詩縈對她很生氣很生氣的情景。

想到這裡，子言不由得抓緊衣袖。

她、詩縈、柳絮凱，爲什麼會在這裡呢？在這個三角定點上，到底是什麼造成了他們這般難堪的存在？

下午，子言試著用便當盒的橡皮圈綁頭髮，可是她的頭髮太長，老纏在橡皮圈上，就算硬是綁起馬尾也歪七扭八的，還因此扯掉好些髮絲。

「我幫妳吧！」詩縈不知何時過來的，接走她手上的橡皮圈，「到樓梯那裡好不好？」

這一堂是自習課，她們來到常去的樓梯間，子言坐在下兩階的地方，讓詩縈彎著身幫她將長髮梳齊。

詩縈手握梳子一次又一次在美麗的長髮上滑動，她常常像這樣幫子言打理頭髮，最喜歡幫子言編出整齊的麻花辮，她說那樣好有成就感。子言面向冷清的操場，感受身後那雙手不厭其煩的動作，輕柔得叫她瞳底的操場變模糊了。

「快要放寒假了耶。」詩縈說。

「對啊。」子言用力眨掉眼眶裡的濕熱，試著輕快回話，「去年寒假我們還一起去溪頭玩，今年也來計畫一下吧！上次好像說過要去木柵動物園對不對？」

「就我們兩個嗎？」

「這個嘛……可以再找秀儀，可是去年約她就約不出來。」

「妳是眞的想和我一起去嗎？」

子言覺得哪裡怪怪的，她想回頭看詩縈，可是詩縈正用橡皮圈把她的馬尾束起來。

「不跟妳去，不然跟誰去？」

「比如，跟妳喜歡的人一起。」

「啊？我哪有喜歡的人？」

「眞的？」

「眞的啦！」

「那，妳不會見色忘友嗎？」

這句話好像在哪裡聽過！

當她的長髮一吋吋離開詩縈的手，子言覺得體內某一條神經也隨之被抽離出去，瘦麻得叫她打起寒顫。

她回頭，對上詩縈平靜而冷淡的表情。印象中溫柔可人的詩縈，現在卻只讓子言覺得眼前的好友活像一尊冷冰冰的人偶，讀不出什麼喜怒哀樂。

「柳旭凱說喜歡妳，我看見了。」

子言狼狽站起身，沒辦法抑制心臟瞬間的狂跳，她因此難受地倒抽一口氣。

「子言，妳爲什麼不跟我說？」

「我怕妳會不高興。」

「那妳呢？他說喜歡妳的時候，妳高興嗎？」

她幾度抿唇，並沒有正面回答，「我沒有答應他什麼。」

「妳當然不能答應，妳又不是眞正的『吳詩縈』。」詩縈的一針見血，戳中她內心痛處，子言沒料到溫婉的她說話會這麼衝，而難過得握緊了手。

「所以，我不能喜歡他嗎？」

「妳那根本不是喜歡！」詩縈激動起來，怨怨地責備她，「妳只是在享受喜歡的感覺，妳不是眞正的吳詩縈，所以不用負擔任何責任。妳不用擔心他是不是和其他女生特別好、不會因爲見不到他而感到寂寞，妳只需要……只需要在遇見他的時候，玩起假扮的遊戲就好了。」

子言被說得有點惱羞成怒，一股氣上來，當下反駁了回去，「那個遊戲也是妳開始的！是妳要我假扮吳詩縈，沒有勇氣聽柳旭凱回答的人是妳！」

詩縈秀氣的臉一陣白，「難道妳現在有勇氣向他說實話？說妳其實不是吳詩縈？」

「妳幹麼對我發脾氣？他說喜歡我又不是我的錯！他說喜歡我……不可以嗎？」

子言說著說著，從猶豫，變得傷心。詩縈也靜下來，看著她，她們隔了幾層階梯的距離，不再靠近，視線不再那麼清晰。

這時，去廁所的班上同學路過下方走廊，撞見她們的對峙而停頓腳步。詩縈抹一下眼睛，快步從子言身邊跑下去。「要不要喜歡他都隨便妳。」

子言依舊面對灰舊的牆，詩縈經過時帶起的微風有好聞的香氣，是乳液甜甜的味道。她佇立在原來的階梯，不上不下，感受詩縈身上的香味最終在空氣裡散去歸無，她沒有攔阻。

子言以爲自己會大哭，畢竟是跟最要好的朋友吵架了，還有覆水難收之勢。不過，說到底，她是個性情冷的女孩，情緒不是那麼容易被激起來，頂多，隔天早上抱著一線希望，照例騎車到詩縈家門外，看見忙碌得像戰場的早餐店，待上一會兒，莫名其妙的，忽然發覺自己也不是眞的那麼想找詩縈，她只是……

只是想確定她們的友誼是不是因爲一個柳旭凱就變得不堪一擊。

「咦？子言啊！」詩縈的媽媽又發現她，不知情地大喊：「詩縈先走了喔！」

「這樣啊……」她也是早就心裡有數，笑一笑，慢吞吞騎上車，慢吞吞踩動踏板，這陣子才稍微回暖的風從她四周流竄而過，空空的。

那是毫無預警而迸溢出來的情緒。子言發出一聲幾乎聽不見的喉音，兩邊嘴角狠狠往下扯，她閉上眼，連同脆弱的聲音一起壓抑住。

早晨一個人的路上，她沒有大哭，只有途中落下的幾滴淚水而已。

子言和詩縈不再和對方說話，接踵而來的是忙碌的期末考，接著進入寒假。

除了春節期間和家人到宜蘭玩三天，其他日子，子言幾乎都待在家。姊姊也沒有閒著，和學伴相約，又出門去了。

她曾好奇問過什麼是學伴，姊姊急著出門搭車，丟給她一句「妳以後就會知道了」。

遠處什麼地方著了火，街道上消防車的鳴笛不斷。子言身穿家居服倚在二樓窗口，遙望上竄的黑煙弄髒了天空，化成烏雲，一朵朵飄向矗立著的工地大樓。

她沒有再經過工地，上下學總會刻意繞道而行。子言不是真的那麼聽海棠的話，只是每當她想起他那雙烏木般沉黑的眼睛，便立刻領悟到，這個人的故事，不是活得無憂無慮的她所能承受。她還沒有聆聽，然後釋懷的能力。姊姊老當她長不大，她心底不服氣，卻也無話可說。

將自己裹在棉被裡的半夜，避開樓下的爭吵聲，她只曉得自己一定要乖、要懂事、變成討人喜愛的孩子，也許他們因爲她的緣故，就不會離婚了。

這個笨方法到底有沒有用，是不是再過幾年，眞的如同姊姊說的，以後就會知道了？

總之，子言過了有史以來最無聊的寒假，心情就像那片弄髒的天空，鬱悶地迎接新學期的到來。

開學第二週，有一個朝會要檢查服裝儀容，教官以抽查的方式將幾個班級留下來，子言那班可以先進教室。

他們以整齊的縱隊離開操場，路經柳旭凱的班級。他看到睽違一個寒假沒見的子言，原是十分驚喜，卻發現她無精打采地跟著隊伍走。還在困惑時，同樣盯著別班女生的朋友阿泰忽然神祕兮兮地湊到身旁宣告：「喂！跟你說，我想追一個女生。」

「誰啊？」

「嘿嘿！就是那一班的女生。」他開心地揚揚下巴。

是子言的班級。柳絮凱凝望逐漸走遠的隊伍，又問：「知道名字嗎？」

「放假前就打聽到了。你都不曉得我透過幾手資料才知道，不過，她的名字眞不是普通的好聽！」

阿泰一臉陶醉，柳旭凱只覺得好笑。「到底叫什麼名字啦？」

「吳、詩、縈。怎麼樣？很不錯喔？」

阿泰喜孜孜地好像對方已經是他女朋友了。柳旭凱整個人呆住，不妙的念頭閃過腦袋，他們哥倆好該不會喜歡上同一個女孩子吧？

「你、你確定她叫吳詩縈？」

「廢話！對了，你也看過她啊！不知道你還記不記得，很久以前我們經過他們班，她就是在講台上穿蘿莉裝的那一個。」

蘿莉裝……蘿莉裝……柳旭凱開始對那天的光景有些印象了，反倒變得更不解。

「不對吧！她明明是叫……叫什麼子言的。」

「什麼子言！她叫吳詩縈啦！」

「你確定？」

「我用我《死亡筆記本》的全套漫畫掛保證！爲了打聽她的名字，我把漫畫借給阿祥，阿祥的小學同學和吳詩縈同班，是那個小學同學說的！」

便當領回來了，盒蓋都還沒打開，班上一個叫秀儀的女生一屁股坐在子言隔壁位置，手拿便當，一臉笑咪咪。「跟妳一起吃。」

「好啊！」

秀儀和子言、詩縈的交情都不錯，個性像傻大姊，對朋友的事十分熱心。她漫無邊際地和子言閒聊一陣，忽然愼重其事地喊她名字：「子言。」

「嗯？」她咬著一塊大排骨邊抬頭。

「妳和詩縈吵架了嗎？」

子言一怔，五秒鐘後才粗魯地放開到口的肥肉，舔舔鹹味的唇，「誰叫妳來問的嗎？」

「沒啊！我自己看也看得出來。」

「那麼明顯嗎？」

「妳們以前一天到晚黏在一起，現在都不跟對方講話，到底怎麼了？」秀儀操著大姊的口吻關心著。而子言盡是用筷子翻攪便當裡的白飯，半天說不出個所以然。

秀儀以爲她在賭氣，所以不願多談，因此語重心長地嘆氣，「總不能一直不講話吧？要不要我幫妳去跟詩縈說？」

要說什麼？

子言瞥瞥和其他同學一起吃便當的詩縈，似乎正聊到什麼趣事一哄而笑。

明明在冷戰了，為什麼她反而比以前還要注意詩縈的一舉一動，無時無刻介意著她對自己的反應。

詩縈不小心弄掉了筷子，彎身撿拾的空檔觸見子言的視線，立刻收起僵住的笑臉，轉身繼續和其他人說話，泛起酒渦的笑容彷彿什麼事都沒發生過。

只是，有些事，才正要開始。

「總不能一直不講話吧！」

秀儀那句話一直縈繞在子言心頭，她騎著車一邊嘟噥，「才不會一直不講話呢！」

只要讓她找到該說的話就行了。

子言緊急煞車，看看前方路口，一個轉念，將車頭掉向通往工地大樓的岔路。

她沒來由有一種無所謂的豁達，「反正都跟詩縈吵架了，就算海棠是殺人犯也不算什麼」，抱著這毫無邏輯可言的想法，她來到爸爸負責建造的大樓。

許久不見，樣貌完全不同了。大樓外觀已經銨接上偏藍色系的玻璃帷幕，一脫先前單調的難看模樣，氣派許多。

貓兒還在，連牠也長大了，身材變得圓潤一些，坐在行道樹下梳舔自己的棕毛。

「嗨！你一定不記得我了。」子言在牠面前蹲下，撕塊麵包遞過去，「麵包喔！」

牠睜著亮晶晶的雙眼盯住子言，就這麼一直看，動也不動。

子言垂下手，無奈地咧咧嘴角，「也對啦！我忘記你從沒吃過我的麵包。」

幾分鐘過後，貓兒從起初傲慢的態度，轉而謹慎前進，速度很慢，甚至還會走一步退兩步。不過，終於還是來到麵包前，張開金口給了她面子。

子言傻傻地看牠吞下整塊麵包，並且優雅地坐下，搖起尾巴，舔舔嘴角，一副等她再給下一塊的期待模樣。

子言皺起眉頭，濕了眼眶。為什麼會這樣呢？貓的理睬，竟讓她感受到前所未有的寂寞，是一種以為忍忍就會過去的寂寞，無以名狀，像那天那道空曠的風，一碰觸皮膚就作痛。她環住孤單的身體，埋進膝蓋中啜泣。

大樓有兩三位工人走出來，見到高中女生蹲在地上，其中一個還記得她，操著台灣國語朝大樓裡頭喊：「喂！少年仔！你女朋友在哭啦！快來安慰人家！」

海棠放下油漆刷，不明究理地走出來，一見到子言就打住。

「快點啦！」大叔面露凶光地催促，「男人不應該讓女人流淚，啊是沒聽過喔？」

海棠沒辦法，為難地走到她身邊，站了一會兒。因為根本不知道該怎麼應付蹲在地上哭泣的女孩，他只好坐在尚未鋪上磁磚的台階上，瞧瞧偶有車輛經過的街道。

大概有五分鐘之久吧！子言終於抬起頭，吸吸嚴重堵塞的鼻子，摸摸兩邊口袋，再找找書包，然後尷尬地向海棠伸手，「對不起，可是我的衛生紙用光了……」

海棠又跑進大樓，拿著一盒衛生紙出來時，子言已經不蹲地上了，她坐在台階上頭，看著他方才看的街道，一面發呆，一面掉眼淚。

「衛生紙。」

子言接過整盒衛生紙，才抽出一張擱在鼻頭前，忍不住又悲從中來。

海棠沒想到她會哭不停，求助般望向在轉角偷看的大叔，卻被大叔狠狠瞪了一眼回來。

他在剛才的位置坐下，陪著，不說話，茫茫然面對著盤旋的料峭晚風，總有一種「爲什麼會坐在這裡」的淒涼。

等到子言漸漸不再哭得那麼厲害，海棠看看時間也差不多該回去工作了。正準備起身，身旁突然傳出哽咽的聲音。

「我跟、跟詩縈吵架了，我們已經快要六十天沒說話，這是我們第一次冷戰這麼久。」子言在那張衛生紙上擤鼻涕，依然止不住抽噎，「可是到現在、到現在我還是不懂爲什麼會吵架，又不是我自願要假扮她，我也沒有要柳旭凱喜歡我，爲什麼被罵的人是我……」

海棠愈聽愈是不安，他完全聽不懂她到底在說什麼，什麼假扮？誰又是柳旭凱？

「對不起，我知道你不希望我來，但是我想，我來餵小貓的話，心情應該會好一點。」

她總算不再沉溺在自我的世界，又回到現實，深呼吸兩口，像是要讓自己平靜一點。海棠回頭看看轉角，大叔已經不在那裡了，他也必須趕快返回崗位才行。正想這麼做時，子言又劈里啪啦地開口，他只好再一次坐回原位。

「詩縈說得沒錯，我好像不是眞的喜歡柳旭凱，她說的擔心、寂寞，我不懂嘛！爲什麼一定要那樣才能算眞正的喜歡？如果不喜歡，那爲什麼我每次看見他都覺得滿高興的？結果，我現在必須爲了這個我不懂的問題跟詩縈吵架，連要吵什麼都不知道，蠢斃了……」

她抽出第五張衛生紙，按按濕潤的眼角和發紅的鼻子，終於意識到自己的唐突和聒噪。她不好意思地想道歉，卻迎向他眼底不知從何時開始浮現的溫煦笑意，不是熱情的光度，倒像細水長流。

「不是很好嗎？有人陪妳吵架。」他說。

她一開始不是很了解，後來想到也許他沒過正常的求學生活已經好久，身旁大概沒有可以吵架的朋友。

子言凝著鼻音告訴他，「我跟你說，我不是故意要吐你槽，可是，我覺得朋友還是相安無事比較好。」

「妳認爲，朋友，就應該是一心一意對妳好，無論妳做什麼，對方都能認同，是嗎？」

「不是嗎？」

「我認爲，爭執反而是一個可以說出眞正想法的機會。通常我們爲了相安無事，不會每一件事都實話實說，一旦吵架，反而能夠坦白。善意的謊言，有時候是一種自私的想法，充其量是爲了減輕自己的罪惡感罷了。」

那一刻，子言眞切體會到她和這個人在年齡上實際的差距。他在人生上的歷練遠遠超越她許多許多，他的成熟，是她望塵莫及的，而她竟然還天眞地想去了解這個人的故事。

「我知道了，我會好好想一想。」她乖巧地平靜下來。

海棠有些許意外，應該是，子言的坦率每次都讓他意外。那份純眞似乎感染了他，海棠沉默片刻，主動告訴她一件關於自己的事：「貓，我帶回家了。」

「嗯？」

「寒流來，我都帶牠回家。」他的對白又開始簡化了。

子言眼眶還噙著未乾的淚光，明閃閃的，跟她露出的微笑一樣漂亮，「很好啊！」

因爲是無關緊要的事，她才覺得意義非凡，那表示她晉升到可以話家常的等級了。

他說要送她回家，還說工地附近一到晚上就不太會有人經過，要她以後別逗留得太久。

「那，意思是……」她靈巧探問，「我以後還是可以來了？」

子言牽著腳踏車慢慢走，一路上，大概只剩下鍊條轉動的聲音，以及他安靜的苦惱。

「妳爸媽會擔心的。」

「如果你是擔心這個，那我就不會讓他們知道。」

「跟我這種人打交道，不會有什麼好處。」

子言想也不想，「可是，我不是要跟你做生意啊！有人對你好，你都認爲對方是有目的的嗎？」

她的話聽似天眞，卻讓他察覺到自我的卑微，曾幾何時，已經成爲醜陋的防備。

子言見他又不吭聲，以爲他不高興，「不過，好像都是你在幫我，我一直給你添麻煩，呵呵！」

「沒那回事。」

腳下的節奏行進了兩拍後，有道輕如羽毛的聲音飄進來。

子言抬起頭，他一向深憂的眉宇間有一縷似水的溫柔舒展開了。她又低下頭，望著自己的白襪黑鞋來回交錯。驟然加速的心跳，害她的臉燙燙的。

這條安靜的小路，隨著路燈銀白色的亮光一盞又一盞地延伸，忽然漫長得不見盡頭。腳踏車鏈條一圈圈地轉動、他們並肩踩在柏油路上的緩慢腳步、頭上灑下的淡淡燈光、她說不出的羞澀、他散不去的寂寞……像交織的豆莖，在這條小路上蔓延又蔓延。

能再多走一會兒，就好了。

「貓、貓叫什麼名字？」

再這麼安靜下去，彷彿會換不過氣似的，子言匆匆問起那隻貓的事。

「名字？」

「你要帶牠回家，總得幫牠取名字吧！」她見他還是一頭霧水，提醒道：「不然你要怎麼叫牠來呢？」

他仍舊無法理解，「我沒什麼事會找牠。」

所以不用幫牠取名字嗎？子言腦袋瓜不知道在想什麼地沉吟片刻，最後才淘氣地噘起嘴巴，「我跟貓不一樣，我有取名字喔！我叫姚子言。你沒事也不會這樣叫我嗎？」

他站住，她的問題和她現在的表情一樣俏皮任性，他爲難半天，也沒辦法潑她冷水。

「哎？那不是蕭海棠嗎？喂！眞的是他耶！」有人操著粗啞的台語，擋住他們的去路。

海棠發現出現在前方的三個人影，頓時變了臉色。子言不得不跟著停下來。那三個人的舉止不像善類，見到海棠，又表現得像相識已久似的。

「唷！你把妹啊？還是清純的高中生耶！」

其中一個瘦子注意到子言，色瞇瞇地上下打量她。子言微微退後，不高興地瞪回去。一個比較壯碩的男生見海棠不出聲，出手推他一把，「幹麼？不記得我們啦？虧我們還一起待過看守所。不過，我看你現在混得不錯嘛！」

接著，他的目光也不懷好意地落在子言身上。海棠啓步站到子言面前，放低姿態，「她只是我觀護人的女兒，順路送她回去而已。請讓我們過去。」

獐頭鼠目的三人面面相覷，其中的大胖子老大不爽地昂高下巴，「跩什麼跩？搞上觀護人的女兒了不起啊？從以前就是這副自命清高的死樣子！」

他雙手一推，使勁將海棠推得撞向後方的牆。子言嚇得扔下腳踏車，跑到他身邊，「海棠大哥！」

「快走。」他壓著聲音催促，見到子言猶豫地動也不動，輕輕將她往一旁推，「我沒關係，快走。」

子言倉皇點頭，掉頭就跑。聽見後面傳來有人大喊「高中生跑了啦」，心裡更加害怕。天哪！她從來沒遇過火爆的打架場面，就算在學校也只是時有耳聞，沒想到這麼可怕！

「等一下！跟她沒有關係！」

有人要追上去，海棠及時拉住他的手肘，瘦子回頭，一拳朝他臉上揮。

「你敢抓我？」

子言跑到半路，聽見有人凶惡地大叫，忍不住回身，正好見到海棠被打倒在地的情景。他的背包跟著掉在地上，裡頭的東西散出來，其中一樣是那本畫有漂亮房子的小冊子。

小冊子在持續的衝突中幾度慘遭踐踏，海棠曾做出看似想要拿回它的動作，可惜一再被那些流氓推打，卻怎麼也不肯還手。

他雖然沒說，不過心裡一定很珍惜那本小冊子，鉛筆畫的房子透露出構圖時很細心、認眞的態度，就連子言也捨不得它被破壞分毫。

打不過他們，總應該可以把小冊子偷偷救走吧？

子言跑回那個路口，那幾個大男生已經推擠到牆角了，沒人理會躺在馬路上的小冊子。她悄悄繞過去，將它和被扯裂的幾頁紙撿起來。

「咦？妹妹，妳捨不得走啊？」

她的手冷不防從後方被拉起，最壯的那個人硬是將她拖近，子言登時覺得手快被折斷了。

「放開！好痛……」

說時遲那時快，海棠已經衝上來，掄起拳頭使勁揮開壯漢。另外兩人見狀，怒火上衝，正要幫兄弟報仇時，刺眼的車燈瞬間照亮在場的所有人。

一部黑色奧迪轎車停在他們前方，子言伸手擋住光線，後來定睛看清楚下車的人，欣然跑到他身邊。「爸！」

「你們在做什麼？」

子言的爸爸快步近前來，將他們輪流看一遍，掛彩的掛彩，皺巴巴的衣服擺明發生過嚴重的拉扯。三個流氓見到這位西裝體面的中年男子介入，朝地上吐口水，狠狠對海棠撂話，「這次先放過你，下次就沒這麼簡單了！」

他們三個都離開後，子言的爸爸看看毫髮無傷的女兒，再看看臉上有挨揍痕跡的海棠，用懷疑的口吻詢問子言，「他是誰？」

「他……」子言支吾，瞥瞥正彎身收拾背包的海棠，「是學校的學長，送我回家。」

那怎麼沒穿制服，又和那三個流氓扯上關係？子言的爸爸不怎麼相信，海棠倒認出他是那棟大樓的負責人，偶爾會帶著下屬來工地巡視。

由於這個青年剛剛好像還護著女兒，做父親的也不好多說什麼，只低聲命令子言：「快回去吧！」

「喔！」

子言的爸爸先上車發動車子，子言經過海棠身邊之際，擔心他嘴角的血跡，輕輕交代：

「你在這裡等我一下，我去拿藥來，不要走喔！」

她牽起倒地的腳踏車，快速騎回不到兩百公尺遠的家。海棠目送她焦急的背影消失在遠處的燈光下，負起背包，揚手抹去嘴角的血漬。鮮豔的顏色沾在略略浮腫的拳骨上，午夜夢迴，那抹怵目驚心的紅，總像擺脫不掉的夢魘一再糾纏，不會結束。

海棠再次抬眼望向子言離開的方向，只剩清冷的燈火。儘管如此，彷彿還能聽見熟悉的腳踏車聲，為了他的緣故，一圈又一圈急促地轉動。

子言回到家，爸爸繼續追問剛才的情況，她信口編了一個學長英雄救美的故事，然後假裝要上樓換衣服，卻拿走醫藥箱偷偷摸摸從後門繞出去。

當子言捧著醫藥箱回到方才的路口，他早已不見蹤影。

子言急急忙忙四處尋找，最後怔怔地留在原地。路口的風旋繞得有點輕，像他每一次轉身離去的身影。

她低下眼，凝視懷中派不上用場的醫藥箱，竟感到一絲落寞。

「好歹說聲再見啊……」

愛，在少女的心中是一首輕盈的詩，有絢爛的落花，有多愁的流水，或有情或無情，畫面總是和夢境一樣美，一樣易碎。

【第六章】

她從泫然欲泣的感傷中抬頭，彷彿在無意之間有了預感。
前方寬廣的道路盡頭，一輪火紅夕陽正在沉落，
有個高瘦的身影，從鋪滿熔岩般餘暉的地平線上走來，
他背光的剪影，在璀燦暮靄下，有著說不出的親切。

由於和詩縈還在冷戰，每天一早只要想到要上學，總覺得提不起勁。對鏡子梳頭髮時，子言會順便做些怪表情，鬆鬆淤滯的情緒。

媽媽一早準備好早餐就出門了，子言穿好制服下樓，餐桌邊的爸爸見到她，拿起正在閱讀的本子問：「子言啊，這是誰畫的？」

「嗯？」

她漫不經心地瞧一瞧，瞧不出所以然，正想搖頭，登時想起那本小冊子是海棠的。前天幫他救起小冊子，就順手帶回家了。

「你怎麼隨便看人家的東西啦！」子言衝上去，一把搶回小冊子，佯裝對爸爸生氣。

「是妳自己擺在客廳桌上的。」子言的爸爸無辜地撇清，然後又問：「裡面的東西不是妳畫的吧？」

算準她沒那個天分才這麼問嗎？子言警戒地瞪視爸爸一會兒，才一副沒什麼大不了地回答：「是學長畫的啦！本子我忘記還給他了。」

「送妳回家的那個？」一提到那個不像學長的學長，他不禁又皺眉頭。

「對啊！怎、怎麼樣？」

「他在這裡面畫的，有幾件作品設計得不錯。」

子言的爸爸頓一頓，考慮到還不是很了解對方，話只說了一半。子言坐在自己位置上，一面拿起吐司，一面偷偷打量父親，最後還是壓抑不住好奇心。

「然後呢？你眞的覺得不錯啊？」

「嗯。」他攤開報紙，認眞瀏覽半晌，似乎不打算再繼續這個話題。子言心急得正想要追問下去，爸爸頭也不抬，簡略地說：「有機會就問問他還有沒有其他作品。」

子言喜出望外，卻不敢大肆張揚，只將快樂含進香噴噴的吐司裡。「好！」

子言懷著難得愉快的心情來到學校。誰知才剛踏進教室，發現同學們議論著什麼的氣氛有些詭異，秀儀見到她，馬上臉色大變地衝來。

「子言！子言！妳知道嗎？詩縈剛剛昏倒了。」

「昏倒？」

「也不算眞的昏倒啦！不過她說呼吸困難，連站起來的力氣都沒有，整張臉變得好白喔！後來是好多了，不過教官還是帶她去保健室休息。」

「我去看看！」子言立刻跑出教室，一路上擔心得心驚膽跳。詩縈會不會死啊？她明明說過心臟的人工瓣膜可以撐很久的，怎麼現在就出狀況了？萬一她只剩幾個月不到的壽命，萬一像電視上演的那樣的話，怎麼辦？

她粗魯地打開保健室的門，把裡頭的醫護人員嚇了一跳。

「要保持安靜啊！」戴著方框眼鏡的中年婦人厲聲警告。

「對不起。」子言踮起腳尖，想看看後方的床位，「那個、她還好嗎？我是她同學。」

「妳們是同學啊？」醫護人員的語氣和緩多了。「看起來沒什麼問題，不過還是去趟醫院比較好，妳先陪她，我出去聯絡。」

「好。」子言用力點頭，等醫護人員踩著分秒必爭的步伐走出保健室，這才望向被青色簾子半掩的床位。詩縈仰躺在上面，用手背半遮住臉，胸部的起伏還是稍嫌急促，拚命在吸取氧氣一樣。

子言慢慢走近，詩縈的臉色果然很慘白，不過還好好地在呼吸，她因此放心地嘆息。

「妳來幹麼？」詩縈已經知道進來的人是誰，並沒有移開壓在眼睛上的手，虛弱地問。

「看妳啊！妳怎麼樣？」

「死不了啦！」詩縈無所謂地提到「死」，讓子言心酸了一下。如果是以前，她會嘮叨地罵詩縈幾句，可是現在兩個人還沒和好，很多話都不適合說。

詩縈見她一直安靜地站立，在硬邦邦的枕頭上側過頭，「我沒事，妳回教室啦！」

詩縈耳邊的髮絲，有幾綹散在她陶瓷般白皙的臉龐上。儘管病懨懨的，還是那麼楚楚動人，子言一時之間看得有些出神。

「我在這裡陪妳，就可以不用去上課了。」

她兀自拉張椅子坐下。詩縈不想多費力氣跟她爭，將棉被拉到下巴，疲倦地閉上眼。

想睡覺了嗎？子言雙手安分地交疊在膝蓋，悄悄審視她的情況，然後無聊地望望窗外，一大片藍天白雲，今天天氣好好喔！

「話先說在前頭，如果妳也喜歡柳旭凱，就不要管我怎麼想。」

詩縈忽然出聲，還提到柳旭凱，子言身體緊繃了起來。詩縈已經睜開雙眼，生氣盎然地注視子言。

「我還是會繼續喜歡他，不過那是我的事。」

「就算我跟他交往也沒關係嗎？」子言問得幾分挑釁。

「那是妳的事。」

詩縈一瞬間還是露出不情願的神情，一個轉身背對她，將薄被拉得更高。

子言鬆開僵硬的肩膀，深深凝視詩縈不打算再理會她的背影。

什麼時候她才能像她一樣，那麼明確地知道心裡想要的是什麼，不願讓自己後悔似地付出情感，而且熱情得不怕揮霍。

她好羨慕。

詩縈被送到醫院之後，子言回到教室，正好是下課時間，秀儀拿了一張紙條給她。

「詩縈走了對不對？剛剛有人說要給她的。」

「誰啊？」

「別班的男生。」提到男生，秀儀不禁興奮地竊笑起來，「長得很帥喔！上面有寫他的名字。」

那紙條並沒有摺成花俏的形狀，只是簡單地對摺又對摺。子言翻到背面，上面有柳旭凱的名字，柳旭凱？

「妳幫忙拿給詩縈嘛！順便找機會說說話。」秀儀非常樂意牽線，用力拍拍她的背。

子言根本笑不出來，她匆匆躲回座位，牢牢握住那張紙。對柳旭凱而言，吳詩縈指的應該是她吧！真是好險，信差點就落到詩縈手中，要是裡頭寫了會害詩縈傷心的話怎麼辦？

子言偷偷打開紙條時，手都還在不聽話地發抖。

「吳詩縈，妳好！我有事找妳，下午第一堂下課請妳到上次那個庭院。

柳旭凱」

他的字十分瀟灑，透著他本人所沒有的成熟氣息，好意外喔！

不對啦！現在不是在研究字跡的時候！他找她有什麼事？該不會要問她對於那個告白的答覆吧？她不可能答應的，她不能用「吳詩縈」的身分一直和他來往；可是如果她不答應，那也說不通，最初寫情書給柳旭凱的是吳詩縈耶！

啊！該怎麼辦啦？

子言一頭朝桌面撞去，癱趴在桌上，覺得自己走到了懸崖前，進退不得。更糟的是，這一次無論她怎麼絞盡腦汁，也想不到能夠漂亮圓謊的說詞。

人家不是說，說謊像滾雪球，會愈滾愈大，現在她連半點可以滾的雪花都找不到了。

就這樣，無論再怎麼煩惱，下午第一堂下課還是來臨了。

子言忐忑不安地來到上次鋪滿一地落葉的庭院，現在已經到了春暖花開的時序，沒有見到落葉，地上乾乾淨淨的，倒是枝椏上冒出不少翠綠色的芽。

柳旭凱已經到了，端直地站在一棵小葉欖仁下方，望向頭上的點點綠意。他周遭的空氣安穩平靜，爲他添上幾分書卷氣。

子言輕輕佇足，覺得自己再也沒有勇氣前進半步了。眼前那一地空曠黃土頓時化作藍森森的池水，就像她早上從保健室窗口望出去的天空顏色一樣。而她是隻明明不會游泳，卻仍然硬著頭皮準備跳水的旱鴨子。

「啊。」柳旭凱略略驚訝，彷彿她的出現是出乎意料。「來的人是妳啊！」

子言聽不太明白，也無心追究，「你找我……有什麼事？」

他並沒有直接回答她的問題，只是輕鬆提起自己的事，「我國中三年都在男生班，沒什麼機會和女生接觸。上高中之後，只對足球有興趣，如果可以，我希望以後可以靠體育方面的專長保送上大學，所以根本沒有心思想到要交女朋友，跟其他人比起來，很遜吧？」

怎麼會？明明很棒啊！

可是她不能那麼說。子言輕輕搖頭，「不會啦！」

「坦白說，那天和妳在這裡見過面之後，我才認真地把信再讀過一遍。其實不只一遍，看著妳的字，我會想像妳是什麼樣的女生，想要更認識妳。一想到像妳這麼特別的女孩子會喜歡我，真的滿高興的。」其實他還是擺脫不了緊張，卻努力用生澀的語調告訴她：「在販賣機前，我說喜歡妳，那時我在心裡拚命祈禱妳也還喜歡我……妳不知道，我經常後悔那天怎麼會拒絕妳耶！」

子言曉得自己應該說點什麼，總不能像個啞巴杵在原地吧！然而，面對他如此真誠的告白，她胸口的感動好滿好滿，就要溢出來了。因此她必須緊緊揪著心，以免這份歡喜、這份情感，會失控流竄。

「可是，妳到底是誰呢？」

那一刻，她聽見心臟像是因壓抑而反彈，用力地鼓動著！

「雖然阿泰一直強調妳不是吳詩縈，我還是想自己來問妳。」他一向良善的眼眸轉而拉出一道陌生距離。「妳是誰？」

子言抿緊唇，望向空地另一頭的柳旭凱。她明白了，沒有讓她進退兩難的懸崖，沒有她必須一再圓謊的雪球，沒有她非跳不可的水池……她腳下所踏的地方，就是現實，打從一開始就真真實實地存在。她從來就不是吳詩縈，縱然她如何欣羨過那個溫柔美麗的女孩子，這輩子也不會成爲另一個人。

「我的名字，叫姚子言。」她的聲音跌跌撞撞的，卻異常清晰。「在班會上穿蘿莉裝和我一起表演的，才是眞正的吳詩縈，一直看著你的人是她，喜歡你好久的人也是她。」

「爲什麼騙我？」

「那天，詩縈要回醫院檢查，不能來找你，她要我幫她聽你的回答。」

「所以，妳根本不喜歡我，對吧？」

他寬闊的眉宇蹙著靜靜的傷痛，那傷痛讓子言眼眶灼熱。

她不懂爲什麼會心痛，不懂自己想要的是什麼，不懂那些含著酸楚的喜悅是不是就是「喜歡」。她什麼都不懂，只覺得那一年迎面而來的青春太過耀眼，什麼都看不清楚了。

「對不起。」子言內疚地低下頭。

柳旭凱看著她柔順的長馬尾滑溜到胸前，一句話也不說，從緘默，到漸漸接受。

「不用道歉，是我笨。」

「柳旭凱……」

「不過我不會笨到再找妳了。」

他從她身邊離開時，一度遮住從葉縫灑下的陽光。光線忽明忽暗的閃爍間，子言想起第一次見面在他臉上醺成的靦腆、他在理化教室搔過她鼻尖的褐色髮梢、他用檸檬茶在她臉上吻下的冰涼溫度……

她想起許多事，多到都有點後悔了。

現在趕快追上去，大聲對他說「我也喜歡你」，說不定結果就會不一樣，只要她快點追上去……子言使勁站住腳，不讓自己離開腳下的土地寸步。雖然不知道還要做幾次深呼吸才行，不過這陣心痛一定可以熬過，這份曖昧不明的眷戀一定也能夠埋藏起來。聽說時間會沖淡一切，時間會讓她長大，有一天她會懂得所有情感，不再懵懵懂懂，以後每當想起曾經有個男孩說喜歡她，胸口也不會那麼難受了。

應該是這樣吧？是這樣的吧？

當天放學，子言收書包時發現海棠的小冊子，想起原本就打算在今天還給他。

儘管心情再糟，她還是勉強繞到工地。大叔說海棠今天休假。小冊子對他而言一定很重要，子言決定送到他家去。

她騎車來到海棠家附近，路邊檳榔攤的玻璃屋被各種顏色的霓虹燈管框了起來，裡面坐著一位翹著長腿的大姊。

子言在失意的恍惚中，走到檳榔攤外，原本全神貫注在修指甲的檳榔西施發現她，奇怪地皺皺鼻子，好像沒認出這個女孩。

子言憑著一時衝動，在半敞的窗子外客氣地笑笑。「妳好，我上次……在這裡被車子撞倒，妳幫過我，海棠大哥還帶我回家清理傷口，妳還記得嗎？」

西施大姊眯起塗滿銀紫色眼影的眼睛，上上下下打量她三遍以上，最後才嬌媚地笑逐顏開，「喔！那個倒楣的小妞啊？怎麼了？妳爹叫妳來買檳榔嗎？」

「不是，我有事情想請問妳。」

「問我？」

反正，反正都跟詩縈吵架，今天也被柳旭凱討厭了，也不差再多知道一件糟糕的事吧！

「是關於海棠大哥，他說他殺過人，我想知道他以前發生什麼事。」

西施大姊眼神轉爲犀利，揚起嘲諷的嘴角，「幹麼？你們學校老師出的作業嗎？」

「才不是！我是因爲想要更了解海棠大哥，才來問妳的！」

「哈！哈哈哈……」她噗嗤一笑，然後笑得停不下來，直到笑夠了，才在桌上交叉起雙臂，不客氣地反問：「小妞，妳看我這裡像服務台嗎？沒事讓你們問東問西的？」

子言嘟著嘴安靜一陣，低頭找出零錢包，掏出五十塊用力擺在桌上，「一包檳榔！」

西施大姊露出「妳眞識相」的滿意表情，「妳要『青仔』還是『包葉』的？」

什麼跟什麼啊？「……包、包葉的。」

「小妞，妳爲什麼對我們海棠這麼感興趣？」

我們海棠？子言盯住她依舊看不出素顏原貌的臉，她和海棠是什麼關係？說起來，她對海棠的了解眞是少得可憐，連他的家庭背景都毫無頭緒。

「我想和他做朋友，可是什麼事都不了解。」

子言的率眞引起西施大姊的注意，她從手上剝到一半的綠色檳榔中抬起眼，分析起這名高中女生毫不隱藏的奕奕目光。

「小妞，妳喜歡他啊？」

「嗯？」

西施大姊趁她還沒有反應的能力，操著看好戲的口吻說下去：「海棠長得很好看吧？小女生很容易喜歡上他那樣的男生，不說話還有點神祕感，是不是？」

子言有些生氣了，感到自己被這個看不出歲數的女人當成小孩子，而且還是很膚淺的小孩子。

「我就算會喜歡他，也不是因爲他那張臉！爲什麼你們老愛把別人當成不懷好意的？」

子言氣呼呼抓了包好的檳榔就要走，西施大姊看她途中因爲踩到石頭而踉蹌一下，驀地出聲，「死掉的，是海棠他老爸。」

子言嚇一跳，迅速回頭，西施大姊濃妝的臉上正掛著不相襯的恬淡微笑。

「沒工作、酗酒、賭博、欠了一屁債、害得家裡常常有討債集團上門、心情不好就打人出氣。總之，那個人不是什麼好東西，是個只會拖垮一家的廢物。」

「妳是說，海棠大哥……殺了他爸爸嗎？」

「是啊！法官判定的罪名是，防衛過當的過失殺人。」

天啊！他殺的不是別人，是自己的親生爸爸。

「到底發生什麼事？」

西施大姊瞧她滿臉的驚恐，甜甜一笑，拿起另一盒檳榔。「這次買『青仔』吧！」

子言鼓起腮幫子，心不甘情不願又掏出了五十元。

「好像是出事的那一天，討債的人又到他們家砸東西，海棠的爸心情一差，開始動手打人，反正家裡有誰在，他就打誰。」她原本是漫不經心地說故事，講到故事的關鍵，也不由自主地沉下臉色，「聽說海棠從學校回來，一踏進門就看到他媽媽已經全身是傷，倒在地上。那個人渣又打算要強暴他姊姊，衣服都被扯破了喔！海棠衝上去，和他爸爸打成一團，打得可凶囉！最後，他爸爸掐住他脖子，海棠他呢……也不知道是幸或不幸，他摸到掉在地上的菜刀，把他爸爸刺死了，流了很多血喔！那一地的血刷了兩三天才刷掉。」

子言聽得一動也不敢動，連呼吸都忘記了。隨著西施大姊忿忿不平的敘述，過去的畫面恍如歷歷在目。

「後來，海棠去自首。當時有很多媒體來，不過，住在附近的人都是站在他那邊的，說他爸爸死不足惜，連檢察官也幫他求情。本來嘛，那種老爸，沒有了還比較好呢！所以法官判得很輕，在輔育院待兩年，保護管束一年，算一算，他快解脫囉！」

「發生事情的那一年，海棠大哥多大呢？」

「嗯……」西施大姊定睛在子言身上的制服，似乎是為了兩個截然不同的人生而撇起苦澀的笑意，「跟妳現在差不多大，十七歲。」

就在她現在這個年紀，那個人就遭遇那些悲慘的事嗎？他的憂鬱眼眸透露著他也是被迫長大的孩子，不得不變得比誰都沉潛、世故。

印象中，他總是像要努力聽見什麼似地安靜，常常對著遠方發呆，茫然中含著困惑，彷彿找不到焦點。現在子言也想知道，從他深黑色的瞳孔所望出去的世界，有未來在那裡嗎？能不能聽見一丁點希望的聲響？

子言以為會聽見一個既血腥又恐怖的過去，沒想到卻聽見一個人千瘡百孔的人生，令她感到慚愧。十六歲的她光是因為柳旭凱的事就夠煩惱了，而當年的海棠關心的是什麼呢？今天會不會挨打？明天討債的人會不會來？以後，應該繼續活下去嗎？

她從泫然欲泣的感傷中抬頭，彷彿在無意之間有了預感。前方寬廣的道路盡頭，一輪火紅夕陽正在沉落，橙色雲朵猶如潑出的墨彩，染進靛紫暮色，有個高瘦的身影，從鋪滿熔岩般餘暉的地平線上走來。

子言停車，看海棠拎著兩只超市的塑膠袋，腦子想著什麼心事地走著。他背光的剪影在暮靄下有著說不出的親切，在聽過他的故事後，既親切，又遙遠。

不久後，他發現她，微微訝異。

子言牽著車走到他面前，從書包拿出那本小冊子。

「抱歉，被我帶回家了。我已經把破掉的那幾頁黏回去了，我的美勞不錯喔！沒有黏得歪七扭八的。」

她強打起精神將小冊子還給他。海棠收下後只瞥了它一眼，又狐疑地逡尋她的臉。

他探索的眼神害得子言莫名尷尬，此刻的強顏歡笑會被看穿一般。

「啊！對了，跟你說一件很棒的事！我爸今天不小心看了本子裡的圖，他說你的設計很不錯，想再看看你其他作品。我爸是建設公司的經理，也許你們將來可以有合作的機會，如果是這樣就好了。」

子言為他開心的心情是真的，異常的開朗他也看在眼底。到底發生了什麼事？記得她一向挺快樂的啊！海棠納悶的視線還駐留在她身上，子言卻想逃跑了。她匆匆揮個手，「本子還給你了，那，我先走囉！拜拜！」

她將腳踏車掉頭，才走一步，整輛腳踏車就猛然被拉住，連同人一起倒退！子言趕緊站穩，回頭，見海棠一隻手抓著車子後座，還不放手。

「什麼？」

他難得主動探問，「怎麼了？」

在他擔憂的注視下，什麼都不用多說，子言就知道自己的失落隱瞞不住，他都知道了。

「哈！我今天……好像失戀了。」

海棠默默注視她硬是扯開的難看笑臉，舉起那隻擱在車子後座的手，摸摸她的頭。

用不著多餘的安慰，他手掌放輕的重量，一下子觸發子言努力憋忍的情緒，使她的笑容瓦解，取而代之的是一整天下來所累積的委屈。她見到他露出的手臂上有幾道舊傷痕，淡得不容易被察覺，然而當年受過的苦是不可能輕易被歲月抹去的吧！

本來就是他比較可憐才對，為什麼會是她被他安慰呢？

子言的眼淚開始一滴接著一滴往下掉，連她自己都難為情了起來。

「對不起……」

對不起，她本來不打算要哭的。子言不明白這眼淚是為了她自己或是為了海棠而掉，不管為誰，他放在她頭上那手的觸感好舒服，子言只想好好大哭一場。

要連同他的份一起痛哭一樣，淚水啊，怎麼也停不下來。

太糟糕了，連著兩次都在他面前哭得不像話，而他總是安靜陪著她，將那些不愉快都吸收下來，好像他很擅長這麼做。

咕嚕！

子言一把鼻涕一把眼淚地愣住，按住咕嚕叫的肚子。到底是誰說失戀就吃不下東西的？

「難過歸難過，肚子還是照餓喔……」

子言不好意思地吐舌頭，海棠柔和地失笑說：「我請妳吃東西吧！」

子言第二次來到海棠家，依然沒有見到他的家人。

前院的油菜花早就凋謝，土地鋪陳著荒蕪的冷清。土壤剛被翻過，或許準備要栽種下一批植物了吧！聽說會是向日葵。

後院倒是非常生氣蓬勃，翠綠的青菜看上去好好吃的樣子。子言第一次踏進這間屋子，擺設很簡單，不過因為空間小，稍嫌擁擠了些。她坐在椅子上等候，瞥見水泥地上座落著屋裡的陰影，想起當年的慘劇，或許腳下有幾坪地曾經染上西施大姊說的那難以擦抹的血跡。子言縮了縮腳，心中難免毛骨悚然。

海棠正在下廚，不時傳來食物的香氣，香菇的味道格外叫人垂涎欲滴。她探頭瞧瞧他的背影，為什麼呢？她對他的背影印象總是格外深刻，至少比起他的臉還要少分防備，不是那麼遙不可及。

海棠炒了米粉，中午便當沒吃多少的子言，吃到第二口就不顧形象地狼吞虎嚥起來。說起下廚，她只有炒蛋比較上得了檯面，因此好生佩服海棠的手藝。

「家裡都是海棠大哥負責煮飯嗎？」

「輪流，我姊今天醫院有事，會比較晚回來。」

「跟我一樣，我也有一個姊姊，不過我們兩個家事都不行。」

海棠說，他還有一個念國中的弟弟，學校老師會特別幫他補習到晚上七點。

「那，媽媽呢？」

「她去年生病過世了。」

子言一驚，方才聽到他有姊弟時，還暗暗慶幸他也不是太孤單的，可是當年他拚命守護的人之中有一個已經不在了，不在了。

爲什麼不幸的人總是會遇上更不幸的事呢？

「抱歉，我太多嘴了。」

「不用那麼在意啊。」

子言將還沒吃進去的米粉含進嘴裡，在細細的咬嚼中幾番掙扎，最後決定坦承，「今天，我在遇到你之前，去找了那位賣檳榔的大姊，問關於你的事。」

「妳是說安娜嗎？」

「她的名字是安娜嗎？」好洋化喔！

「不是，不過她喜歡我們叫她安娜。」

喔，眞奇怪，可是，隨便啦！

「總之，我知道你爲什麼會犯下殺人罪，希望你不要生氣。」

海棠倒是不生氣，反而對子言的直率感到詫異，「妳眞的什麼事都藏不住嗎？」

「嗯？」

「如果妳想知道，直接問我，我會說的。」

子言聽他這麼一說，渾圓的眸子瞬間變得閃亮。

「那麼，我問你喔，海棠大哥，有沒有人跟你說過，那不是你的錯呢？」

「經常。」

「可是你聽不進去，對不對？」

她慧黠的猜臆令他覺得有趣，「不是聽不進去，因爲，那的確是我的錯。」

「但是，如果換成是我，大概也會那麼做，而且不會後悔喔！」

「我沒後悔。」他垂下憂鬱的黑眼和拳握的手，沉吟很久，久到連子言都以為他要中斷這個話題了。再開口時，他起身收拾桌上的空盤，漠然地說：「就算時間倒流，我還是會做同樣的事。」

「那，你為什麼還這麼難過？」

子言凝視他沉重不堪的身影，捨不得移開眼。海棠暫停腳步，回身，原本溫馴的神情降了溫，在房角暗處透出嚴肅的冷光。

「我的罪名是過失殺人，那並不是事實。那個時候，我是眞的想殺了他，滿腦子只想著：如果世界上沒有這個人，就好了。」

他殘酷的告解讓子言說不出半句體恤的話。認識以來，他們的相處一直維持著互相矛盾的模式。她認為他是好人，他卻說他殺過人；等她知道事情的眞相，他又否認自己的善良。

似乎，她往前一步，他便要推開她。

「妳不怕我嗎？」

「為什麼我要怕一個對我好的人？」

「也許我哪一天會傷害妳。」

「你眞的要傷害我，就不要做炒米粉給我吃。」她使起性子，逕自起身說要幫忙洗碗。

「妳坐。」海棠終究是拿她沒轍。

「不要，米粉是我吃的。」

像是要證明她根本不在乎，子言硬是和他一起擠進通往廚房的小走廊。那廊道非常窄小，上有矮樑，下有階檻，兩個人一下子就卡在當中。

「咦？」疑問語氣是子言發出的，她沒料到這裡會這麼狹窄。海棠無奈看著快頂到頭的矮樑，動彈不得。

「是、是我不好。」

「妳先……出去吧！」

「好。」

子言費力移動，為了不讓兩個人的身體有太過貼近的碰觸，她的手下意識撐在他的胸膛上。有那麼一刻，掌心下鮮活的跳動令她驚訝。他跟她一樣，有一顆火熱的心臟，裝滿許多好的與不好的情感，也同樣脆弱得容易受傷。

他們並不是不同世界的人。

子言忽然停止移動，「你看，我一點也不怕你。」

海棠一時會意不過來。

「因為，我也會有不好的念頭啊！當柳旭凱說喜歡我，而不是詩縈的時候，我其實很高興，覺得自己終於有一件事比詩縈強了。我們很要好，可是也因為這樣，就常常會比較，總希望自己是比對方更好一些的。今天早上詩縈病倒了，我雖然很擔心她，另一方面又慶幸自己是健康的那一個。」說到這裡，她都內疚得難過起來，「但是，我不能因為醜陋的自己，就避開所有人，與其跟詩縈繼續賭氣，我寧願想辦法早點跟她和好。有時候，正因為想要和大家快樂相處，才會提醒自己必須變得比現在更好，要去幫助他們，去和他們聊天，並且祈禱自己有一天能夠真心祝他們幸福，然後，抱著這樣的想法，或許因為如此，自己也可以過得很幸福、很幸福。」

他靜靜聽她說，儘管內心的傷痕還在，不過，子言細細柔柔的聲音像療傷棉花，一點一點遷走了疼楚，彷彿他這殘破的人生是可以被治癒的，不會太晚。

「只要你不要我怕你，我就不會怕你。」

她努力要把他從過去的傷痛中拖拉出來，用她生澀的音調和她明明還在發顫的勇氣，拚命地提醒他幸福的可能。

海棠心疼地守望她逞強的表情，輕輕一笑，「知道了。」

「好，那，我真的要出去了。」

她倉皇收回的視線一觸見自己搭在海棠身上的指尖，雙頰立刻泛紅。那距離自己不到五公分的體溫好寬闊，宛如從天而降的薄紗，要包圍住她一樣。

本來沒事的，海棠瞥見她愈來愈紅的臉，那不明的困窘像會傳染一般，害他也跟著不自在地轉移目光。

掙脫之際，子言慌張絆到腳，拖著海棠一塊兒跌了出去。她在混亂中快速爬起身，丟下剛剛被壓在地上的海棠，奔出門外。

子言牽著腳踏車往前跑了幾步，又回頭，馬尾在偌大的晚霞底下甩出燦爛的亮度，映照她的臉龐還紅撲撲的。

她大喊：「下次要主動叫我的名字了喔！叫子言喔！」

海棠摸著撞到的額頭爬起來，再度望向門外的前院時，她已經騎車離開了。

前院兩旁的花圃既沒有油菜花，也沒有向日葵，沒有那些陽光般的顏色，然而，他出神眺望遠方的視野依然明亮。

就像他的十七歲還沒有破碎之前，曾經帶著期待爬上屋頂所見到的浩瀚晨曦，幾乎感動得熱淚盈眶，好明亮，好明亮。

愛，到底怎麼樣才算數呢？也許當你的微笑和失望都沒有脈絡可循，那應該就是了。

【第七章】

忽然，他握住她的手，是非常溫柔的方式，
那感覺……彷彿整顆心都被他握在掌心似的。
那是她第一次跟男生牽手，
每根手指都被輕輕包覆起來所感受到的悸動。

「咦？他問過名字的事嗎？」

在下課的走廊上，被詩縈這麼一問，阿泰打住對她印象的描述，眉開眼笑地點頭，「對啊！那傢伙硬是說妳不叫吳詩縈，我還跟他爭半天呢！妳的名字……明明就很好聽啊！」

他說著說著又兀自覺得不好意思，詩縈沒管他順水推舟的稱讚，在心裡驚惶猜想，柳旭凱發現她們調換身分了，還有，說不定子言也知道東窗事發了。子言完全沒提起，事情到底發展成什麼樣了？她完全沒個底啊……

「我覺得妳很會照顧人耶！上次妳朋友被球K到，妳就很擔心的樣子，啊，我就是那個踢球的人，對妳朋友眞不好意思。呃……請問妳有沒有在聽啊？」

阿泰還在認眞地告白，詩縈不專心的眼角卻捕捉到二樓底下的花圃前，子言和柳旭凱正迎面遇上！

子言被老師指派去拿改好的考卷，她抱著那堆紙，像是受到什麼驚嚇般站住，有幾張考卷不小心從懷裡飄溜出來。

柳旭凱也是愣住，一陣沒什麼話好說的死寂後，他向來溫和清朗的面容隨即結上一層罕見的薄霜。柳旭凱避開她的注視，繞過地上那幾張考卷離開。

子言等他走遠了，才蹲下身將考卷一張張撿起。由於她始終低著頭，詩縈看不見她的表情，只有那隻撿拾的手有氣無力地做著相同的動作。

放學後，子言牽著腳踏車正要離開車棚，正好詩縈走來，兩個人不偏不倚地四目相會。

子言先別開不知該往哪擺的視線，想讓位借過，誰知詩縈朗聲對她說：「等我一下，我跟妳一起走。」

子言詫異地看她走向那排停得亂七八糟的腳踏車，開鎖，將書包擱在前籃，好不容易把車子牽出來後，習慣性地將右邊頭髮順到耳後，就跟往常一樣。

說眞的，她實在猜不到詩縈到底想幹麼，爲什麼突然主動邀她一起回家？啊！該不會要找她談判吧？然後說什麼「他是我的，妳以後不准再接近他」那一類的話。怎麼辦？她最不會談判了，連跟賣小首飾的攤販殺價都會不好意思。

子言踩著腳踏車，整路心驚膽跳。詩縈不太騎在她旁邊，落後她一些，又不吭聲，這叫子言更加不安。

正當她還在胡思亂想，詩縈驀然迸出一句話：「柳旭凱已經知道妳不是吳詩縈了對吧？」

子言緊急煞車，在河堤上拉出刺耳的聲響，那頻率和天空長長的飛機雲有幾分相像。

詩縈不理會她的錯愕，把車子停好，走向河堤，「去那裡坐好不好？」

平時，如果她們不想經過烏煙瘴氣的大馬路，就會稍微繞點路走河堤，不但車子少，還可以坐在堤岸邊的長椅上偷閒聊天。

是啊！如果是平時，子言會很開心到河堤這兒來走一走，可是今天的氣氛實在太詭異了，她有點不情不願地跟在詩縈後頭。

詩縈往漆成墨綠色的長椅一坐，面向底下湍急的……濁水溪？大甲溪？子言從來不記得那條溪的名字，每次來她都要想一遍，不過現在那個一點也不重要了。

詩縈壓住被風吹亂的髮絲，側過頭，見她還猶疑地站著。

「柳旭凱的朋友今天跟我說，他問過我們的名字，所以我想應該是被拆穿了。」

「是被拆穿了沒錯。」一想到在學校庭院和柳旭凱的會面，子言就不禁垂頭喪氣。

「這樣啊……那，他怎麼說？」

他說不會再找我了。子言傷心地回想。面對詩縈急於知道下文的眼神，卻一個字也說不出口。

「他一定很生氣吧！」詩縈見她久久不回答，也沮喪地嘆息，「一定的嘛！感覺就好像被兩個女生耍了。」

「我有跟他道歉啦！希望他不會太生氣。」

詩縈聽了，水汪汪的大眼睛盛滿了子言不了解的思緒，害她有些不知所措地緊張。短暫的靜默間，她長長的髮絲也隨風飄上飄下，鎮定不下來。

「要道歉的應該是我吧！柳旭凱的心被妳搶走了，現在連跟他道歉的機會也是。」

「我……」子言毫無預警地被指責，結巴一陣子，然後不甘心反問：「柳旭凱說喜歡我的事也就算了，妳連道歉這種事也要對我生氣嗎？」

「姚子言！妳到現在還不知道我在生什麼氣！」

「不就是因爲柳旭凱喜歡我嗎？」

「才不是！是因爲妳什麼都不告訴我！我是因爲那樣才生氣的！」

子言原本已經準備好要激動地回嘴，這一聽，反而招架不住。詩縈則因爲說出了實情，有點難爲情，放鬆了口氣，「是啦！知道柳旭凱喜歡妳的時候，我是很不高興，可是那不是生氣，是嫉妒妳，簡直嫉妒得要命。明明是我先喜歡柳旭凱的，爲什麼被妳捷足先登了？當初妳還嫌他穿紅色球鞋很孩子氣。」

「是、是這樣嗎？」子言都不太記得對柳旭凱的第一印象了，一提起他，就會想起他清爽的笑臉和貼心的舉動，想得心情都五味雜陳了起來。

「那天聽到柳旭凱說喜歡妳，我一直在等著妳什麼時候會跟我說，但是妳一個字也沒提，好像那件事從來沒發生過。後來我就想，妳該不會是顧慮到我，所以不打算讓我知道了吧！」詩縈說到這裡，臉上還微微透著困窘，漂亮的手指互相交纏撥弄，猶如她當時糾成一團的心緒。「一想到妳在暗暗地可憐我，我就覺得好丟臉，比被柳旭凱拒絕還丟臉……」

聽見詩縈的話，子言登時有種當頭棒喝的醒悟。海棠果然沒有說錯，善意的謊言，有時候是一種自私的想法，充其量只是爲了減輕自己的罪惡感罷了。她並不是眞的爲詩縈著想，還因此傷害了最要好的朋友。

這下子輪到子言覺得丟臉了，除了抱歉之外，她還覺得自己做了很糟糕的事。子言走到長椅前，輕輕在詩縈旁邊坐下，挨近一些，探頭，用問句的音調輕悄悄地說：「對不起，妳不要生氣了？」

詩縈發怔地看住她像極小狗討饒的無辜表情，頓時啼笑皆非，子言自己沒發現，她有時比任何人都還要孩子氣呢！

「道什麼歉，妳搶著跟柳旭凱道歉還不夠啊？」她忍住笑，損起子言。

子言曉得她們正在和好，她就是曉得！有些事就是這麼心照不宣的！子言朝椅背一靠，大大嘆一聲，「唉！到頭來，我們兩個都被列入黑名單了。」

「不對，說起來，妳只是共犯，不會比我這個主謀還黑啦！」

「難說喔！人家喜歡的是我，我比較傷他的心吧！」

詩縈見她洋洋得意，覺得又好氣又好笑，冷不防出手猛呵她的癢，「那有什麼了不起啊！」

「哈哈哈……」

子言拚命閃躲，直到詩縈終於停手，兩人暫時休戰，靠著椅背懶洋洋地休息起來。

子言望著天空那道逐漸暈開的飛機雲，直到微微發呆。當激昂的情緒淡去，剛剛的快樂好像也不是那麼快樂，那些俏皮的自我解嘲都變得帶點感傷味道了。

她、詩縈、柳旭凱，一度在三角頂點上交會，卻像擴大的漣漪，一圈圈朝四方散開。錯過了什麼，說不上來的。

詩縈出神的視線落在底下那片茂盛野草，沿著溪流開滿了繁星般的小白花，彷彿也想著同樣的事。

四周，安靜得只剩到河堤運動的人的跑步聲，一陣陣地來，沙沙沙地過去了。良久，子言喃喃嘟噥：「突然好想吃蛋糕。」

「蛋糕？」

「有很多很多奶油的蛋糕，咬下去的時候，奶油還會沾在嘴唇上面。」

「妳不是討厭奶油太多的蛋糕嗎？」

「現在突然很想吃嘛！」

「什麼啊！變胖怎麼辦？我們快換季囉！」

「說得也是，穿裙子的話，腿太粗就不好看了。」

「好想趕快換季喔！我們學校的冬裝土得要命。」詩縈彎身拉拉褲管，左看右看，就是不順眼。

子言瞧瞧她女孩子家的動作，打從心底一笑。

沒有了柳旭凱，身邊還有一個好朋友，這樣也不錯，不孤單的。

「我覺得，好像可以和詩縈永遠在一起。」

「啊？」

「就是有這種感覺。」

子言沒把話講明，又轉向層次分明的橙色天空，那色調溫溫暖暖，心哪，鬆暖得快要變成軟綿綿的雲朵，輕飄飄地在天上，捨不得下來了。

她好想告訴詩縈，只要一想到可以和她一直在一起，就覺得好高興，眞的好高興啊！

回家路上，詩縈告訴子言今天被男生告白的事，子言替她感到又驚又喜，問起對方的名字和長相。

「他說大家都叫他阿泰，就是先前踢球砸到妳的那個人。」

「踢球……」子言搓搓下巴想一想，馬上想起他是誰。「喔！是他啊！妳穿蘿莉裝的那一次班會表演，和柳旭凱一起經過我們班的就是他耶！」

「是嗎？」

「妳不記得了？」

詩縈牽著腳踏車，一步步朝傍晚的夕陽踱去，在入神的回想中輕輕回答：「不是不記得，而是當時我眼裡只看得見柳旭凱一個人而已。」

子言一聽，介意得沒有立刻跟上去。詩縈想起什麼而回頭，柔柔笑著問：「這次清明節休假，我們去木柵動物園吧？」

「動物園？」

「妳忘啦？寒假前不是說過要去那裡嗎？」

「對、對喔！好啊！」才答應，子言也想到一件事，「那，可不可以再多邀一個人去？」

「秀儀嗎？」

「呃，妳不認識，他就是我以前在保健室提過的那個人，我媽是他的觀護人啊！」

詩縈費力地回想好久，才終於回想起來。「高高的，長得不賴的那個，對不對？」

「就是他！」

「妳怎麼會跟他扯上關係？」

子言大略說了來龍去脈和他的背景，還說想要讓他散散心，也許他心情會好一點。詩縈聽完之後，是不怎麼排斥海棠這個人，不過她很困惑。

「妳爲什麼要這麼幫他呢？」

「咦？」有那麼幾秒鐘，子言被問得說不出所以然，後來才對答如流，「因爲我把他當哥哥啊！像乾哥哥那一類的啦！總覺得如果能幫上他一點忙，就像做了好事一樣。」

「嗯，我是無所謂啦，反正可以看到帥帥的本人嘛。」

「耶！那我找時間去問他行不行囉！」

於是，當時序才剛邁入春天四月，子言又蹦蹦跳跳地出現在海棠面前。大樓外觀更氣派了，她也有哪裡變得不太一樣。

海棠還在思索，子言注意到他疑惑的目光，展示般拉起一邊裙襬，「我們換季了，這是學校的春夏制服，很漂亮吧！」

潔白得幾乎叫人睜不開眼的上衣，領口綴著藏青色蝴蝶結，百褶裙同樣是藏青色的底，搭配細白格紋，頗有英倫學院的風味。

海棠不怎麼能適應地別開眼，爲什麼看著換了一套制服的子言，無端端會有「吾家有女初長成」的感慨呢？

子言興高采烈地向他報告跟詩縈和好的好消息之後，急轉直下地詢問他：「對了！海棠大哥，清明節那天你要工作嗎？」

「沒有。」

「如果你有空的話，要不要一起去動物園？」

動物園？他花一番工夫吸收那個名詞，動物園是……有獅子、大象，和一群人搶著和動物照相的地方，總覺得離他的生活很遠。

「我不用。」

子言就知道他會這麼說，當下改變戰術，「上次遇到那些流氓，你救了我，就當我想好好謝謝你嘛。」

「我沒有做什麼。」

「不然，我救了你的小本子，爲了答謝我，一起去動物園吧！」

她笑盈盈的臉很有元氣，應該說，認識她以來，除了爲詩縈和柳旭凱的事難過之外，她總是非常開朗，笑笑的，爲別人的事很熱心，是一個溫暖的人，像他在屋頂上見過的那道晨曦，小小的光芒，散發舒服的溫度。

工地大叔也發現子言的不同以往，豪邁地從大樓裡大吼：「妹妹！今天穿裙子喔？」

「對啊！很可愛喔？」

子言和大叔們熟絡不少，甜甜笑著，接著轉向海棠，「怎麼樣？一起去吧？」

他不願見到那光芒會有黯淡的時候。

子言離開後，海棠還繼續留在工地和一些大叔善後，他抱著一堆不用的木柴來到外頭，看見一輛亮閃閃的黑色奧迪霸氣地停泊。

還在回想曾經在哪裡見過這部車子，大樓另一邊的出口就走出三四個人，其中一位是工頭，其他人則是西裝筆挺的上班族，然後，他認出了子言的爸爸。

當然，子言的爸爸在觸見海棠的當下，也認出這個青年就是那天晚上出現在那場糾紛中的「學長」，因此發愣半晌。

直到身旁屬下喚他兩聲，他才回神，若無其事地繼續巡視大樓。

「你在這裡工作？」子言的爸爸經過海棠面前，停下腳步問。

海棠點頭。

「在這裡等我一下，我有話跟你說。」

目送著體面的身影走開，忽地感到一陣刺痛。海棠低頭瞥瞥自己的手，讓木屑扎傷了。

放下木柴，他就地坐在台階上，拔出木刺，皮膚隨即滲出圓點狀的鮮紅，他只瞧了一眼便望向對面馬路靜靜等候，這個傍晚的晚風有些蕭瑟。

子言的爸爸想說什麼，他大概已經猜到了。

紙包不住火，他不是那個女孩的學長，從來就不是。縱然他曾經有過一點奢望，如果悲劇沒有發生過，那麼成爲她的學長也不是不可能吧！如果。

清明節到了，子言、詩縈和海棠相約在車站見面。詩縈第一次見到海棠，還驚爲天人地呆了好久。

「我、我是吳詩縈。」這個大男生清秀得連她都不得不緊張起來，那雙傳說中的憂鬱眼睛會不會太迷死人不償命啦？

「妳好。」

海棠特別用心地打量她，心想原來她就是之前和子言吵架的好朋友，總算見到廬山眞面目了，薄薄的唇微微泛起一抹恬善。

「妳說他殺過人？有沒有搞錯啊？」

兩個女生到車站附設的便利商店買飲料，詩縈忍不住放低聲音求證，那個人性情溫吞吞的，而且帥到不行，怎麼看也不像殺人犯嘛！

「沒搞錯，看起來完全不像對不對？」

子言拿著飲料和雜誌走回大廳，海棠一個人站著看電子時刻表的更換。他置身在來來往往的人群中，沒有特意做什麼，卻隱隱散發一種格格不入的氣息，是他製造出來的距離？還是人太多的地方令他不能習慣呢？

那叫人無法親近的氣息也把她隔絕在外，雖然早知如此，還是覺得受傷。

前往台北的列車上，子言和詩縈兩個女生吱吱喳喳聊個不停，海棠則專心瀏覽窗外快速閃過的風景，要補足他這幾年未曾好好欣賞過的畫面般，直到下車前一刻，他都非常專注地觀看，一草一木也不肯放過。

一到台北車站，人潮更多了。海棠分心得更嚴重，好幾次都要子言出聲提醒他跟上。來到捷運的售票機前，他忽然顯得不知所措。

子言買好票，過來幫忙按鈕，「怎麼了？」

「我沒搭過捷運。」

「咦？你沒來過台北嗎？」詩縈問道。

「我不太有機會往外跑。」

「家人總帶你出來玩過吧？台北有很多好玩的地方……」

詩縈話還沒說完，就被子言暗示性地瞪一眼，這才驚覺到自己失言。

「最遠，只到桃園的小人國。」他一點也不介意的樣子，輕愜笑著。

在車站的洗手間裡，詩縈邊洗手邊說：「他好可愛喔！一點也不像妳說的那種乾哥哥，感覺比較像帶弟弟出來玩耶！」

「喂！人家好歹也大我們四歲好嗎？」

「哈哈！我知道嘛！就算比我們大，還是很可愛啊！」

子言看她從背包裡拿出慕斯來整理頭髮，還愉快哼起喜歡的女歌手的歌。詩縈她……該不會對海棠有好感吧？他沒有一身名牌，但是不同於一般人的沉靜氣質的確爲他加分不少。

不只詩縈，和海棠走在路上，不少擦肩而過的女生總會回頭多看他一眼，這麼討好的外型，照理說應該有女朋友了吧？

如果他的心裡還沒有誰就好了……子言一怔，趕緊在心中用力地自圓其說，她、她一定是怕哥哥被搶走的佔有心態啦！

一上捷運，適逢假日的關係，開往各景點的車班都是滿的。好不容易擠上列車，下一站剛好有人下車，子言馬上要詩縈去坐那個空位。詩縈本來不好意思只有自己坐，子言一句「萬一妳被擠到昏倒怎麼辦」，才讓她聽話坐好。

沒想到下一站上車的人更多，把原本靠門的子言往車廂中央推擠。她左看右看，不妙了！四周沒有可以讓她抓扶的鐵柱，有鐵柱的地方早就站滿了人，距離上頭有拉環的地方又有一小段，萬一等一下來個煞車還是震動，她鐵定會撲出去的啦！

「哇……」

正想著，毫無預警的搖晃就來了！子言的身體順勢往右邊摔去。說時遲那時快，背包被使勁拉住。她心有餘悸地側頭看，是海棠騰出一隻手救了她。

「別像抓小貓那樣抓我嘛……」她難爲情地暗暗想著。

「我跟妳換位置。」海棠讓她站在門邊，子言的手勉勉強強搆得著那裡的支柱。又一站到了，車內人潮一股腦東倒西歪，海棠剛剛救她的手撐在沒有開啓的這扇門上，用背部擋住身後那些騷動，讓她在這小小的空間不受另一頭進進出出的干擾。

子言睜著不知該往哪裡擺的視線，動也不敢動。啊，又和他這麼靠近了。只是這一次他的胸膛看上去好強壯喔！他明明瘦巴巴的啊！那隻撐在門上的手也離她好近，近得……近得她都可以想像那隻手修長的指尖輕撫過她髮絲的觸感。

或許是過於緊張的關係，力氣竟然一點一點流失，最後連站穩的自信都沒有。海棠胸口上的溫度撲上她的臉，燙燙的，怎麼辦？她一定又奇怪地臉紅了。

希望他不要低頭看，希望這班車急駛的聲響再大聲一點，這樣他就不會聽見她撲通跳個不停的心跳；希望……就算他發現了，也不會因此討厭她。

海棠發現子言硬是低著眼看地板，細嫩雙頰透著和那天在他家時一模一樣的可愛紅暈，似乎很緊張。他再抬起頭，門上玻璃窗倒映著他無意間亂了方寸的神情，他努力收斂波蕩的思緒，凝視前方。不知是他的臉模糊了窗外風景，還是飛過的景物抹淡他的倒影，有種時空倒流的錯覺。

「你不是子言的學長吧？」那個傍晚，子言的爸爸問，得到海棠誠實的否認後，便繼續嚴冷的語調說下去，「我不知道你們是怎麼認識的，還有那天晚上到底是怎麼回事，那些我都不想管。我只想讓你知道，子言還在讀書，對她來說，目前最重要的就是課業，將來我還計畫讓她出國念大學，至於其他不重要的事，最好能免則免了。」

他沒明說什麼是「其他不重要的事」，不過海棠大概懂了，在人類的世界裡，他是屬於卑微的那一方，沒有資格佔據一席之地，包括那個女孩身旁的位置。

一到木柵動物園，兩個女孩簡直興奮到忘我，一看到不同的動物就尖叫連連，「好可愛」、「好奇怪」、「好臭」，一堆形容詞都跑出來了，還頻頻拿著相機到處猛拍。

起初子言擔心，這種幼稚的地方海棠也許會覺得無聊，然而儘管他講話還是以單字居多，不過到每個地方都逛得很認眞，就連告示牌上的動物簡介也閱讀得比一般人仔細，因此墊後的總是他。像是劉姥姥逛大觀園那樣，慢慢走著，遲鈍得沒發現到周遭女性在他身上留連忘返的目光。

他們來到最上頭的企鵝館，當海棠見到一隻搖搖擺擺的企鵝不小心跌倒，還滑不溜丟地撞倒另一隻企鵝，開心地笑了出來。

旁邊兩個女生一時看傻眼，那張無邪的笑容讓整間昏黃的展示館都豁然明亮了。

天哪！他笑起來好好看喔！幸好今天硬拖他來動物園。子言使勁握拳，兀自地得意。

他們準備離開動物園之前，詩縈提議一起合照。幫忙拍照的路人歸還相機之後，詩縈心血來潮地慫恿子言，「對了，我幫你們拍吧！」

「咦？」

「妳和海棠大哥還沒一起照相啊！」

「嗯？我……不、不用啦！」

也不知道為什麼，一想到跟海棠單獨合照，她沒來由地變得不知所措。

詩縈連聲催促，「子言，快點站好，人家海棠大哥都準備好了。」

什麼？子言快速掉頭，海棠已經站在她身邊，看著她，一派雲淡風輕的隨性。

糟了，該做什麼表情才好？笑一笑好嗎？大大地笑？或是微微地笑？跟男生照相還笑會不會太三八了？

「子言……」原本對好焦距的詩縈眼神離開鏡頭，不解風情地評論：「妳的表情好古怪喔！姿勢也很僵硬。」

古怪？僵硬？看、看起來是這樣嗎？

「啊！隨便啦！妳趕快照吧！」

喀嚓！

後來，詩縈興致勃勃地去逛販賣部，裡頭有一大堆動物布偶。子言腿痠得不想進去，她坐在外頭的長椅幫忙保管相機，海棠則到附近的園區晃晃。

子言打開相機裡的檔案，叫出剛剛那張合照，看著液晶螢幕中有著馴良神情的海棠和怪里怪氣的自己，漸漸微醺了臉。

「好呆喔……」可以重拍一次就好了，不過……算了，這樣也不錯啊！

就在她不注意時，海棠正好走近，「她還沒出來嗎？」

「哇！」子言嚇一跳，差點把相機摔出去。她穩住手，試著鎮定回話，「詩縈喜歡布偶，應該會再逛一陣子吧！」

「妳們感情真好，不像吵過架。」

「吵架的好處，就是可以和好如初啊！」

她樂觀的應答令他愉快，這世界存有的一絲善美，他在她們身上見到了。

「口渴嗎？我去販賣機那裡買飲料？」

經他這麼一說，子言真的覺得又累又渴，回頭晃晃樹下清涼的販賣機。

一個瞬間即逝的畫面飛快沁入臉頰，涼涼的，一下子又過去了。

子言回神，按按彷彿被什麼輕拂過的臉龐，怔忡面對熱鬧的動物園，她方才想起的人並不在這裡，那只是風，後來她才意識到。

「怎麼了？」

「沒有，我不渴，謝謝！」

很渴，可是她就是不願意其他人幫她買販賣機的飲料。那個發生在販賣機前的故事是她美好的回憶，即使只剩下回憶，子言也想好好保存下來。

海棠端詳子言笑彎眼的面容。她又在逞強了，每當憂傷渲染上來，那潔淨的亮度就虛弱一些。明知道快樂不能永久，但，在她最燦爛的歲月，能不能再多留一會兒？

別和他一樣了。

忽然，他注意到子言的表情有異。她緩緩起身，瞪大的雙眼直視前方。前方人潮來來往往，大多是父母帶著小孩。其中一個家庭帶著一位四歲左右的小男孩，他調皮地往前奔跑，聽到叫喚，又衝回來撲向爸媽，一手拉住父親，一手拉住母親，咯咯笑地盪起身體。

那位母親穿了一套粉色的休閒套裝，柔和笑臉透著幹練的氣質。父親是個西裝筆挺的紳士。子言就這樣直直注視著那張她熟得不能再熟的臉孔……那是她爸爸。

就連海棠都一眼就認出來了。子言仍然移不開視線，直到惶惶不安的臉逐漸轉為蒼白。

他於是看見了晨曦的褪色，那是晦暗的開始。

歸途的列車上，累壞了的緣故，詩縈沒多久就睡著了。子言跟著睡一會兒，被車內廣播吵醒後，想起後座的海棠，回頭關心，他依舊面向窗外。

子言很早之前就有這種感覺，海棠的目光總是落在很遠很遠、或許連他自己也不知道的地方，他不戀棧身邊的一切，不為自己留住什麼。

即使在他身邊，還是會有隱形的感覺。

「你不累嗎？」子言繞到海棠隔壁的空位坐下。

「還好。」

「反正還有一些時間，睡一下也好啊！」

她一直想問他，是不是都沒睡飽，不然臉上淡淡的黑眼圈怎麼老是褪不掉？

「我不太睡。」

「爲什麼？」

「會作夢。」

「夢？」

「會夢到一些不好的事。」

夢到跟他父親有關的事嗎？

子言無奈地沉默。海棠從旁觀察她心事重重的側臉，打從離開動物園，她就沒提起見到爸爸的事，和詩縈照常打鬧。不過第一時間的當下，她一定已經察覺到了什麼，因此不小心沉靜下來的片刻，子言總是顯得鬱鬱寡歡。

「對了，對了！我有個好辦法喔！」子言靈機一動，眼瞳熠熠亮了起來，「我幫你催眠，這樣你就算睡著，也不會夢到那些事了。」

「催眠？」

「我們魔術師都懂得催眠呀！小事一樁！」

「已經把自己當成魔術師了？」

「其實這個很簡單啦！我們小時候媽媽應該都這麼做過。」她自信滿滿地舉起手，安放在他額頭上，煞有其事地說著：「把那些不好的事當作痛苦的東西，然後開始唸咒語。咳咳！痛痛，飛走！」

那稚氣的話語一出口，海棠還一度瞪大眼睛。子言一共唸了三次「痛痛，飛走」，態度十分認眞，說完，咧嘴而笑，「好了！這樣就沒問題，明天一定就不痛了。」

「在開玩笑吧？」他還是反應不過來。

「才沒有呢！因爲，都已經過去啦！已經過去的事，不會再回來，只會變成夢境而已。所以……」她的手掌沒有離開他額頭，她的視線還牢牢對著他驚忡的瞳孔，不讓他有機會閃避，「所以，就算還會作夢也不要緊，那個人的拳頭再也打不到你，你也傷害不了任何人，因爲都已經過去了。」

海棠依然不說話，靜靜地，流露出赤裸裸的無助，彷彿她再多說一句，便可以碰落他隱忍多年的淚水。

「明天，一定就不痛了。」子言緩慢而堅定地又說了一遍，要他別懷疑這個咒語。

海棠他，始終沒有說話，只是慢慢垂下頭，望住自己半張開的手掌，手裡空空的，有什麼眞的過去，回不來了。

是的，傷害過他，也被他重重傷害的那個人，同樣回不來了。

車上響起即將抵達下一站的廣播，車廂內不少人紛紛起身，全擠到中間走道準備下車。詩縈走在前頭，子言跟著，海棠墊後。到站時，列車停煞的反作用力讓子言微微倒退。她的手，在狹窄的空間裡碰到了海棠的手。

微熱的溫度令她迅速屏住氣，在車上每個人的視線下方，指尖和指尖的碰觸有著什麼吸引力，那麼安適相貼，以一種靜得近乎凝結的姿態，他的手並沒有移開。

也許海棠沒有發現，子言想，至少自己應該趕快把手收回來……

她卻沒有力氣這麼做，沒有這麼做。

忽然，他握住她的手，是非常溫柔的方式。明明是手，那感覺……彷彿整顆心都被他握在掌心似的。

擁擠的走道上，子言不敢回頭看他的臉，只是看住前方詩縈用鑲有小碎鑽的蜻蜓髮夾夾住的頭髮。蜻蜓生動得振翅欲飛，她卻膠著在原地。不是她自誇，那是她第一次跟男生牽手。不是小時候被老師或父母強迫跟臭男生牽手的那種，而是眞正的「牽手」，每一根手指都被輕輕包覆起來了。

「謝謝。」海棠在人潮開始往前走動之前放開她，那麼說著。

她聽不見自己胡亂湧動的心跳，全神貫注感受他指尖一吋吋離開的軌跡，因爲靠近而不捨，因爲不捨而感到一絲細細酸楚，像斷掉的弦從心頭掠過。

謝謝，他說。子言自己也不確定海棠到底爲了什麼事而道謝，爲了今天的出遊？還是那個毫無根據的咒語？只是她想著想著，笑意就這麼滿溢出來了。

因太過歡喜而沒能察覺，他那聲藏在人群中的低語，是一種道別。

愛，也有說再見的時候。不存在「道別」的故事，是童話。

【第八章】

所以，他把她當成一個少不更事的過客，
道別也變成無所謂的事，才那麼輕易地說再見嗎？
望著色彩分明的合照，胸口會一陣抽痛，
原來，她只是一個可有可無的存在。

是從什麼時候開始呢？她其實不太記得了。有一天這個身體忽然不想吸收任何東西，就連吃飯的動作都變得可有可無，每一分每一秒，好像都有什麼不斷流失出去，留也留不住。變成一個無底沙漏。

是打從對這個家極度的厭惡？還是，在雜沓車站外響起的那聲「再見」呢？

「我往這邊，先走囉！」車站外，詩縈一覺起來，精神抖擻地揮動手臂，「海棠大哥再見！下次再一起出去玩吧！子言，拜拜！」

「拜！照片要記得寄給我喔！」子言愉快地送走詩縈後，轉身對海棠說：「我走這邊。下次，找個假日再一起出去吧！」

對於她沒有時間限定的邀約，海棠不置可否。

詩縈不在，子言發現自己會不由自主地陷在和海棠獨處的尷尬裡。爲了急於擺脫這種不自在，她對海棠道別，「我、我先走囉！拜拜。」

大概走了五、六步吧……

「子言。」

她睁了一下眼，在熙攘的人潮中站住，懷疑起自己的耳朵。才回頭，便迎上海棠直勾勾的目光。

子言其實想像過幾種海棠唸起她名字的語調，但不論哪一種，都不是這一刻親耳聽見的聲音，應該風平浪靜，卻在她心底深處重重搖撼了一下。

「是！什麼事？」

她沒料到他眞的會開口喚她「子言」，只能又開心又笨拙地面向他。

「我工作的那間大樓，下個星期就會完工了。」

嗯？是要跟她說大樓的事嗎？子言的心情從落差中跌了一下。

「好快喔！啊！應該說，終於快完工了。」

「所以，已經沒有我的工作，我不會再到那裡去了。」

她愣愣望著他面不改色的沉穩神情，不確定他的言下之意，她莫名害怕得不想確定。

「我的觀護期限也到了，不會再去妳家。以後，應該沒有碰面的機會了吧。」

原來他想說的是這個。把一件件即將結束的事敘述出來，包括他們的交集。無動於衷地告訴她，以後不會再見面了。

而她不能一如往常，雀躍地闖入他的世界。探入海棠深邃的黑眸，子言尋見一道情非得已的哀求，就是那曖曖發亮的痛苦要她別再靠近。

「你要跟我說再見了嗎？」

她明白了。驀然間，海棠不知道該慶幸還是失落。這次分開後，他一定還會時常想起她，擔心她是不是又在逞強，往後，也希望她能過得很好。

只是簡單兩個字，爲什麼這麼難以說出口？會耗盡他大半力氣一樣。

「再見。」

子言抿起粉亮的薄唇，怨怪他眞的說出口，唇線愈抿愈緊，拉成快要哭出來的直線，倔強得不肯給予任何回應。

海棠歉然歎息，轉身離開。

啊……又見到他的背影了，那寂寞的形狀愈走愈遠，逐漸沒入這個擁擠的城市，變得好小、好單薄。

是嗎？要走了嗎？

算了，那背影她見多了，反正和他認識得不深，老是熱臉貼冷屁股就太不識相了，和這樣一個人道別也沒什麼大不了的。

再過幾個星期，或許她就會忘記有他這個人了，連第一次和他相遇的情景、他說過的話、他偶爾才出現的輕柔笑容、他指尖上的溫度……都會一起遺忘的吧！

然而爲什麼……

當他的身影從她執著守望的視線消失那一刻……

眼淚卻奪眶而出。

「這是你最後一次來了吧！」子言的媽媽細細回顧她看了好些年的臉，相聚到尾聲，總免不了一番感慨。

「是，謝謝妳。」

「我其實不能給你什麼實質上的幫助，是你自己走過來的。」她歇歇口，興味打量海棠對於她發現自己的轉變，海棠淡澀地笑一笑，「最近，睡得比較好。」

不改沉著的一雙眼睛，「黑眼圈好多了呢！怎麼回事？」

「是嗎？不會再作惡夢了？」

「比較少了。」

「喔？是你上次提到的那個好人的功勞嗎？」

子言的媽媽原是隨口問，沒想到眞的猜中。一提起那個人，海棠就不願再多談下去。她卻不讓他隨便怯步，苦口婆心追問他：「怎麼了？我上次也說過，有機會的話，不妨和對方交個朋友，多認識一些人對你是好的。」

海棠抬高視線，那盆擺在書房窗口的水仙開出新的花朵了，潔白簡單的花身配上深綠色的莖葉，在淨亮的光線下一枝獨秀。眼前這位成熟的婦人和水仙高雅的氣質十分搭調，她慈祥的面容會讓他想起子言，那個女孩在這個家庭成長，一定受到很好的呵護。

「但是，對她未必是好。老師，我什麼都沒有，是一個『零』。一無所有的人，是沒辦法付出和幸福相關的事物，就連給予對方相同的回應也做不到。」

她笑起他的傻，「這麼說，你還是希望能爲對方做些什麼囉？是你很珍惜的人？」

子言的媽媽幾乎已經成功套出他的話，海棠因此爲難地緘默下來。

「就因爲一無所有，所以更加珍惜得來不易的事物或是遇見的人，這是好事啊！倒是擁有的太多，反而容易捨棄掉既有的……」

她說著，似乎不知不覺說到自己的事上去了，黯然神傷的神色令海棠想起在動物園和子言一起撞見的美滿畫面。這個妻子是不是已經察覺到了？他忽然希望她別那麼早就知道殘忍的眞相，抱著一種鴕鳥心態，如果一輩子都活在幸福快樂的假象裡，是不是比較好？

「啊！抱歉，不小心想起自己的事。」子言的媽媽很快揚起笑臉，「總之，如果對方眞的很不錯，不管是誰，我都很希望你能好好把握。」

他果然沒想錯，她們母女倆都是一個樣，就算泥菩薩過江自身難保，還是會熱心地關切著別人的事。一想到這裡，海棠不由得微微一笑。

「我懂，可是，這樣就夠了。」

「什麼意思？」

他自己想了好一會兒，想起在那棟工地大樓下，和身穿制服的子言說起貓的二三事，這些光景日後不會再有，不過未來有一天，他或許會懷念起那些瑣碎的片段、那個平凡的冬日，這都說不一定吧？

「每次聽她說起周遭的事，就好像我自己也過著那樣的生活，每天去上課、煩惱明天的考試、有時和朋友吵架又和好。和她在一起，一點都不會厭煩。上個冬天和這個春天，我過得很快樂，是當年走出看守所的那一刻，想都不敢想的快樂。如果這個世界眞的有神，我覺得那是祂格外施恩於我。我剛說得不對，我並不是一無所有，所以，這樣就夠了。」

應該說他無欲無求，還是過於消極呢？身爲觀護人，直到最後也不能推他一把，子言的媽媽很是惋惜，然而，見到他不帶一絲遺憾的恬適面容，似乎那段日子眞的意義不小，充滿美好感受。

要是她再多說，就顯得他貧乏可悲了。

「好吧！我只想說，對於你的人生，如果可以再貪心一點就好了呢！不過，那也不是我這個外人能夠評論什麼的啊！」她送他到門口，儘管決定放寬心，還是忍不住再多勸勸他：「海棠，最後聽我一句，你的人生還很長，不管什麼時候都可以，想辦法原諒你父親，然後，原諒你自己。這樣，你才能眞正地跨步往前走，答應我，好嗎？」

她眞心爲他擔憂往後的日子，海棠看得出來，他也想答應她，好讓她安心。

可是連他也沒有自信能夠寬恕任何人。

「我不能答應妳什麼。」

他說，換來她的失望與心痛。比起他自己，海棠更擔心這個善良婦人往後的困境。

既然子言已經知道父親出軌的事，想必這件事不會隱匿太久，他不願去猜想誰受到的傷害會最大。

「老師，請妳也加油。」

「嗯？」

「妳和子……」他差點就要說出子言的名字。他不祈禱，因為回應總是石沉大海。如果他會破例祈求，也是希望她們兩人都能一切安好，就好了。

「妳多保重。」

「還操心我呢！你也是。以後還是可以來找我，就算不是什麼觀護關係了，我們也還是朋友，對吧？」

子言的媽媽滿臉笑意地送他出去。海棠走了幾步，回頭，看著紅磚瓦的屋頂後方翻湧著厚重雲層，從那裡吹來的風有水氣的清涼，就連腳下的柏油路也蒸散出泥土悶濕的氣味。

他從此和那棟房子告別，卻有什麼一步步踏著雲朵來了。

就快來了吧！梅雨的季節。

她發現她喝不下那杯鮮奶。

子言手拿沁出水珠的玻璃杯，吸了三口氣，還是無法強迫自己嚥下。

她放棄，將杯子擺回桌上，惹來父親關心。

「妳不是很愛喝鮮奶嗎？」

子言受驚地看他一眼，馬上垂下眼瞼。「胃痛。」

不光是對鮮奶反常，就連平常她是怎麼和爸爸應對也記憶不起來。反倒是爸爸和那個陌生女人在一起的場景，還有闖進他們之間的小孩笑聲，一天比一天清晰，然後變成一個鉛塊，始終沉甸甸地壓在心頭上。

「怎麼會胃痛？妳該不會跟妳爸一樣胃都不好吧？要不要吃藥？」媽媽聞聲，也走過來，「還是叫爸爸開車載妳去學校？」

子言閉口不語，緊緊望住母親的臉。她知道嗎？那幾個爭鬧不休的夜晚，媽媽和爸爸會不會就是為了另一個女人的事而吵架？會不會，被蒙在鼓裡的人只有她而已？

「怎麼了？要就跟爸爸一塊兒走？」

他的手才剛碰到子言的肩膀，子言立刻從椅子上站起來，躲到另一邊去。

她看著爸爸的手還晾在半空中，趕緊抓起書包，「不用了！我自己去就可以！」

為什麼一切都不一樣了？爸爸一向帥氣的臉、媽媽溫柔的性情、他們之間再平凡不過的對話……在她眼裡，都不一樣了。到底哪些是謊言，她沒有頭緒，眼前所見到的一切還有哪些是真實的呢？

「子言，子言？」

詩縈推推她，她才從無解的思緒中回神，看看在面前晃來晃去的照片。

「這是什麼？」

「我們去動物園的照片啊！我把它洗出來了。」

「妳不是寄檔案給我了？」

「這不是要給妳的。」詩縈揀了一個空位坐下，在百褶裙底下優雅地交叉雙腿，「我突然想到，也得給海棠大哥一份，所以直接加洗出來了，有空拿給他吧！」

「呃，可是……」她想起他在車站外的道別，「我應該沒什麼機會再遇到他了。」

詩縈好奇地偏起螓首，「妳是因爲這樣才一直悶悶不樂嗎？」

「我沒有悶悶不樂啊！」

詩縈依舊歪著頭打量她言不由衷的表情，半晌，說：「其實我之前就想跟妳說，跟海棠大哥那個人來往還是不要太深入比較好。」

「什麼意思？妳不是也覺得他人不錯嗎？」

「我沒說他不好，不過畢竟他的背景比較複雜啊！妳會想要接近他，應該是好奇的成分比較多吧！他長得不錯，來歷又特殊，本來就很容易讓我們這個年紀的女生感興趣，妳一定也覺得很好玩吧！所以我在想，妳是不是因爲這樣才把他當作乾哥哥？」個性較爲理智的詩縈，有條有理地分析起子言對海棠所萌生的情感，「可是，子言，海棠大哥已經算是大人了，他一定沒辦法一直陪妳玩這種扮家家酒的遊戲，他有跟我們完全不一樣的生活啊！他還要工作，也許有女朋友了也說不定，當然不可能老是把重心放在一個高中生身上，對吧？」

子言說不出話來，她沒有想到，壓根兒都沒想到自己和海棠生活上的差異，還有，他眼裡又會是怎麼看待自己的？對他而言，她只是一個愛湊熱鬧的高中生嗎？

詩縈見她一臉醒悟的愕然，覺得好笑地打趣，「妳不會以爲他會認眞和我們這些未成年少女來往吧？」

「可是，我不是因爲好玩才想見他的，想見一個人需要理由嗎？」

「嗯……」詩縈想一想，十分肯定地回答她，「除了戀愛之外，想見一個人絕對都需要理由啊！」

「我、我也不是喜歡他啊！我是……哎呀！我不會講啦！」

見子言自己都混亂了起來，詩縈呼出一口氣，直接下結論，「好吧！不管妳是怎麼想的，『妳』是不是海棠大哥想見妳的理由，這才是重點吧！」

說眞的，詩縈的話果然有效地壓下子言一堆亂糟糟的疑問，雖然還愣著，卻已經沒那麼激動，其實還有點明白了。

所以他才能那麼輕易地說再見嗎？把她當成一個少不更事的過客，道別也變得無所謂。

望著色彩分明的合照，胸口會一陣抽痛。

原來她是一個可有可無的存在。

那些雨天，子言病得特別重。

開始厭食的身體幾乎毫無理由地拒絕所有食物，她瘦得老是被同學罵減肥過頭。後來又染上流行性感冒，進出急診室兩次，向學校一連請了三天病假，整日躺在床上醒醒睡睡。

到了第三天，媽媽必須去法院一趟，爸爸也說晚點要出差，剩下她一個人在家。

「妳自己可以嗎？」爸爸穿上燙得筆挺的鐵灰色襯衫來到她房裡探視，伸手想探探她額頭的溫度。

子言縮進被窩，轉身背對他，巧妙躲過他的碰觸，「可以啦！」

子言的爸爸隱約察覺到她這陣子的古怪，收回手，改坐在她的床沿，柔聲問：「妳在生爸爸的氣啊？」

子言避免和他目光交接，死盯住牆壁嘀咕：「沒有啊！」

「這樣，」沒有得到令人安慰的答案，他失望地沉默幾秒鐘，又問起不相干的事，「對了，上次妳那位學長……」

學長？子言蹙起眉頭，迅速想過一回，啊！在說海棠嗎？

「學長怎麼了？」

「你們還經常見面嗎？」

才沒有，他們已經沒有見面的理由，她已經，不能再去見他了。

「沒有。」子言才歇口，又感到不對勁，納悶地回頭，「爲什麼問這個？」

「沒什麼。」他裝作只是順口提起，笑笑，「只是想問問他還有沒有新作品，沒聯絡就算了。」

然後，他說自己要準備出門，便起身離開。

子言在床上無聊地躺了一會兒，想起該吃藥，赤腳踩著涼涼的木板來到窗口，見到爸爸的奧迪緩緩從家門口駛入雨中。

外頭細細的雨聲，在大家都去上班上學的時間聽來分外清脆，斜斜的雨絲在兩道車燈中一清二楚，許多微不足道的事在雨天的日子都被放大了，像是從顯微鏡的鏡頭看著影像從模糊轉爲清晰。

子言霍然離開窗邊，匆匆換上外出服，抓件外套和雨傘就奔出家門。這股衝動連她也說不清楚，只覺得現在追上去的話，一定能夠有所發現，至少，一定可以確定什麼事。她攔了輛計程車，學起電視劇，要司機跟著爸爸的車。跟蹤是不對的，她已經答應要乖乖在家休息，或許現在應該即時折返，免得讓自己於心不安。

計程車中夾雜菸味的空調一時讓她咳不停，她在疼痛欲淚的短暫休憩中，想起對父親種種不由自主的抗拒，好像染上什麼潔癖。對父親、對生活了十六個年頭的家，甚至對平日笑臉迎人的媽媽都感到畏懼，那說不出原因的反感，宛如月蝕一般，在她記憶裡一點一點吞噬掉過去的快樂時光。

要回去，也已經來不及了。

車子來到隔壁縣市，彎進一處小型住宅區，附近看起來不像有什麼辦公大樓，子言爸爸的座車就停在一棟公寓門口。

子言下了計程車，撐著傘站在街角，看父親在車上撥打手機。不多久，公寓的古銅色大門打開，是在動物園見到的那位女性。她這回穿得比較居家，秀麗的臉上仍整齊地上著妝，手牽一名小男孩走出來。

小男孩一見到子言的爸爸下車，綻開大大的笑容飛撲過去，子言的爸爸一把將他抱在懷中，好似要彌補沒見面的這陣時日而親暱地摟摟他，講了幾句話。這時正好有輛音樂班的接送車到了，他才依依不捨地將小男孩放下，和那個女人一起揮手送小男孩上車離去。

那不是她爸爸，那是別人的父親，是一個她完全不認識的人……

子言覺得這個身體快要無法呼吸，壓在心口上的鉛塊被一股膨脹的怒氣推擠到咽喉，就卡在那裡，害她幾次喘不過氣來，只能困窘地窩在被雨水浸滿的角落，不住顫抖。

她受不了那麼慈祥的父親，受不了小男孩偎在父親懷中撒嬌的模樣，受不了他們活脫脫就是一個美滿家庭的樣貌！

那個從媽媽身邊搶走爸爸的女人正挽住爸爸的手，邀他上樓。視線一轉，觸見不遠處撐著傘的蒼白女孩，嬌媚的微笑立刻從精明的臉上褪去，手也順勢抽回腰間。

子言的爸爸朝她目光的方向望去，同樣臉色大變！

「子言……」

遏抑不了的憤怒，在她逮到他們的狼狽模樣之際，竟微妙地化作冰冷的恨意，在縱落的雨水中，潛游在很深很深的底部，滲入她澎湃的血液。

她，似乎又能夠順暢呼吸了，眼睛可以平穩地從父親身上移到那個女人難堪的臉。

「那個孩子……」聲音裡，也不再有虛弱的喘息，她的話在雨中清明透亮，「那個孩子，知道妳是情婦嗎？」

女人姣好的臉蛋一陣紅一陣青，索性別開頭不與她對視。子言的爸爸想嚥下口水，嘴裡卻是乾涸。他放開女人的胳臂，走向動也不動的子言，試著好聲好氣喚她。

「子言，妳怎麼……」

當他的手又要碰上她的肩膀，子言反應激烈地揮開，他努力示好的嘴臉令她噁心！

子言用盡全身力氣大叫：「不要碰我！髒死了！」

她的反抗帶來的打擊不小，子言的爸爸立即打住所有動作，僵持著，雨水一點一點濡濕那件昂貴西裝。子言反倒一步一步後退，直到父親的面容在轉大的雨勢中不再是那張熟悉的臉。她哽咽起來，「你們大人……髒死了！髒死了！」

她轉身跑走，要逃出這醜陋的現狀，頭也不回地奔跑。子言的爸爸從後方追上來，她馬上拐進一間便利商店，在一排雜誌的掩護下，望著父親四下尋她不著，又焦急地往其他地方找去。

直到再也見不到那個身影，她不由得感到失落。手上那把附滿雨水的傘忽然變得沉重，子言這才發現身上的力氣所剩無幾，大概因爲剛剛那陣拔足狂奔而消耗殆盡了吧！

她在新上架的雜誌區前恍惚地站了有一分鐘之久，試著分辨此刻的情緒。想哭，可是哭不出來；想生氣，又沒有那個餘力。她想得頭暈腦脹，伸手摸摸額頭，果然又開始發燒了，體溫明明愈攀愈高，卻冷得直打顫。

子言拖著搖晃的步履踏出明亮的便利商店，卻是一個暈眩。不好！虛軟下墜之際，她想，恐怕要受點傷了……

強而有力的臂膀抓住她。她登時清醒過來，慢慢抬頭，那個同樣撐著傘的，是柳旭凱。

柳旭凱的出現令她有恍若隔世的錯覺，他們又驚訝又尷尬地相對，眼睛對著眼睛。最後是他先錯開視線，等子言站穩了，才輕輕放手。

「謝謝。」

「妳怎麼、怎麼會在這裡？」

「我來找人。」

子言環顧陌生的街道，所有的景物都灰濛濛的。原來他住在這裡。

這裡是他生長的地方，不是她的。她像是被人帶到遠方丟棄的小狗。

柳旭凱想問清楚，又覺得不妥，本來打算先走開，沒想到子言站著站著，迷茫的雙眼輕輕闔上，虛弱的身體猶如風中柳枝晃了一下就要倒下。他趕忙又伸手拉住她，這一次終於察覺到她不對勁。

「妳病了嗎？」

「嗯，好像有點發燒。」

「妳家在哪裡？」

「很遠……」

有時候，他覺得女生說話的邏輯眞無法理解，發燒就發燒，哪有好像的？問家住哪裡也不直接講地址。他彎身，輕而易舉地將她背起來。

子言被嚇得精神都恢復了！呆愣在他背上，慌張得不曉得該怎麼辦。

「我們先到大馬路，那裡比較好攔車。」

柳旭凱慢慢往前走。後來，冰涼的雨滴在她鼻尖上碎開，子言注意到柳旭凱並沒有撐傘，連忙將自己的傘遞過去。於是，滴滴答答，滴滴答答，他們的頭上有了音樂。他背著她，他們共用一把傘，彷彿在雨中獨處了起來。

好安心哪！子言悄悄將雙手放在他背上，她還記得這硬邦邦的觸感，當時心想男生眞的是截然不同的生物呢！雖然不習慣，也不討厭，肌肉和脈搏的起伏會讓她臉紅緊張。

最重要的是，他不是說不再找她了嗎？是她先做了那麼過分的事，他還留下來照顧她。因爲他這麼做了，子言反而格外想哭。

「對不起，給你添麻煩。」

他沉默地負著她在路邊等待，有輛計程車閃著銀光從對向開來，柳旭凱揚手招攔。

「『對不起』說一次就夠了。」他回答，也是含著惆悵的嗓音。

今天是一個再悲慘不過的日子，她再度眼見父親的外遇，還頂著高燒流落陌生的街頭，甚至一度懷疑自己能不能活著回到家。

不過，遇見了柳旭凱，他寬大的背把所有她幾乎不能負荷的情緒承受下來，變得輕鬆不少，就跟他那頭褐色頭髮一樣輕盈，尖銳的心，也柔軟多了。

他的善良真像魔法，在她幾乎要受到憤怒驅使而化作醜陋的野獸，是柳旭凱將她及時從狂亂的邊緣拉回來了。

計程車上，他們各自坐在後座的兩邊，各自望著窗外風景，彷彿沒有對方存在的視野才容得下此刻迸流的感觸。中間空出間隔，子言越過那個刻意騰出的空間，探探他若有所思的側臉，好想說點什麼，只是他的不語令人卻步。

雨下得更大，淅瀝瀝，淅瀝瀝，只能聆聽著。

就這樣一路沉默了二十分鐘，車子來到離子言家不遠的地方，前方是一個八線道的大路口，通常紅燈得等個三分鐘以上。子言將昏花的目光隨性落在外頭一間水果攤，裡頭有一位上門的客人，老闆正賣力向他介紹店中水果。那個背影頎長，套著寬寬的襯衫當外套，略顯骨感……

子言迅速坐起身，手指緊緊抓住車窗窗沿，直到關節泛白，那個人是海棠！

好久好久沒見到他了，到底是多久她也算不清楚，其實並不久，只不過，要說是一輩子她也會點頭認同的。

他看起來不錯，相較於老闆的熱情活力，海棠沉著的傾聽就顯得寬容平和許多。對了，詩縈交代的照片……

子言下意識摸摸外套口袋，想到自己根本沒有帶出來。不能交給他什麼，不能和他見面，早就沒有理由和他見面了。

她不能再像以前那樣，任性地跑上前對他說東說西。海棠大哥，跟你說啊，我這次病得好嚴重，還打了三瓶點滴呢！最糟糕的是我爸爸竟然搞外遇，還有個孩子，我生氣得都想離家出走了，嘿！你知不知道啊？

子言牢牢凝望偶爾對老闆展開客氣微笑的海棠，牢牢握住門把的手從拚命使力到逐漸放鬆，放棄。現在下的一定是酸雨，都下到她心裡去了，滂沱得積了水，滿上她的眼眶。

子言難過閉上眼，掩面啜泣，驚動了一旁的柳旭凱。他著急追問：「妳怎麼了？很不舒服嗎？」

明知道哭泣會造成他的困擾，卻止不住眼淚的淌落。

「頭很痛……」

在他看來，似乎不是因爲感冒那麼單純的關係，但子言不說，柳旭凱也束手無策。

「妳放心，馬上就到了，再忍耐一下。」

海棠買好水果，正要步出水果攤，說巧不巧，看見等候紅燈的計程車上那個靠窗的女孩是子言！

他又看了一次，是子言沒錯！

好奇妙的感受。縱使不能接近，然而單是遇見掛念的人，也勝過一切的。不過子言比起先前分開時還要削瘦，臉色也不好。是生病嗎？還是出了什麼事？好些個得不到解答的問號驅使他忍不住上前。

下一秒，他觸見車上還有一個不認識的男生，神色擔憂地挨到她身邊，說了幾句話之後，便摸摸她的頭，碰碰她的髮。

是幅可愛的畫面。

是學校的男朋友吧？他怎麼忽略她應該已經有男朋友這個可能性呢？還自作多情地以為她需要照顧。

綠色的號誌燈亮了，在雨中牽曳出螢火蟲般蒼冷的光，像無依的靈魂執著旋繞。海棠固守原地，目送那輛載有體貼男孩和子言的計程車遠去。

這個季節的天空很低很低，像是誰的哭訴已經無法承受重量，低低地壓在每個人的傘面、每一輛車的鐵皮上，跳著舞，從這裡到那裡，脆弱的天空哭泣又哭泣。

愛，曾經有人這麼說過它，如果一直都是晴天，總有一天會變成沙漠的。

【第九章】

這一次和上一次，
他說喜歡她，她都覺得很開心，心臟總是跳得很快。
感覺，好像在茫茫人海中被他找到了。

「子言，爲什麼妳最近都不表演魔術啦？」

「對啊！妳都不表演，害我們好無聊喔！」

最近，有些班上同學會這麼問她，央求她再露兩手。

「我還沒有把新招術學起來啦！」

子言總是笑嘻嘻地怪到自己的惰性上。

最初是父親引發了她對魔術的興趣，現在她說什麼也不願接觸到任何跟他有關的東西，好像它污穢的程度會侵蝕掉她的手一樣。

她擅自外出的那個雨天，柳旭凱平安送她到家，爸爸卻沒有。子言的爸爸只打了通電話回來關心她的下落。那通電話，媽媽講了很久。

幾天後，爸爸雖然還是沒有回家，媽媽倒是在兩人的晚餐後留住她，提起那天的事。母女倆在飯桌上孤獨相對，不過是幾步的距離，彼此的靜默竟化作前所未有的鴻溝。

「聽說那天，妳看見爸爸了？」

沒說是哪一天，發生了什麼事，子言的媽媽說得很保守。

子言賭氣地靜默了一會兒，才吭氣，「看見了。」

「還聽說妳很生氣？子言，有些事或許妳現在還不能了解，大人的世界比較複雜，會遇到很多人、遇到很多事，那些好的事、不好的事都會影響大人的生活，所以……」

媽媽早就知情了？

子言傷心地瞪著媽媽，接下來她的苦口婆心一句也沒能聽進去。原來「外遇」早就是他們心照不宣的事，只有當孩子的被蒙在鼓裡。爲什麼媽媽還一副要幫爸爸說話的樣子？

「妳不要再分析給我聽了！」子言憤怒地起身，力道過大，椅子「砰」一聲倒在地上。

「我不是妳的受刑人！不要輔導我！你們只要一開始告訴我實話就好了！」

沒有把媽媽的話聽完，子言便衝回房間，將自己鎖起來。

讀大學的姊姊曾經打電話回家，子言接的，有那麼一刻，她幾乎要說出爸爸出軌的事。

「沒什麼事啦！幫我跟爸媽說，我跟同學要去台東玩三天，手機有可能會收不到訊號，反正我如果回宿舍會再打電話回來的。」

子言閉上嘴，默默掛斷電話。

過了幾天，她終於從重感冒中復原，身體某一個看不見的部分卻每況愈下，她感覺得出來，有時就連拉開笑容都變成一件艱難的事。

「啊！」

走在旁邊的詩縈沒頭沒腦地叫一聲，子言奇怪地瞧瞧她，又瞧瞧剛才詩縈面向的操場。

「沒有啦！是我看錯了。」

詩縈自動先解釋，然後匆匆走進廁所，留下子言在走廊上等候。她無聊地轉向操場，雨後的操場泥濘未乾，大多數同學都在外圍的跑道走，柳旭凱也在其中，跛著腳。

「啊！」她發出和詩縈如出一轍的聲響。詩縈是發現柳旭凱受傷了吧！她的眼睛還是那麼厲害，人再多，依然能夠一眼就找到最喜歡的那個人。

而她當時為什麼沒能多加思索，為什麼會在那個雨天遇見應該正上課中的柳旭凱，想必他一定是因為腳傷也請假了啊！

「詩縈，我有事先走喔！」不管詩縈還沒出來，子言朝廁所喊一聲就跑掉。直接跑到操場外圍，就快要來到柳旭凱面前。「柳旭……」

一襲頑皮的五月風搶先她的聲音一步，撩高百褶裙裙襬，吹了過去。

「哇啊！」子言奮力壓住上飄的裙子，柳旭凱先是當場愣住，又趕緊把眼睛低下去。

「你……看到了？」

「沒、沒有。」

兩人臉上盡是靦腆的紅暈，在校園中僵持不下。等到子言觸見他右腳上的紗布，過意不去，首先打破沉默，「腳，怎麼了？」

什麼時候開始，她也不知不覺有了說單字的習慣。

「踢球扭到，已經快好了。」

在便利商店遇見她的那天，他剛從骨科診所包紮出來。腳已經受傷，還背她走了一段路，甚至送她回家。子言內疚是內疚，但，老實說，很感動呢！感動得千頭萬緒，不曉得該道歉好，還是先表達自己滿心的感謝。柳旭凱，下次如果換你生病，我一定二話不說背你到醫院去！

適逢父親無情的背叛，有人的體貼卻是那麼無條件地付出，她不明白爲什麼柳旭凱能夠如此寬容，如果爸爸能有他的萬分之一就好了。

「啊！你脖子上有傷痕耶！」

近看才發現，柳旭凱右邊頸子有一道細細的傷痕，紅紅的。男生啊，真的整天與傷口爲伍呢！

「這個啊！」他碰碰頸子，稍後想起是怎麼回事，「一定是剛剛跟阿泰鬧，被他的考卷割到了，難怪有點痛。」

「你等一下喔！」子言手伸進裙子口袋，摸出了ＯＫ繃，將膠膜撕下踮起腳尖，貼在他的脖子上。

腳跟才落地，她便迎上柳旭凱專注的眼神，躍動著悸動的光。「怎麼了？」

「女生的口袋，裝著手帕、面紙、髮夾、零錢包，連OK繃都有。」他覺得不可思議地笑一笑，「好像哆啦A夢的口袋。」

「嘿嘿！我是特例啦！我騎車比較容易出意外。」

子言的開朗停頓了一下。說起來，出意外也是認識海棠以來才有的，被車子擦撞而摔車、回家路上遇到不良分子起衝突……因爲遇到那些事，才讓她想要開始隨身攜帶OK繃。現在已經沒必要了吧！反正不會再遇到他了。

「妳還好吧？」

聽到他的聲音，子言回神，眼前又是一張非常溫柔的面孔，他們好像又可以像從前那樣輕鬆交談了。

「你說過不會再找我了，爲什麼還對我這麼好？」

她問得十分直接，害柳旭凱招架不及，支吾半天。子言也不是一定要得到答案，她漾起的微笑透著幾分放心的意味，「我以爲你討厭我了。」

「我曾經試著討厭妳，」他英氣的眉宇還殘留少許痛苦掙扎的痕跡，「可是做不到。」

子言輕輕抬起驚詫的明眸，風又來了，從她身後濕漉漉的草坪吹來。這次吹起的是她飄蕩的馬尾，好似相思，天羅地網地張揚了起來。

「還喜歡一個人，怎麼討厭她？」

原來不是寬容，他對她的好，是因爲喜歡的緣故，只是因爲喜歡。

柳旭凱的意思，是還喜歡她嗎？老實說，子言有點受寵若驚，這一次和上一次，他說喜歡她的時候，她都滿開心的，心臟會跳得很快。他周圍出色的女生不少，子言也有自知之明，他卻說喜歡她，感覺是在茫茫人海中被他找到了。

子言心不在焉地走回教室，不多久，發現幾個女生盯著她竊竊私語。

「幹麼啊？」

秀儀第一個跳出來，賊兮兮地戳戳她手臂，「我們剛剛都看到囉！好甜蜜喔！」

「什麼啦！」

「妳在操場和別班的男生在一起，對不對？」

不會吧！被看到了？

「不、不是啦！我只是拿OK繃給他，又沒有什麼！」

她的否認得到反效果，讓那些女生更加興致沖沖，一窩蜂地硬想把他們湊作堆。

「一般人哪會沒事幫男生貼OK繃？你們明明很要好！」

「因爲沒有鏡子，他自己貼不到啊！」

「不要害羞了，有男朋友又沒有什麼，很多人都這樣啊！而且妳男朋友長得這麼優。」

「不要亂講啦！他才不是我男朋友！再說我就要生氣了。」

她已經生氣了，氣呼呼回到座位上一屁股坐下。猛然想起詩縈，掉頭，看見她也正朝她輕輕笑著，好像在說「不用在意我，我無所謂」。

後來子言拚命向詩縈解釋來龍去脈，詩縈也再三強調她都了解，不過，子言還是因此魂不守舍了一整天。

等到發現班上同學都收好了書包，她才打起精神約詩縈，「詩縈，今天陪我去書局好不好？」

「呃……」詩縈意外地面露難色，「抱歉，我今天有事耶！」

「要趕回家啊？」

詩縈猶豫片刻，才吞吞吐吐地說出實情，「記得上次跟我告白的那個叫阿泰的男生嗎？他約我放學後去吃冰。」

阿泰？怎麼會是跟阿泰？

見子言滿臉不敢置信，詩縈聳了聳肩，「我沒有答應要和他交往，不過，他說沒關係，先當朋友就好。我想，試著跟他相處看看，也許會覺得他人不錯也說不定。」

「可是……」

子言還是不能坦然釋懷，詩縈避開她質問的雙眼，揮手笑笑，「總之，今天妳自己回去，我明天再跟妳報告結果。」

於是詩縈丟下她，跟阿泰一起到學校附近的一間冰果室吃冰了。詩縈離開教室前，還精心梳了好多遍頭髮，刻意塗上唇蜜，變得相當美麗動人。

子言在回家的路上反覆想著柳旭凱和詩縈兩人的事，不是說阿泰不好，只是子言總以爲詩縈沒那麼容易移情別戀，至少，會在柳旭凱身上死心塌地一段時日，因此她有點爲柳旭凱抱不平。

但，柳旭凱說還喜歡她，爲他抱不平似乎是件失禮的事。

好難啊！她到底應該抱持什麼心態才對？當思考迴路還在嚴重打結，一旁有人粗魯地喊：「妹妹！妳好久沒來了耶！」

子言煞車，側向路旁十九層的高樓，非凡的氣勢不能同日而語了。它果然順利完工，只差還沒有單位進駐而已。工地大叔是來清走最後一批工具的。

「大叔，你們不會再來了嗎？」

「對啊！還有其他房子要蓋，又不是這一棟蓋好就沒事了。」

「喔……」連有趣的大叔也見不到了。

「妹妹，妳很不夠意思喔！老爸是這裡的主管也不先講一聲。」

被發現啦？子言歉然陪笑，「也沒什麼好講的啊！不好意思啦！」

大叔做了個鬼臉，原本要走了，又退回來，鄭重其事地告誡她，「我不是什麼高級知識分子，可是，妹妹，做人眞的不要太勢利，以貌取人是不好的。」

「我沒有……」

對誰以貌取人？大叔嗎？她又沒評論過他粗獷的長相，頂多稱讚大叔好可愛之類的啊！

她還沒說完，大叔緊接著扯出海棠的名字，「跟妳爸說，海棠雖然在這種地方工作，可是人家很認眞耶！安靜做自己的工作，都不會學其他人怨東怨西喔！我聽說他在學校還是拿獎學金的！人家聰明得很，所以，不要因爲身分就把一個人看扁了。」

「等一下，大叔，你說我爸……」子言驚訝追問：「我爸跟海棠大哥見過面嗎？」

「嘿啊！還特地把他叫到一邊去講，被我偷聽到了，要海棠不要接近什麼子言的，妳叫子言對吧？」

她眞的嚇一跳，登時覺得做壞事的人彷彿是她自己，另一方面又希望爸爸不會眞的說出那麼無情的話。

子言想起車站外一別，海棠什麼也沒說，只說再見，她以爲是他對她感到不耐煩了。

沒想到竟然是因爲爸爸的關係。

得去道歉才行！也要解釋清楚！她著急地牽起腳踏車往前跑，跑了四五步，又停住，有些徬徨。

天色剛要暗下來的傍晚，天氣涼得快，照進無人巷道的夕陽竟也閃著幾許蕭索，讓她想起海棠那雙從不追求的黑眼，少分熱情，彷佛自己沒什麼好失去的。

因爲他不強求，所以她沒有朝他前進的勇氣。畢竟，她的分量少得可憐哪！是人家不要的。

很想念，卻不能見他，爲什麼？她也說不上來。

詩縈說，阿泰是一個很幽默的男生，笑話講個沒完，就算他並沒有特意要搞笑，本身也是喜感十足，常常逗得詩縈合不攏嘴。

「他眞的很好笑，下次我再帶妳一起去，如果他還有再約我的話。」

「好啊！」

這樣眞的好嗎？

笑臉的背後，子言變得多愁善感了。眞的可以輕易忘記原本那麼喜歡的一個人嗎？如果是的話，人與人之間的情感會不會過於善變了？

和媽媽愛情長跑了九年才結婚的爸爸，不也投向在職場上認識不到一年的女人懷抱？

子言翻過書，有段內容說重點不在於情感的長短，而是情感的密度。那也很好笑，要是再遇上一個密度更高的女人，男人是不是又會移情別戀了？

她和媽媽和姊姊加起來的密度，輸給那個女人嗎？

子言還來不及找到答案，事實已經證明給她看了。

她在一個午休被電召回家，媽媽已經破例向學校請假。回到家，發現姊姊也在。

大家都坐在客廳，媽媽擠出笑容道聲「妳回來啦」，姊姊則沉著可怕的臉色沒看她。

子言被環繞的詭譎氣氛嚇到，就背著書包站在門口。掉頭，爸爸正坐在沙發角落，給她一個既心疼又無奈的表情，略略凹陷的臉頰顯示他近日來又瘦了些。

「子言，書包先放下，過來坐。」媽媽說。

「不要。」她機警地察覺不對，好像一聽話就會中計了，「到底有什麼事？」

「乖，聽話，妳先過來坐。」爸爸也開口催促。

「對呀，爸爸和媽媽有很多事要跟妳們說，坐下慢慢聽。」

似乎是受不了父母的連哄帶騙，姊姊也是火爆脾氣，不耐煩地喊出來：「還有什麼好說的，他們要離婚了啦！」

對於「離婚」那兩個字，子言一直很害怕，每一個窩在棉被中躲避樓下爭吵的夜裡，她總是不斷地告訴自己，一定要乖，要討他們喜歡，至少，他們看在孩子的分上還會努力在一起，她不要那份恐懼有一天成眞。

可是現在他們要離婚了。

望著怔忡的子言，媽媽不捨地眼眶泛紅，「本來想等到妳上大學後再談這件事，但是既然妳已經知道了，還是不要再拖下去比較好，眞的，對大家都好。子言，爸媽努力過了，對不起。」

「是……」她的聲音忽然中斷，如同她幾秒前整個愣住的表情，眼淚就在這個空檔滴了下來，「是因為我的關係嗎？是我害的？」

「不是，不是的。」媽媽奔到子言面前，捧住她悲傷的臉龐，堅定地告訴她，那不是她的錯。「跟妳發現這件事沒有關係，爸媽分開是遲早的事，早一點解決也好，我們也可以過新的生活啊！」

「那是什麼意思？爲了孩子就逼自己忍到現在嗎？你們演這齣爛戲也不會有人鼓掌拍手啊！」子言的姊姊聽不下去，激動開罵：「子言上大學後，就不需要完整的家庭了嗎？」

見到兩個女兒不再冷靜，爸爸趕緊加入勸說：「只是以後爸爸不住在這裡了，還是會常常回來看妳們，就算離婚，也會跟以前一樣關心妳們和媽媽啊……」

「不要騙人了！你才不關心呢！那天你不就丟下生病的我，跑去找那個女人嗎？你分明比較在乎他們，不要以爲我眞的是三歲小孩！」

他才想碰碰子言，又被子言抗拒推開。媽媽聽她提起情婦的事，一時悲憤交集，無力再幫忙安撫而別開了頭。

「妳誤會了，你們兩邊都是爸爸的親人，爸爸一樣在乎。」

「可是我的爸爸只有一個啊！」子言用力跺腳，生氣他怎麼就是不明白，「只有一個，是不能跟別人分享的！想要腳踏兩條船的你，不是太卑鄙了嗎？」

「妳怎麼可以這樣說爸爸！」

他不禁惱羞成怒，向來是被屬下畢恭畢敬捧著的高級主管，還是頭一次被人說卑鄙，而且對方竟然是一向乖順的女兒。

他卻沒想到子言連日來的壓抑會在這個時候潰堤，失控奔流如一發不可收拾的洪水。子言哭著瞪視他，變本加厲地指責他的不是，「你本來就很卑鄙！我都知道了，趁我不在，竟然對海棠大哥說那麼過分的話，你憑什麼叫他別接近我？對我來說，海棠大哥比爸爸好太多了！」

「妳說什麼？」

眼看子言的爸爸就要勃然大怒，媽媽聽見「海棠」的名字，趕緊擋住他，一面緊張地詢問子言：「妳剛剛說誰？那個海棠……該不會就是……」

子言見自己失言，咬住下唇，許久，才慢吞吞招供，「就是每個月會來跟妳見面的蕭海棠。」

子言的爸爸發現妻子臉色大變，連忙追問：「他是誰？」

「是……一個受刑人，受我觀護的，觀護期不久前才結束。」她抖著聲音，反問子言：「妳怎麼會認識他？你們怎麼會扯上關係？」

不等子言解釋，子言的爸爸已經過於氣急敗壞而大大喘息兩次，連斥責女兒都顯得吃力，「他竟然還是一個犯人？妳是什時候學壞的？不怕遇到危險嗎？還怪我不准你們來往？我告訴妳，妳以後也不准去找他！」

「你沒有權利要求我！我沒有做壞事！海棠大哥也沒有做壞事！當初你明明說海棠大哥的作品很棒，要我多拿一些給你看，爲什麼現在一知道他的身分就全變了？」

「我不管他的作品好不好，總之，他就是一個沒有前途的人，妳跟他在一起只會自毀前程。以後，不准你們再見面！」

她聽著，哭著，彷彿又回到那個雨天，關不上水龍頭的天空，大雨滂沱，在地上積了水，那初生的恨意又活過來了，從深處沿著水流往上爬，冷冷的，把她的聲音、她的表情都凍結住。

「好，我不去見他，我去見那個小孩，那個情婦生的私生子。等到他長大，我會去找他，像那個情婦勾引你那樣地去勾引他，跟他上床，然後再生一個不倫的孩子……啊！」

她的臉重重挨了一個巴掌！響亮的聲音劃劃膠著的客廳，嚇壞媽媽和姊姊。子言摔向大門，被來不及收回的力道打得一陣暈眩，跌坐在地。

「你在幹什麼！」

子言的媽媽回神，尖叫，發瘋似地推開愧疚的丈夫。姊姊還沒有能力有任何反應，只是呆呆注視狼狽不堪的家人們。

子言輕輕按住發疼的臉頰，麻了，什麼知覺也沒有，心倒是痛的，因此淚水潸潸而掉。

「我恨你……我恨你！我恨你！我恨你！我恨你！」

一口氣說完數不清的「我恨你」，子言爬起身，奪門而出。

這不是她的家！她一秒鐘也不想待在那裡！她只想找一個就算長大也不會變成那種大人的地方。

那一整個下午，誰也不知道子言的下落。

姚家父母一如熱鍋上的螞蟻，聯絡過學校、朋友、親戚，甚至連子言的小學同學都問過了，就是沒有人知道子言在哪裡。

「子言還是沒有跟我聯絡耶！姚媽媽，我會幫忙想想看她會去哪些地方，妳放心。」詩縈掛斷姚媽媽含混哽咽的再三道謝，瞧瞧時鐘，夜深了，晚上十一點實在不是一個安全的時間。

她在房內繞圈圈地踱步，不知道第幾圈的時候，突然想起一個的可能性！

「蕭、蕭……」

詩縈快速翻閱手機裡的通訊錄，終於找到「蕭海棠」的名字。上次在動物園，他們三人互留過電話。電話鈴聲響了兩次就接通了。

「啊！海棠大哥，我是詩縈，你還記得吧？是這樣的，子言下午跟家人大吵一架，跑出去之後就沒再回家，她有沒有去你那裡？」

她劈里啪啦講完，另一頭遲疑幾秒鐘，海棠才皇帝不急急死太監地緩緩開口：「沒有。」

「沒有啊……她平常很挺你的，我本來還在想，或許她會去找你也說不定。如果你有她的消息，麻煩馬上通知我喔！」

「請問，」他擔心地多問一句：「是爲了什麼事吵架？」

「這個……好像是離婚的事，我也不太清楚。聽說子言情緒很不穩定，大家都擔心她會出事。海棠大哥，就麻煩你幫忙多留意了。」

離婚？所以事情終究爆發了吧。上次在雨中一瞥，子言憔悴許多，現在會不會更糟？

「海棠，這麼晚你要去哪裡？」聽到開門聲的姊姊從屋裡驚訝大喊。

「出去一下。」

只是拎件外套就出門，沒多說什麼。海棠以小跑步的方式找過學校、她提過每一間放學後會逗留的店，連工地大樓都去過了。最後來到子言家門外，透過紗簾垂掩的窗口，裡面的人影正焦急走動，看來子言還是沒回去。

深夜的路面只剩路燈投射下來的白影，一塊接續一塊，直到漆黑的盡頭。天空又開始下起毛毛雨了，雨點跌進光線中的線條分外清楚。海棠注視地面上的燈光和自己奇形怪狀的影子，想起她曾經淘氣地在燈光下擺弄自己的影子，告訴他，兩個人也不錯。

海棠頓時醒悟，直覺抬頭，看向高樓的頂端伸向霧濛濛的夜空。

他沒有什麼證據，只是憑著一種直覺拔腿就往樓上衝。無人的大樓連電梯都尚未啓用，海棠循著一圈又一圈的階梯愈爬愈高，心中急了。樓梯像是沒有盡頭。

氣喘吁吁來到頂樓，他急忙推開厚重鐵門。

淒楚的身影恍若鬼魅，搖搖欲墜。

他一手抓著門，好支撐過度運動的身體，眺向站在頂樓邊緣的背影，有一只書包被扔在那背景後頭的地面。

風特別大時，會有呼嘯的聲音從空中劃過，隨時有將那個背影推落的可能。

「子言。」

有人叫出她的名字，那道飄緲的人影被嚇著，震了一下，片刻後才緩緩回頭。

她黑澄澄的眼睛是無盡的空洞，什麼也沒有。

海棠不由得不寒而慄，猶如看見鏡中的倒影。他們在某些地方簡直契合得難以置信，一稜一角都相貼得那麼適切。或許，每一條受傷的靈魂，都有其細緻的相似之處吧！

「妳在那裡做什麼？大家都很擔心妳。」

他溫厚的語調滲入她僵冷的肢體，知覺一點一點地回來了，變暖了。乾涸的瞳孔不再寒冷，她緊閉著唇，望他，眼淚宛如春天融化的雪水，滑落臉龐。

「我想，只要從他蓋的這棟大樓跳下去，就能讓他後悔，我要讓他後悔一輩子……」

駭人的言語，不應該從年紀輕得像她這樣的女孩口中吐出，但是他卻能夠理解。說來諷刺，可他真的深深明白那不為人知的黑暗想法。

子言才說完，隨即察覺到自己的可怕。她在一種混融羞恥的恐懼中，用顫抖的雙手摀住耳朵，「我做不到，一想到要跳下去就好害怕……可是我只想報復他，我恨他！也恨那個女人，我連那個小孩都恨得要命，他們全部都消失就好了……」

「子言，過來。」

她木然看著他伸出的手，似乎沒聽見他的叫喚，跌坐在地，曲起雙腿埋頭痛哭，「是不是我不夠好，所以爸爸才會選擇他們？一定是的，我剛剛那麼壞，如果一開始跟媽媽一樣假裝什麼事都沒有就好了，我爲什麼要那麼做？爸爸不要我們了，都是我害的……是我害的……」

他見到她的崩潰，也硬生生將他的記憶拉回不堪回首的過去。窄小的牢房，好幾次他狠狠抱頭，無聲吶喊，只求能夠從恨意和罪惡感的漩渦中掙脫出來。度日如年的折磨，每一秒都是煎熬，讓一個人瘋狂也是輕而易舉的事。

他看得濡濕了視線。

海棠走上前，觸碰子言孱弱的身體。他不會說「不是妳的錯」之類的話，因爲曾有人一再殷殷告訴他，卻不能將痛苦消滅分毫。

因此，他只是緊緊抱著她，不說話。

什麼都不用說。

愛，不用甜言蜜語，也不用說來話長，有些幸福的感觸、寂寞的心情，常常是無聲勝有聲的啊！

【第十章】

他出神守望那抹亮光，這個世界彷彿還不是那麼絕望。

她看了無數次的背影，

在月色下也煥發著朦朧的光，叫人捨不得移開視線，

好像只要一眨眼，他就會從她生命中消失不見。

「我是海棠的姊姊，妳好，好久不見了。」

海棠的姊姊海玉撥通電話過去姚家，子言的媽媽沒忘記她。

「海棠找到子言了，現在正在我們家。妳放心，她很好，就是情緒還不穩定……啊，如果可以，是不是可以讓她先在我們家住下？住一個晚上，等精神狀況稍微平復，我們會送她回去的。」

海玉壓著聲音在客廳講電話，盡量不驚擾到睡夢中的小弟，邊說邊晃晃房間方向。子言淋了一些雨，制服濕掉了。海玉借她一套衣服，要海棠帶她到房間更換。

小小的房間很樸素，床頭點亮一盞夜燈，暈開的光芒透進她心裡。舉起手，子言開始解開鈕釦，指尖動得又輕又緩，好像那是細膩的儀式，一顆鬆開了，再輪到下一顆，輕緩地，又下一顆。她卸下制服時，聚酯纖維的衣料彼此磨擦，夜深人靜，沙沙聲響格外清明。

海棠站在門外，等她。門的另一頭傳來的那些聲音，曾經擦過她受涼的肌膚，在他臂彎中微微顫抖。

喀！門一開，他回身，看她手捧著換下的制服，不好意思地站在門口。

那是他第一次見到子言將長髮放下的模樣，神祕的黑瀑幾乎要將她整個人包覆，出落著超齡的美麗。

海玉親切地歡迎子言，請她坐在客廳稍候片刻，說要煮一碗拿手麵給她吃。

「海棠，別杵在那裡，去拿冰塊給她敷敷臉！」她一發號施令，還真有幾分西施大姊的氣魄。

「你姊姊好漂亮喔！」鼻子和嘴巴的部分尤其像海棠，這一家都是俊男美女呢！

這樣的讚美大概聽多了，海棠不予置評地坐下，端詳她的臉。子言被父親狠狠打了一巴掌的左邊臉頰，腫脹一片紅通通的。子言剛剛在鏡中看過自己的臉，在美型的海棠面前簡直相形見絀。

才想躲開海棠注視，他已經用毛巾裹著冰塊，不多施一分力地敷住她的臉。

「好痛……」

子言忍不住唉叫一聲。海棠沒將毛巾移開，輕聲要她忍耐，「一下子就好了。」

藉由毛巾，冰塊的涼度緩和貼靠灼熱的臉頰。思緒還是亂的，但一個小時前那幾近失去自我的心情已經漸漸平靜了。

「海棠大哥，聽說我爸對你說過很失禮的話，對不起，我代他向你道歉。」

海棠訝異她會知情，子言對父親的怨恨順勢遷怒到這件事上，「我爸背叛了我們，他是一個差勁的人，根本沒有立場要求你什麼，請你不要把他的話當眞。」

「你們是父女，父親想保護女兒，是天經地義的事，不能和其他事相提並論。」

「如果是那樣，你決定跟我說再見，是因爲我爸的關係嗎？在知道我爸找過你之前，我一直在想，海棠大哥是不是因爲討厭我，才不和我見面的。」

這實在是一個難解的問題，至少對他而言並不容易。他不能將禍首推給子言的爸爸，那會讓她無謂的憎恨加深。實際上，也眞的不完全是因爲子言的爸爸。他希望她過得好，如此罷了。

然而告訴她這種話，一定不妥吧！他似乎連爲她著想的立場都沒有啊！

子言發現自己又害海棠陷入爲難，苦苦一笑，接過開始淌出水滴的毛巾，「我自己來就可以了。」

而她到底想聽見他怎麼說呢？

海玉煮好一碗美味可口的麵給子言，她才吃下第一口，就被湯麵的蒸汽薰得快要掉下淚來。海玉要將房間讓給她，她堅持不用。

「我睡不著，腦袋亂亂的，根本靜不下來。」

她說她只需要有個地方坐，天亮就回家。海玉是護士，明天醫院還有早班，於是先回房睡了。子言待在客廳，發呆半晌，發現海棠還在。

「不用陪我沒關係。」

「我說過我睡得少。」

他走出大門，硬是把在牆角熟睡的貓咪挖起來，在牠碗裡注些水。貓咪睡意正濃，不是很開心地瞧他一眼。

子言望著他沒事找事做的背影，有些發笑。

「海棠大哥，你難過的時候會怎麼辦呢？」

他回頭，並不像開玩笑，「我算數學。」

「呃？」

「數學是全世界都一樣的科目，我喜歡數學。」

還、還眞是與眾不同呢！海棠大哥。子言無所事事地躊躇片刻，在沒有更好的選擇下，決定從書包裡拿出數學參考書和計算紙，安安靜靜做起那些題目來。

海棠見她稍微從父親的事情上分了心，掉頭繼續用手指梳理貓咪的短毛。

背後，偶爾傳來原子筆書寫的聲音，間雜她吸鼻子的抽噎。海棠蹲在門口，眺向夜空上的一輪明月，雨停了，雲散開了些，比以往更為清澄的雪白月亮，懸在敞開的門口正中央。

他出神守望那抹亮光，這個世界彷彿還不是那麼絕望。

子言微微抬眼，她看了無數次的背影，在月色下也煥發著朦朦朧朧的光，叫人捨不得移開視線，好像只要一眨眼，他就會從她生命中消失不見。

藏在草叢中的蟲鳴像是說好了一樣，在突來的寂靜過後又開始作響，隱約還聽得見葉尖上的雨珠摔落地面的聲音。

空氣是清涼的，這個夜是美好的，貓咪在反覆的撫摸下，眼睛瞇呀瞇地又舒服睡去，而他究竟隱瞞了多少顧慮、她做好幾道習題，也不是那麼重要了。

當他在無盡的長夜下再次回頭，那個女孩已經趴在桌上睡著。帶著積累一天的疲倦，臉貼著還沒算完的數學習題，睡著了。

那安祥的畫面，驀然有燈火闌珊處的錯覺。

他悄然來到她身邊，起初，在不願驚擾她的情況下，海棠不曉得該拿她怎麼辦。後來他在她身邊的椅子坐著，靜靜凝視子言呼吸均勻的睡臉。

原以為不會再見到這個溫暖的女孩，雖然今天她把自己弄得滿目瘡痍，終究還是讓他找到她了。聽著她一吸一呼的鼻息，他才能確信子言真實的存在，不再是頻頻出現在記憶中的幻影。

海棠伸出手，其實還有許多遲疑和顧忌，他想，在她不知情的情況下，應該能夠被允許吧！修長的手指輕輕觸碰她紅暈未退的臉龐，從指尖的輕啄，到掌心的撫摸，像是探索珍貴的千年壁畫，他懷抱方才不能說出口的那份心疼，讓他的手在她臉上戀戀不捨地停留片刻。

天還沒亮，遠方卻傳來早鳴的雞啼。海棠將子言抱進自己房間，將她的書包擱在床邊，數學習題和原子筆就擺在床頭，然後退出房間，他一早的工作時間快到了。

幽暗的房內看不見外頭的拂曉，她卻見到他離去的身影。

靠在枕頭上睜開雙眼，久久離不開那扇掩上的門扉。

我喜歡他。

無法言喻的傷楚中，那是她唯一能確定的。

「哇啊！」隔天，子言睡眼惺忪地看過鬧鐘後，嚇得跳起來。

十點多了！本來打算只睡一下下就準備去學校的！

已經風乾的制服不知何時被掛進這間房的牆上，接著，她聽見門外有說話聲。匆匆換上制服，隨便將馬尾紮好，拿起書包，推開門之前，外頭的聲音聽得更清楚。有一個肺活量相當大的女子在說話，也不知道是在生氣或是嘲弄，嚷嚷著什麼「孬種」、「先上再說」。

子言只聽到「起碼也要做到這樣的程度」便開門出去。

門的另一面，就像上演著哪齣連戲劇，那麼直接地撞進她眼簾！海棠坐在客廳，被推趴在桌上，西施大姊從椅背後方摟住他頸子，尖尖的下巴貼靠在他寬挺的肩膀上，有一半不懷好意的笑容都埋入他蓄短的髮間。

「他有跟我們完全不一樣的生活呀！他還要工作，也許有女朋友了也說不定……」

子言的腦海響起詩縈在教室中的聲音，記得初聽之時，也是這樣，心臟會隱隱作痛。

他們發現子言時，多少也愣了愣，子言回不了神的視線隨後擱淺在西施大姊圈在海棠身上的那雙細白手臂，不由得幾分尷尬。

海棠想要掙脫起身，西施大姊卻施加力道硬把他壓回座位，愉快地向子言打招呼，「哈囉！小妞，妳醒啦？」

「呃，早，安娜姊。」

聽見她喊出自己的小名，安娜眉頭一皺，拍了海棠背部一掌，向他嬌嗔起來，「喂！誰准你隨便把我的名字告訴別人啊？」

說得好像那是他們之間的祕密一樣。子言不高興地噘起嘴，不叫就不叫，可是不要一直摟著海棠大哥啦！

她不小心流露的慍意讓安娜發現了，安娜稍微鬆開手，改扠在自己的小蠻腰上，「小妞，聽說妳昨晚在這裡過夜啊？」

「嗯。」

「還是睡海棠的房間呢！他的床很好睡吧？硬歸硬，可是有鋪墊被，還是很舒服。就是枕頭太軟了一點，我一直叫他換一個新的，他就是不聽。」

這個人……是不是在炫耀啊？擺明就是說她對海棠的房間熟得很，爲什麼安娜要對她說這些？

安娜見自己成功地惹惱子言，不理會海棠打算出聲制止，屁股往桌上一坐，姿勢頗爲撩人，加上那抹又邪又媚的笑意，更是無懈可擊。

「生氣啦？不是應該要很高興的嗎？小妞，可以跟我們海棠獨處一晚。」

「我們又沒有怎麼樣！」

「對啊，爲什麼沒有怎麼樣？」安娜丟出問題之後，馬上面露恍然大悟狀，「啊！因爲妳未成年，會犯法嘛！而且，黃毛丫頭就是少了幾分味道，沒關係，等妳再長大一點，也許海棠就會覺得妳也滿有魅力了。」

子言頓時漲紅臉，一手難堪地抓緊制服的百褶裙，直覺被安娜聽起來沒什麼的話語羞辱了。

「平常還是可以隨時來找這個大哥哥玩啊！反正有哥哥的好處就是可以撒嬌對吧？我們海棠的優點就是好心，一定會陪妳到底，昨天晚上他不就是這樣嗎？」

聽到這裡，子言已經僵在原地變了臉色，重重地吸氣、吐氣，在狠狠瞪視過安娜一眼之後，抓緊書包就往外跑。

海棠迅速站起來，安娜還覺得可惜地說：「啊！這麼快就逃了。」

「妳說得太過分了。」

海棠扔下一句話，快步追了出去，留下張大嘴的安娜，這還是她頭一次見到向來溫和的海棠也有出口責備人的時候。

以前那個流著鼻涕、老愛跟在她後頭的小鬼哪裡去啦？果然是翅膀長硬就到處亂飛。

她氣不過地揮動拳頭，破口大罵：「你以爲我是在幫誰啊？臭小子！沒把女人追到手就別給我回來！」

子言憑著一股熊熊燃燒的怒火，不停往前跑，雖然被安娜的挑釁氣壞了，但是一想到她說得並沒有錯，就巴不得自己能夠立刻從他們兩個大人的視線中消失！她討厭安娜，但是更討厭被逼得無話可說、只能轉身逃跑的自己！

「子言！」後方有人出聲叫她，她回頭，嚇一跳，是海棠追上來了。這使她困窘得沒有容身之處，因此逃得更賣力。

「你幹麼要追啊？」

「為什麼要跑？」

海棠腿長，不用費多少工夫就追上她。他在平交道前抓住子言的手，子言這才放棄地停下腳步。

兩個人都喘著氣，經過片刻的沉默後，海棠先開口：「安娜是鬧著玩的，不要介意。」

她並沒有因此好過一點，只是低著頭，輕輕把手抽回來。

以前海棠很能應付暴怒的父親，現在卻不知該怎麼安撫鬧脾氣的小女生，只能沒轍地陪她站在路邊，偶有經過的路人好奇側目。

子言望著他們腳對著腳的鞋子，想著某些事，然後抬高眼，支吾問他：「安娜她……是海棠大哥的女朋友嗎？」

「咦？」

他的疑問聲顯得過大，子言奇怪地看住他，海棠恓惶的神情凝固得做不出任何反應。她是不是問了一個很失禮的問題啊？

「不、不是嗎？」

「不是。安娜和我們家很熟，跟我姊特別要好，就這樣。」

就這樣啊！子言鬆一口氣。不過，當她觸見自己一身制服，又沮喪了起來。

就算安娜不是他女朋友，也改變不了任何現狀。

「安娜說，我是黃毛丫頭，海棠大哥也這麼想嗎？」

「我沒那麼想過。」

「大家都把我當小孩子，不會考慮太嚴肅的人生課題，我做的一切，好像都不被當眞。我也知道自己很不成熟，沒辦法擔什麼重責大任，不懂的事也一籮筐。不過，雖然是這樣，我所相信的事、心裡已經確定的感受，這一點，起碼我應該有資格堅持下去，我是這麼想的。」

儘管眼睛還盯著地上，子言已經態度認眞地把話講完。海棠不明白她爲什麼沒來由說了這麼多。當她再度抬頭注視他時，那表情是複雜的，似乎她終於下定某種決心，卻因爲缺乏勇氣，又顯得躊躇不前。

「安娜有句話說得不對，我不是因爲想要向海棠大哥撒嬌才來找你，是因爲……」

她又再度停頓了，懊惱地瞪住自己雙腳。海棠倒是體貼地幫她接下去，「我知道。是安娜亂說話，她有時候就愛故意惹別人生氣。」

她不是要說那個啦！看來再掙扎也不會有什麼結論，子言索性先告別，「那個，我先回家了，謝謝你和海玉姊收留我一晚。」

他點個頭，子言將書包拉上一些，慢呑呑向前走幾步，又回頭。

「海棠大哥，下次，等你方便的時候，是不是可以請你到我家坐坐？」

她唐突的請求令他摸不著頭緒。「爲什麼？」

「我想讓我爸媽見見你，讓他們知道我是因爲海棠大哥才得救的。」

「他們不用知道那些。」

「我不是爲了海棠大哥，是爲了我自己。我要讓我爸爸知道我沒有說錯，海棠大哥總是幫著我，總是陪著我，總是聽我說話，總是努力生活著，是一個好人。」

「好人」二字是心酸的字眼，深深將他深憂的眉宇緊揪起來。

平交道響起刺耳的警鈴，雙紅燈開始交替發亮，子言說句「我先走了」，便快步穿越平交道，跑了幾步再次打住，微微側過的視線隨著放下的柵欄平緩落在對面的海棠身上。

這是個小小的平交道，四周沒什麼人。

她對著他，中間隔起兩道柵欄，還有警示鈴聲重複的單調節奏。

「還有，順便告訴你一件事！」

子言高揚聲音，海棠納悶地等候。那一個瞬息，許多事物都像被按下慢動作的播放鍵，忽然既鮮明，又凝結。不遠的地方，火車在鐵軌上奔馳的聲響，雙紅燈來回閃爍，她忽然英氣煥發的臉龐。

「我喜歡你！」

在他眼睛睜大的那一秒，急馳而過的自強號闖進他們中間！

飛快閃過的車窗、上頭稀少的乘客、他們兩人在車廂縫隙中明明滅滅的臉孔。

「好喜歡你！」

子言用盡力氣喊了出去，細小的聲音卻輕易被列車蓋過。告白的餘音隨著這班車一節節地過去，留下來的，大概只有她被風撩起的髮絲還在臉龐邊際旋繞。
他聽見了嗎？沒聽見嗎？到底聽見了沒有？她的勇氣已經一滴不剩了啦……
列車的尾巴「咻」地一下子便遠離，還在發怔的海棠望見平交道那一頭，子言跑到五十公尺外的背影。
鈴聲止息了，柵欄緩緩升起。她穿著制服的身影愈跑愈遠，如果他現在就追去，也是追得上的。
只是，爲什麼呢？
海棠佇立在子言剛剛大聲喊出「喜歡你」的平交道口，卻沒有跨出半步的動力。
然而，她努力要衝過那班列車的聲音彷彿還在，好像那個明亮的晨曦，又回來了。
爲什麼會留戀這份溫暖，他也不明白。

那天早上，子言回到家中，爸媽和姊姊都在等她。
見到女兒平安歸來，子言的爸爸自然放下心中大石。由於他出手打她是不爭的事實，因此父女見面時分外尷尬，一句話也沒交談。
子言的爸爸決定今天起從這個家搬出去，等協議書送出去之後，離婚就算正式生效了。
那蓋有男方印章的協議書卻被子言的姊姊搶了去，握在手中捏得皺皺的，對於父母不顧孩子感受而離婚，她還氣憤難消。
準備返回學校前，子言的姊姊話講得尖酸又刻薄，「多謝你們的好榜樣喔！你們父母當得眞好。還有，離婚的事我絕對反對到底！」

大女兒嗆辣的個性讓子言的爸爸只能無奈地對妻子說：「妳再去拿一張新的來吧！妳塡好了，再交給我。」

然後，當他也要走出這個家時，子言突然出口叫他：「爸！等一下！」

那聲感覺睽違許久的「爸」，頓時令他莫名感動，「什麼事？」

「這個。」她遞出兩本冊子，「請你看一看。」

「這是？」

「是海棠大哥其他的手稿，我硬要他讓我拿來的。」

又是爲了那小子的事！子言的爸爸立刻垮下臉，「給我看做什麼？我說過，那個人不管多有才華也沒有用。」

「你不看，損失的人是你！你不是搞建築的嗎？作品又沒有錯，只是看看有什麼關係？」

這家裡，比起大女兒，小女兒嬌了點，比較懂得抓住對方的弱點撒嬌。他分明清楚得很，倒也從沒成功拒絕過，加上這次事件是他理虧在先，子言的爸爸心不甘情不願地將本子收下，冷冷把醜話說在前頭：「我只看看。」

爸爸也離開後，媽媽將子言帶到客廳沙發坐下，平心靜氣問起她始終掛在心上的事。

「子言，跟媽媽說，妳是怎麼認識海棠的？」

子言咬住下唇，這要怎麼交代得清楚？沒有誰刻意安排，不是計畫中的事，就是遇見了。爲什麼在大人的疑問下，「相遇」會變得複雜起來呢？

「我的腳踏車壞了，他幫我修好。」差不多是這樣開始的吧！

「然後，你們還陸續見面嗎？都在哪裡見面？做些什麼？」

子言揚起眉，開始生氣，「妳不要審問我！我跟海棠大哥是朋友，只要碰上了就會見面，然後做朋友會做的事！」

見到她的反抗心態又出現，子言的媽媽鬆下緊繃的肩膀，面對她一心要捍衛兩人情感的神情，柔柔一笑，「好啦！是媽媽問的方式不對，我只是擔心妳的交友狀況，妳也曉得，畢竟，海棠不會是一般的朋友。」

見媽媽的態度先軟化了，子言這才管住自己的脾氣。「對我來說，他比一般朋友的等級還要高。在學校遇到難過的事、和詩縈吵架的那陣子，他都耐心聽我說。就算我說的他完全聽不懂，海棠大哥還是靜靜聽我講完，昨晚也是一樣，一直陪著我。」

「是這樣啊。呵呵，海棠那孩子的確是一個溫柔的男生呢！媽媽放心了，不會再囉嗦的。要不要吃點什麼？還是回房間休息一下？」

「我要去洗澡。」

昨天沒洗澡，也沒那個心情。她現在想要好好地往身體沖很多很多熱水，舒舒服服泡個熱水澡，什麼都不管了。

「媽，我跟妳說。」樓梯走到一半，像是想起什麼，子言輕輕鬆鬆地坦白，「我喜歡海棠大哥，也告訴他了。」

「什麼？」原以爲可以放心，誰知道女兒又信手丟個震撼彈來，子言的媽媽慌慌張張地攔住她往上走的路。「妳說喜歡是什麼意思？」

「就是喜歡異性的那種喜歡啊！」她的宣告，其實還隱藏著叛逆的意味，衝著父母這段走樣的感情。

「等一下，子言！媽媽再跟妳聊一下。」這一回，她擠出的笑容顯得不自然許多，「妳會不會……把對海棠的依賴當成是喜歡呢？媽媽看過不少這樣的例子，妳們這年紀的女孩很容易把對異性的好感當作是眞正的喜歡。可是等到妳們再大一點，回頭看當時的情感，就會發現那只是一時的意亂情迷而已。尤其對方是海棠這樣有複雜背景的人。子言，會不會是妳同情和好奇的成分比較多呢？」

子言面無表情地注視樓梯下方的媽媽，不認同，也不抗議，只掉頭上樓，「我要去洗澡了。」

一進房間，她將門鎖上，沒有立刻去洗澡，在床上枯坐一會兒，起身翻找書包，找出昨晚算數學的計算紙。海棠抱她上床時，順便將它擱在床頭，她在那時抒發了幾段文字。

子言將那張紙壓在地上，伏著身體，慢慢將沒寫完的句子添加上去。

寫完後，她順勢倒在木頭地板，原子筆從攤開的掌心滾出來。她側著頭，對著房裡淡淡的陰影凝神發呆，窗外有成群結伴的小孩嘻嘻哈哈地追逐而過，聲音好像很遠。

幸福的腳步，很遠哪！

「大家都說，我在玩扮家家酒，像小孩子想裝成大人，迫不及待地要長大，才以爲那份感情是眞心的，是絕對的。我不太明白他們憑什麼這麼想，雖然我的確曾經那麼渴望長大，那麼著急地想證明自己不是無能爲力的。然而，如果我眞的不曾喜歡過他，如果一切都只是遊戲，那麼，道別時看著他遠去的背影，那個背影，爲什麼會化爲記憶中的一絲痛楚？」

「嗯……妳爸媽離婚啦？」

「嗯。他們好像很早以前就講好了，只差沒告訴我們而已。」

「可是，每次去妳家，都覺得妳爸媽很登對耶！感情也很好的樣子。」

「他們演戲的啦！」

子言轉過身，背靠著走廊欄杆，詩縈還趴在上頭，痴痴望著下課時間的校園。

「子言，妳不再變魔術了嗎？」

「嗯？」

「妳記得嗎？有一次我們去逛街，路上有個怪叔叔想拉妳去做模特兒，他不停誇妳漂亮、身材好、身高又高。結果妳完全不管他說那麼多，很酷地告訴他，『我將來是要做魔術師的。』哈哈！那個怪叔叔一整個呆掉的表情，我到現在都還記得。」

「咦？我說過那種話嗎？」

子言也跟著笑兩聲，那其實也不是那麼快樂的事，她的笑容很快便歇住。

詩縈微微側過眼瞅住好友，溫柔抱怨，「以前被妳逼著看魔術表演還覺得煩，現在看不到了，反而有點寂寞呢！」

子言聽了，感覺酸酸的。

她快速轉回身，同樣面向操場，深呼吸。空曠的校園吹起一陣風，暖洋洋的氣流，都快把眼淚薰出來了。

「詩縈，我爸媽離婚的事，先不要跟別人說喔！」

才說完，她又意識到這也不是說瞞就能瞞得住的消息，遲早老師和同學都會知道的吧。因此對於自己可笑的要求，她困窘得微微臉紅。

「我不會說。」詩縈笑著，十分堅定地答應她。

她們在走廊那兒待到上課鐘響，後來，沒人再提起任何關於離婚的話題，頂多是悠悠哉哉聊起燕子又來天花板築巢的事。

有一次國文課，老師談到「君子遠庖廚」，當下詢問有哪些同學的爸爸願意下廚，班上開始鬧哄哄地熱烈討論。子言環顧周圍紛紛舉手的同學，頓時有點心慌和徬徨，不管哪一方的選項，她似乎都沒有資格舉手。

只能緊緊盯住狼狽地擺在桌上的雙手，恐懼和孤立感龐然而來。原來不像嘴上逞強那麼容易，到底還需要多長的時間，她才能習慣家裡少了「爸爸」的日子呢？

第一張離婚協議書讓子言的姊姊一手毀了。至於新的一張，子言的媽媽還沒有寄出去。周遭親朋好友勸和不勸離的多，大部分的理由是，別稱了那個狐狸精的心意，要離，也得先榨乾老公的財產，一分錢都不能留給那個女人。

她不是那麼在乎財產的事，兩個女兒都大了，憑她的收入，生活也能過得去。她只是不甘心，要將多年的感情一刀兩斷，然後拱手讓給一個橫刀奪愛的女人，她就是不甘心。

明知道放手會讓自己更自由，然而打從大學時代就建立的夫妻情感，二十多年了，不是一夕之間就能夠割捨的。

子言的爸爸也沒有多加催促。海棠的手稿全看完了，他與生俱來的才華讓這位建設公司的主管懾服，儘管還有許多因爲經驗不足而實用性弱的設計，但他的作品著實叫人驚豔。只是，子言的爸爸還在跟話已出口的自尊掙扎，那小子就是配不上他姚尊棋的女兒，這是不能妥協的。

爸爸偶爾來電話都是詢問孩子的情況，協議書還收在抽屜，拖啊拖的，開始聽見蟬叫的聲音，眼看夏天都到了。

那幢老舊的平房外，在沒人留意時，通道兩側已經開滿向日葵，是美麗的陽光的顏色。

愛，如果抽去思念的成分，是一杯冷掉的咖啡，是沒有靈魂的畫，是不再寂寞的空虛，是看著對方的臉卻說不出一個心動的地方。

【第十一章】

他們穿過數不清的向日葵，
時間，不知不覺在璀燦的花海中靜止了，
整個世界好像只剩下他們兩個人，
她聽見自己略為急促的呼吸和鮮明的心跳，
隨著他穩健的腳步，越過走也走不完的美景。

他注意到隨風搖曳的向日葵，一度停下腳步，凝視它亮麗的姿態。

「海棠，你回來啦！」

海玉的聲音伴隨機車熄火的聲響滑進院子，他從回憶中抽離，轉向剛結束早班的姊姊。

「等一下安娜要過來吃飯喔。」她停妥機車，一面摘安全帽一面問：「對了！子言的爸爸是不是身體不好？」

「我不清楚。」他困惑地回答，等著姊姊接話。

「我今天在醫院看到他，好像在辦住院，不過陪他一起來的人，不像是子言的媽媽……還是我記錯了？」

海玉歪著頭，想不到五秒鐘，就拎著在超市買的食材匆匆進屋。

海棠跟在後頭進去，看著姊姊忙著處理食物，說：「有機會的話，順便查查他是什麼病好嗎？我是說子言的爸爸。」

「你會擔心啊？好啊，沒問題。」

海棠正要出門，差點迎面和安娜撞個正著。驚嚇過後，安娜什麼也不吭一句，盡是挑起豔紅的唇銜著他匪夷所思地笑。他避開她戲嘲的目光，離開了。

「嘿！幹麼不說話？因爲我把小妞弄生氣，所以你也生氣了嗎？」

那天和子言在平交道分手後，他回到家，安娜還在，不知反省地猛鬧他。

「下次別再說那些話了。」海棠被吵得受不了，只好淡淡回她一句。

「你還眞的怪我？嚴格說起來，你比我過分耶！再笨的人都看得出來吧？那個小女生喜歡你。我鬧歸鬧，你可是連半點回應都不給人家喔！就算不喜歡，好歹也得讓人家知道啊！」

安娜沒有說錯，他不能給子言任何回應。打從對父親的憎恨與日俱增，到鑄成大錯的那天起，他什麼都沒有了。人一旦擁有什麼，就會有失去的一天，而他再沒有失去的勇氣。

「不是不喜歡。」他對安娜蕭索一笑，「是我太想擁有，卻害怕不能擁有。」

期末考結束後，詩縈沒忘記先前口頭約定的計畫，她希望讓子言也認識阿泰這個人，約好了暑假一起出去玩。

這次又要上台北，舊地重遊，子言剛開始還哇哇叫。

「爲什麼不選別的地方？」

「我有跟阿泰說我們剛去過台北，可是他說這次不去動物園，是去逛市區，也很好玩的。妳眞的不喜歡，我再打電話叫他改地方？」

「不用了啦！我差點忘記了，這是妳和阿泰的約會啊！」她甜甜笑道，「我是電燈泡！」

詩縈看著她爲自己感到開心的面容，不是很能習慣自己和誰是一對的說法，因而不自在地快步走進車棚。

「是我們大家的約會，普通朋友的約會。」

「好啦！仔細想想，阿泰眞可憐，明明喜歡妳，卻得勉強當妳的普通朋友。不過換成是我，遇到不熟的人，應該也會想先從朋友做起吧。」

等等，這麼說起來，她對海棠的告白太急躁了嗎？

詩縈不理會子言的絮絮叨叨，佯裝專心在幫腳踏車開鎖，岔開話題，「對了，阿泰說他也會多帶個朋友一起來喔，二對二，比較不會尷尬。」

「朋友是誰啊？」

「……他沒說耶。」

子言的心思還放在先當朋友的課題上，心不在焉地應一句，「反正到時候就知道了。」

於是，他們相約在車站見面，子言也果眞見到詩縈口中的那位「阿泰的朋友」，掛在肩上的背包還一度掉在地上。

柳、柳旭凱？

對啊！爲什麼她沒有想到柳旭凱也算是「阿泰的朋友」呢？子言彎身撿背包時，拚命罵自己眞是笨得徹底了。

「嗨！」柳旭凱倒是神色自若地朝她微笑頷首。

「嗨……」

難不成被蒙在鼓裡的只有她？

子言瞪向詩縈，詩縈像是演練過似地裝起可憐相，「對不起啦！我怕妳一知道他會來，妳就不來了。」

幸好在車上的座位，子言還是和詩縈坐在一起，她可以盡情怪罪詩縈不夠意思。

其實，和柳旭凱見面也不是那麼糟。這是她第二次見到他的便服裝扮，上次因爲重感冒，根本無心留意他穿了什麼，今天的他看起來格外舒服清爽，少了在學校的拘謹。只不過前陣子他才剛說還喜歡她，而且又被班上同學起鬨配對，一想到這個，子言就沒辦法以平常心看待，刻意和他保持若即若離的距離。

他們來到西門町，在那裡吃飯購物，每一間店幾乎都讓兩個女生逛得不亦樂乎。阿泰的身高和柳旭凱差不多，比柳旭凱更陽光一些，他很愛笑，一笑起來，左邊臉頰會有可愛的梨渦浮現；講話很幽默，很快就和活潑的子言打成一片。

子言跟他講話完全不像女孩子，這讓柳旭凱暗暗吃驚，也有點不是滋味，她和自己在一起的時候好像都放不開，顧慮很多。

他對她說喜歡，大概害她非常為難吧！

柳旭凱後悔向子言坦白，當初在學校問她喜不喜歡自己的時候，她都說「對不起」了。

西門町有偶像劇的造勢活動，那齣戲劇剛巧是詩縈在追的，她興奮地直說好幸運，想要過去看看。站台上有幾位偶像劇的演員和台下一百多位熱情的粉絲互動，阿泰自告奮勇幫忙開路，走在最前頭擠啊擠的，一路帶詩縈到比較接近看台的地方。

子言對迷戀偶像沒什麼興趣，和柳旭凱一起留在空曠的後方。

柳絮凱打量子言微仰著頭注視前方的臉龐，一陣子不見，她似乎有哪裡不一樣了。嘴角掛著淺淺的微笑，那微笑也變得意味深遠，添分憂憂的愁，笑，不再是「單純地笑」那麼簡單。她望的不是看台上拿著麥克風說話的偶像，而是看台後的高聳大樓，好像大樓會勾起她不少感觸似的。

她是有哪裡不一樣了，彷彿懂了不少，失去的也不少。在他還來不及了解原來的姚子言之前，她又走到更未知的深處去，在那裡飄泊，在那裡尋找出口。

忽然，她側過頭，發現柳旭凱的目光，沒什麼意義地對他笑一笑。

善美的笑令他著迷，也令他痛苦。有個直覺告訴他，會擁有這般又澀又甜的笑容的女孩，應該有喜歡的人了。他說不出原因，或許暗戀的那方某些預感總是特別強吧！

「妳原先是不是不知道我會來？」

他問。子言聽了，困窘點頭，「詩縈只說是阿泰的朋友，我沒猜到會是你。」

「我倒是因爲知道妳也會來，才來的。」

他平心靜氣地說完，又眺向熱鬧的看台。子言低下眼，爲自己的冷漠感到悲傷，她不想跟無情無義的爸爸一樣，可是，也因爲如此，許多事物的單純與美好都不值得信任了。她長大之後會是什麼樣子呢？柳旭凱又會變成怎麼樣的大人呢？

她突然好想看看未來的柳旭凱，一定是一個比她好上幾百倍的人吧！一定會比她更對眼見的事物深信不疑，一定比她更溫暖，比她更可愛，一定會是這樣的吧！

下午，阿泰說要去著名的鬼屋，會有人假扮成貞子等各種鬼怪出來嚇人的收費鬼屋。

詩縈一聽要去鬼屋，當場一百個不願意，但爲了不掃興，心裡忍著沒說。

「你該不會以爲女生會嚇得抱住你，才帶我們到鬼屋吧？」子言倒是損得直言不諱。

阿泰顯得又心虛又緊張，連忙否認，「沒有啦！是因爲網路上風評不錯才想來的！」

進入黑漆漆的鬼屋，光是可怕的聲光和特效就害詩縈怕得縮在子言背後，幾乎是閉著眼睛在走路。誰知假扮的鬼怪一跑出來，子言反倒開心地扮起鬼臉追回去，完全把詩縈拋在腦後。

「子言！子言？」詩縈的手抓不到子言，四周也沒有阿泰和柳旭凱的蹤影，慌張之餘，又在伸手不見五指的通道上摔一跤，害怕得爬不起來，情急之下，都快要掉眼淚了。

「妳沒事吧？」有隻手拉住她，將她扶起，「往這邊走。」

「謝謝……」她感激救命恩人的大恩大德，一步步跟著他徐緩的腳步走出去。離開陰森的鬼屋後才發現，那個人是柳旭凱。

柳旭凱放開原本牽著她的手，怪起阿泰的莽撞。

「喂！就顧著玩你自己的，不用管其他人啊？」

「啊？怎、怎麼了？」

阿泰被責備得莫名其妙，看看紅著眼眶的詩縈，正想趨前詢問，子言也出來了，大呼痛快，「哇！好好玩，好想再走一次喔！咦？詩縈……」

當她注意到詩縈的一臉委屈，拍拍她肩膀，才叫聲「詩縈」，詩縈便終究忍耐不住，「哇」地趴在子言身上哭了起來。

「妳嚇到囉？對不起啦！我不曉得妳那麼怕，不要哭了，我等一下請妳吃冰，喔？」

「我的、我的鞋子……」她抽噎著提起一隻鞋，難爲情地縮了縮腳，原來剛剛跌倒時，另一隻鞋子掉在裡頭了。

「我進去找。」

柳旭凱快步跑回鬼屋，和工作人員一起拿著手電筒，在地面的一處凹陷中找到詩縈的鞋。

他出來時，阿泰正去買飲料，詩縈和子言坐在路邊行道樹下休息。

「來。」他遞出鞋子，將它輕輕擺在她腳邊。詩縈在他彎身靠近的那幾秒中，緊張得羞紅了臉。

「呵！好像王子在幫灰姑娘穿玻璃鞋喔！」子言心有所感地笑道。

一句無心之言，讓詩縈和柳旭凱的視線對上，她還沒消退的紅暈瞬間加深許多，柳旭凱乾笑兩聲自謙，「我不是王子。」

「那一定是騎士囉？」子言用問句的方式誇獎他，帶著俏皮的笑。

他接受了，不再反駁。

當他安靜低下頭，詩縈見到削薄的劉海下一雙幸福的流光，伴隨嘴角上的漣漪逐漸擴散、擴散……在不遠處一雙滯留不前的黑色球鞋邊輕輕觸了礁。她的落寞盡收阿泰眼底，阿泰雙手吃力捧抱的鋁罐結出水珠，冰冰涼涼地摔落，掉入那潭透明的思緒，又將滑開的波紋幽幽推了回去。

他們是一群悲傷的魚，以為自己不在水的心裡。

他們也是善解人意的水，深深感覺到魚的眼淚。

他們在台北火車站等候車班。月台上的乘客不少，阿泰好不容易找到一個座位，要詩縈去坐，詩縈不要只有自己舒服，想讓給子言，但是子言的手機這時候響了。

她先看看來電顯示，怔一下，徬徨片刻後才走到旁邊按下通話鍵。

「喂？」

她發出乾澀聲音的剎那，柳旭凱望望她些微緊張的側臉緋紅了一片。

電話那一頭會是誰呢？在她心裡的那個人？他都有點嫉妒那位素未謀面的人了。

「這好像是海棠大哥第一次打電話給我呢！聽起來不像是你的聲音。」子言小心翼翼地說，依然不敢置信。

「不像嗎？」

子言想想，將手機更貼接耳畔，淒淒一笑，「其實也不是那麼不像，都是遠遠的，不管是在電話中，還是面對面，海棠大哥都是遠遠的。只要我一走近，就會將我一把推開一樣。」

「我不會那麼做。」

「你會。」她的堅持頗爲孩子氣，「所以我已經有心理準備了。」

「嗯？」

「你找我有什麼事？」

「你們放暑假了嗎？」

「嗯！」

「那麼，明天可以出來嗎？」

「咦？」不會吧？不但主動打電話給她，還邀她出去嗎？

「可以，可是要去哪裡呢？」

「看向日葵的地方。」他只是簡單地說。

一想到花那麼浪漫的東西，子言沒來由又覺得臉紅心跳。

「好、好！沒問題！」嗚哇！她幹麼回答得這麼男子氣概啊？

「對了，子言。」

「是！什麼事？」

「我姊說，她在醫院看到妳爸在辦住院手續，我想妳可能不知道。」

住院？爸爸他生病還是受傷了嗎？她知道爸爸曾經因為工作過度而胃出血，這次也是老毛病嗎？

子言一回神，為自己剛剛擔心了那麼一下而生氣，「那個人的事已經跟我沒關係了。」

「住院不是小事。」

「反正一定又是胃不舒服吧！有那個女人照顧他，根本不用替他操心。」

雖然嘴上在賭氣，不過她回家時，看著在廚房忙著做飯的媽媽，還是心軟了。

「媽，妳有沒有聽說爸最近怎麼樣？」子言佯裝漫不經心地邊放下包包邊問起。

「啊？」媽媽不懂她為什麼忽然關心爸爸的事，停下鍋鏟搖頭，「沒有什麼大事啊，怎麼了？」

「……有人在醫院看到爸爸。」

媽媽狐疑地轉身，和子言面對面。子言深怕自己會洩漏擔憂的神色，嚇得自動錯開視線，立刻跑上樓。

「咦？子言？子言！」

她逃回房間，直接撲到床上，抓住枕頭，回想海棠的話以及自己無法徹底畫清界限的寡斷，子言痛苦地將臉埋進棉被中。

如果一個人的背叛是一夕之間的事，為什麼她做不到呢？

豔陽的光線曬在皮膚上都輕微灼痛，單是直視天空也不太能睜得開眼。今天，到底有多熱啊？

等公車時，子言後悔自己粗心忘記帶件長袖外套來遮陽，太緊張了，昨晚沒睡好，一早又爲了該穿哪件衣服而煩惱半天，連防曬乳也沒帶。

海棠倒是還罩著淺色的寬鬆襯衫，沒有紮進去，風吹來時，幾近透明的布料會輕輕飄揚，看上去要把他整個人一起帶走似的。眞是天生的衣架子，穿什麼都好看。

他似乎不怕熱，穿著長袖也氣定神閒，好想向他借那件薄襯衫喔！

公車來了，是台老舊的公車，經過凹凸不平的路面，整輛車還會發出嘎吱嘎吱的聲響。車上乘客不多，他們找了偏後的座位坐下後，子言有感而發地摸摸坐墊，看看貼在車窗上方的斑駁廣告。

「這好像是我第二次坐公車耶！第一次是在台北。平常都是騎腳踏車和搭我爸的車，很少有機會坐公車，每次看我們學校的學生搭校車，也好想坐坐看喔！」

她才停止自己的聒噪，就發現海棠的視線正棲憩在她臉上，有懷念，也有憂心，那些成分都被揉合在他輕柔的眼神裡。

「後來，都好嗎？」

連問候都這麼輕省。子言表現出安然無恙的表情，說：「爸爸搬出去了，我們還在適應，不過，習慣也是早晚的事吧！」

「院子的向日葵開了，我想讓妳看看。後來想到以前打工的農場，那裡的向日葵更多。」

「在農場嗎？」子言看看車外，附近還是熱鬧的市區，根本沒有農場的蹤影，想必還有一段路吧。「海棠大哥跑去那麼遠的地方打工嗎？」

「那時候剛出來，想離家遠一點，避免閒言閒語，順便整理自己的頭緒。」

他淡泊地告訴她，沒說從哪裡出來、閒言閒語是什麼，子言都明白，會心道謝，「謝謝你帶我去。」

「還沒到呢！」

「那個地方對你來說一定意義不小，海棠大哥很重要的一段人生也留在那裡，你願意帶我去看，我很高興！」

下一刻，她的話讓他露出「真是人小鬼大」的疼惜笑容。

請讓我待在這樣的笑容旁邊久一點，再久一點就好。對於自己的告白不抱希望的子言，只能感傷地那樣祈禱。

聽寡言的他說話時，看他神情細膩地變化時，她都拚命祈禱著。

坐了將近半個鐘頭的車程，農場到了，在省道旁邊，放眼望去四周全是田野，只有幾棟小巧的矮房座落其中。

海棠帶子言經過一座蓮園，粉嫩的蓮花正盛開。然後他告訴她，那是育苗溫室，那邊是採花的包裝區，熟悉得好像經常來。

最後他們來到餐飲部，簡簡單單的內部裝潢，農場主人在那裡，是一位四十初頭的男子，海棠喊他趙大哥。

他是一位好客的主人，一見到久違的海棠，二話不說就上前抱他一把，拍拍他的背，直怪他不常來找老朋友。

趙大哥個頭不是很高，但力氣大，黑黝黝的，眼睛笑起來會彎成一條線。

「喔？我沒注意到你還有帶朋友。」稍晚他發現子言，「你女朋友啊」般地向海棠擠眉弄眼。「她是……」

「是朋友，她叫子言。今天想帶她來看向日葵。」

「哇！海棠可是第一次帶女生來看花的呢！叫子言啊？還在讀書喔？」

「要升高三了。」

「啊！那要趕快趁暑假好好玩一玩哪！快去快去！今天客人不多，你們慢慢逛，逛完來喝茶，我們有向日葵花茶，沒喝過對吧？」

他們暫別熱情的趙大哥，離開餐廳，走向向日葵種植區，那個日後對他們別具意義的地方。

子言一來到花田入口，吃驚的明眸睜得老大，痴迷的神情猶如孩子，直直望住眼前不見邊際的黃金花海，綻放著不輸給太陽的燦燦光芒，風一吹，陣陣推來的花浪好像會把他們捲入一樣。

向日葵花田，藍天，向日葵花田，藍天。再怎麼張望，就是那兩樣拼湊起來的畫面。

海棠輕輕走到她身邊，聽見她夢囈般低喃：「好漂亮，漂亮得眼淚都要掉出來了……」

「要不要進去看看？」

他帶她走入和人一般高的花田中，子言看著他襯衫下襬在深綠色的莖葉間翻飛，不自覺伸手拉它。

海棠奇怪地回頭，她不安地吞吐：「好像會在裡面迷路……」

「不會迷路的。」他伸出手，那隻曾經在火車上牽過她的手。

子言緩緩將自己交給他，海棠指尖的重量才裹覆上來，她的心立刻感受到那道溫度，安安穩穩牽著她整個人往前行。

向日葵多到必須用手撥開來才有路可走，踩過一地掉落的花瓣和枝葉，彷彿漫步雲端。

「我們好像走在一個不是地球的星球上，星球上只有天空和花。」

「聽起來好像很單調。」

「雖然明知道只有天空和花，可是這樣一直走啊走的，還是很好奇會走到哪裡去。」

「擔心嗎？」

「不會，反正就只有天空和花。可是這樣一直走，總希望前方會有什麼在等著我們。」

他們穿過數不清的向日葵，時間不知不覺在璀燦的花海中靜止了。就連花的光合作用，也在他們經過的那一刻悄然而止，她甚至懷疑地球是不是也停止轉動。世界上好像只剩下他們兩個人，她聽見自己略爲急促的呼吸和鮮明的悸動，隨著他穩健的腳步，越過走也走不完的美景。

恍然若夢的邊境，是啊，終究是一場夢吧……

子言不由得抽回手，海棠狐疑地看她驀然打住步伐。

「怎麼了？」

「我……」她心虛地摸摸被曬得發熱的胳臂，「有點起疹子了。」

「給妳。」

其實並不嚴重，但海棠還是脫下那件長袖襯衫。她穿上之後，聞到一陣屬於男生的香味，怪難爲情的。

「要不要到那邊休息？」

花田中央有個瓜棚長廊，子言卻搖頭，往後拉開一小段距離，頑皮地將雙手背在身後。

「我們來玩猜謎吧！」

「嗯？」

「我問問題。如果答案是『是』，我就往前走一步；如果『不是』，我就退後一步。」

「什麼問題？」

「對海棠大哥來說，我是一個特別的人，所以才會帶我來這裡，對嗎？」

他沒料到她會大方問起自己的事，而猶豫了一下，「對。」

子言向前走一步，立定後繼續問下一題，「海棠大哥應該不討厭跟我在一起吧？應該說，和我在一起還滿開心的，對嗎？」

這一回他愣得更久，並且開始擔心她的問題會不會一個比一個更令人難以招架。

「……是的。」

子言再往前，瀾漫地偏起頭，「這樣，代表海棠大哥喜歡我嗎？」

果眞如他所料，她的問題猶如大斧，出其不意地直劈紅心。

他的黑色瞳孔浮現一絲痛苦，當昭然若揭的沉默在擁擠的花田膨脹開來，子言的右腳輕輕往後退一步。

「今天，你帶我到這裡，只是單純地要讓我看向日葵而已嗎？」

她似乎看穿了一切。海棠歉然鎖眉，子言注視著他好看的臉，慢慢又退後，寬大葉瓣的末梢擦過她手背，刺刺地痛。

「你直接告訴我沒關係，喜歡一個人並不丟臉，得不到對方回應的『喜歡』也不丟臉。我雖然不是超人之類的人物，可是還不至於沒用到聽不起一個答案。」

「那天，妳那麼拚命地說喜歡我，我很高興，那是第一次有女孩子說喜歡我，尤其對象還是我這種人。謝謝妳，對我來說，原本就算只能跟過街老鼠一樣，安安分分過完這輩子就好了，但是妳卻對這樣的我說喜歡，是我作夢也想不到的事……」他從未如此眞誠地坦白，以致於憂憂的眼眸盈著閃閃的光。「然而，我不能回應妳的心意，對不起。」

她已經打定主意要很堅強很堅強的，沒想到淚水還是不爭氣地滾落，連她自己也嚇了一跳。

子言笑中帶淚，「不用說對不起，是我自己要喜歡你的嘛！」

「子言，對於我的感情，我想，是妳想錯了。以後，等妳長大了，一定會遇到一個妳眞正喜歡的人，而且那個人會比我更好，更有資格接受妳的感情。」

她一聽，驚忡地愣在原地，有那麼一剎那，連呼吸都用力屏住了！

「子言？」

「跟他們說的一樣……」她露出比剛剛聽見他道歉還要難過的神情，「媽媽也是，詩縈也是，你爲什麼要說這種話？你不喜歡我不要緊，可是不要否認我的感情！別把我當傻瓜，連喜不喜歡一個人都分不清楚的傻瓜。」

「我不是那個意思……」

「你就是！我……我年紀是比海棠大哥小，但是我不會永遠都停留在現在這一刻，從我遇見海棠大哥那天起，直到喜歡上你，我認爲自己是因爲變懂事了才喜歡你的。對於那個說出喜歡你的自己，我覺得很驕傲。好不容易確定這份心情，你不知道我有多開心，像先前完全不會做的習題一下子解開了那樣。你卻說那是錯的，不是眞的，還說我以後會遇到更好的人……」她咬緊發顫的唇，揚起眉，淚眼汪汪地瞪視他，「以後的事、以後會遇到什麼樣的人，我才不在乎呢！對姚子言來說，遇見海棠大哥才是最眞實的事！我看見海棠大哥的好，那是連你自己都看不見的！因爲海棠大哥眼裡只有過去，根本容不下其他人的存在……」

子言的話毫不留情地一劍見血。他深深受傷了，就是從前凶惡父親的拳頭也從未傷他如此重。然而，他也覺悟到自己註定無法走出過去，而傷楚地拳握起手，「我的確是一個沒辦法活在明天的人，並不值得妳喜歡。」

「你看著我……請你看著我！請你好好看著我！我明明就在這裡，不要當作我不存在，不要說我的感情是假的！沒辦法活在明天也沒關係，只要好好活在現在就可以了，所以請你看著我！我喜歡你，眞的好喜歡你，你是那個用自己的生命保護家人、又帶小貓回家、幫我處理傷口、在頂樓找到要往下跳的我的人，就算面對的是比誰都還要艱難的人生，還是很努力走下去的海棠大哥，關於你的一切，我全部都喜歡！你說你沒有明天，可是我卻能夠看見未來的你。你會過得很好，會有自己喜歡的工作，還會交很多朋友，然後跟一位你深愛的女性結婚，最後會有一個比以前還要美滿一百倍的家庭……可是自己先放棄是不行的喔，你在這一刻決定放棄，就什麼都沒有了。明天不會放棄人，只有人才會放棄明天！既然你認爲你什麼都沒有，就應該比任何人都更不怕失去才對。就去走走看吧！去看看明天的你，我相信，一定會比過去的你還要幸福，當你回頭看，一定會爲自己終於走到這裡而深深慶幸，一定會是這樣的！」

她邊掉著眼淚，邊教訓似地大聲告訴他。望著哭得淅瀝嘩啦的子言，她信誓旦旦的話語一字一句用力敲擊心坎，敲啊敲的，淚水不禁淌落下來了。

鹹鹹的，濕濕的，燙熱的。多久不曾有過這種感受了呢？他以爲自己的眼淚在好些年前就乾涸，有一部分的他是死去了。如今那直透心房的暖流停也停不下來，彷彿在告訴他，他還活著，還能走下去。

子言漸漸平靜，用手背擦掉臉上亂七八糟的淚痕，深吸一口氣，扯開笑臉，「謝謝你費心帶我來，不過我想回去了，自己一個人回去。那麼，我要問最後一個問題了！」

他們互相看著對方，相隔一段不算近的距離，中間開滿向日葵，溫柔地包圍他們。

「海棠大哥看著姚子言的背影，會有那麼一點點、一點點的難過嗎？」

他當下不明白她的問題，而子言這一次沒有給他反應的時間，穿著白色涼鞋的腳自動往後退一步。

她笑一笑，轉身跑進那一片花海。

黃綠相間的浪潮轉眼間就吞沒她穿著素色洋裝的背影，那背影在他的視線中「唰」地化作小點，是她所說的「一點點、一點點」，小得一如種子，在他心裡竟逐漸發酵擴大，驀地龐然無邊。

猛然驚覺之際，曾幾何時，那一份深藏的情感已成海。

子言這輩子從沒這麼賣力跑過，她一口氣從種植區衝回趙大哥的餐廳，踉蹌地在門口停住，彎腰拚命喘氣。這時，她發現身上還穿著海棠的襯衫，心想拜託趙大哥物歸原主好了。脫掉襯衫時，口袋那裡露出某樣東西的一角，眼看就要掉出來了。子言將它拿出來看，是一條女用手帕。

上面用簡單的線條繪出一輪太陽，四四方方平摺起來。

她第一眼就想起那是自己在那個院子硬塞給海棠的手帕。

「一直帶在身上嗎……」

趙大哥發現門外怔怔佇立的子言，揚聲詢問：「子言喔！妳要回去了嗎？」

「我去找海棠大哥！」

她抓緊手帕掉頭又跑，途中掉了那件襯衫，踩著不穩的腳步趕緊將它抱在懷中，再次衝入花田。

子言離開才不超過三分鐘，海棠隨後就趕到。趙大哥看著上氣不接下氣的海棠，一陣莫名其妙。

「子言……子言來過了嗎？」

「是來過了，不過又說要去找你……你們兩個在幹麼啊？」

海棠正想走，又注意到櫃台的監視器，其中裝在花田另一頭的攝影機拍到其他客人的身影。仔細一看，竟是曾經同在看守所待過的流氓之一，也是其中長得最壯碩的那一個，他和幾個不像善類的男女一起進到園區來了。

海棠登時想起當初他的罪名之一是強暴國中女生，心頭一寒，迅速返回花田。

快步穿越叢叢花浪時，那些美麗植物擦磨得他的皮膚發疼，甚至割出斑斑血跡。他在心急如焚的奔跑中，多年前放學回家，一推開門所撞見那不堪的一幕，瞬間湧上腦海。

殘暴的父親將不斷哭喊的姊姊強壓在地上，粗魯地扯下姊姊的衣褲，他看著一屋子的凌亂，以及姊姊額頭上撞傷的血跡，就什麼也無法思考了。

直到如今，他偶爾還會從姊姊悽慘的尖叫聲中驚醒，責怪自己當時爲什麼沒早一點回家。

如果他今天沒能及時趕到，子言也會遭遇到相同的事嗎？要是那傢伙出手傷害子言一根汗毛，就算自己得再回到看守所，他也絕對不會放過那傢伙的！

海棠朝漫漫園地張望，四萬朵向日葵輕易地淹沒一切，除了花還是花，要找一個人都變得困難重重。

「你看著我……請你看著我！請你好好看著我！」

依稀，海面上的風將她清脆的聲音傳送過來。他從沒好好注視過那個女孩，反正人世無常，親愛的人似乎特別容易失去啊！眼睜睜看著一生可憐的母親在病榻嚥下最後一口氣的那一天，他就決定不再讓自己擁有會害怕失去的人了。

那個穿著無袖洋裝、馬尾在棕黑色花蕾上飄啊飄的女孩，他並不奢望擁有，過多的幸福總讓人不安，深怕無法承受失去的傷痛。

子言悠悠回身，望向不遠的花田間，海棠正不住喘息的身影，愣一下，「海棠大……」

然而，他明明不曾擁有，爲什麼還有失而復得的喜悅和哀傷？

一道重量衝向她，才一眨眼，子言已經埋在他臂彎裡。

「痛……」他抱得有點用力，似乎沒聽見子言微小的唉叫，只是緊緊擁抱她。子言不知所措地圓睜雙眼，傻傻的，不敢呼吸。爲什麼他看起來好像非常擔心？爲什麼他會這樣抱著她？爲什麼，她會覺得這個人是喜歡自己的？

「你的……衣服掉了……」腦子一片空白，這是她唯一能擠出來的話。

「誰管衣服。」他第一次任性回話，埋在她耳後的蕭瑟嗓音彷彿還微微顫抖，不一會兒就被花田間流竄的風吹散。

但是他還抱著她，動也不動地留在這裡，哪兒也不去了。子言任由自己被他攬在懷中，使不出什麼力氣，只覺得貼靠著的心跳和體溫好舒服。

「會難過。」

「咦？」聽見他突然吭聲，子言一時不解。

「最後一個問題的答案，妳錯了。會很難過，妳的背影……讓我很難過。」

於是，一顆懸在半空中的心，暖了，也酸了，怎麼現在想哭的人反而是她呢？

「原來我也能讓你難過啊……」聽見她藏在肩窩上的咕噥，海棠稍稍鬆開，將她的影像深深烙在心頭那樣地端詳子言，看得她都不好意思了。

他一抬頭，眺向往這邊走近的人影。

「對了，海棠大哥，你爲什麼會……」子言才問到一半，嘴馬上被摀住。海棠將她一把拉下去，兩人藏身在向日葵底部，頭上茂密的枝葉和花朵將他們隱密地覆蓋起來。

子言完全搞不清楚狀況，還想開口問，海棠示意她安靜地看上面。不多久，子言就見到上次遇見的痞子，正和同伴聊著低級的笑話，經過他們前方。

海棠和子言不作聲響，等那一群人吵吵鬧鬧地遠去，這才安心，上次那些流氓動手打傷海棠的舊恨記憶猶新呢！

「海棠大哥明明什麼事也沒做，爲什麼他們老是要找你麻煩呢？」

子言一提起還是有氣，海棠卻對她柔柔一笑。

「他們只是嫉妒罷了，大概是因爲我看起來很幸福的樣子。」

金色陽光曬出他若隱若現的透明輪廓，夏天，確確實實地到了。

子言於是在他深邃的眼眸中看見自己暖洋洋的倒影，「那麼，我在你的幸福裡面嗎？」

他凝視她許久，由於不擅長說動聽的言語，連回答都只有清淡的八個字。

「傻孩子，妳就是幸福。」

愛，不一定有幸福的結果；但，每一幕幸福的畫面，一定是因為愛的緣故。

【第十二章】

她想起那輛公車上的拉環跳舞般地不停搖晃，
想著自己在花田裡的哭泣，
想著他說到「幸福」兩個字時，聲音裡的溫柔語調，
想著臉頰上那個出其不意的吻……
他們都曾經深刻感受到幸福的那片海，夏天一過就不在了。

他送她回家的路上，交談的話不多，兩人有一句沒一句，彷彿剛認識不久。子言倒不介意，因為該說哪些話，她也毫無頭緒。情緒好複雜，很緊張、很難為情，當然也很開心。所有感覺亂糟糟地在她心中暴走狂竄。她必須盡量看著公車窗外，努力壓抑，才不至於讓他察覺到她是如此坐立不安。

走在回家的小路，同樣的一條路，今天看起來有哪裡不同，好像變得更可愛了。子言忐忑地跟隨他放慢的步伐，他好像什麼都沒在想，又好像想得非常深入，整條路只有他們交錯的腳步聲相應和。子言悄悄打量海棠擺在褲袋旁邊的手，好歹也牽個手啊！會太孩子氣嗎？

「妳家到了。」他站住。

「咦？」她狀況外地抬頭，喔！真的到了，這麼快就走到了啊……

「謝謝你送我回來。」雖然沒做什麼，只是一直走一直走，可是我好喜歡你送我回家的感覺喔！

「快進去吧！我看妳進去再走。」

子言依依不捨地走了兩步，又回頭，「海棠大哥，要不要到我家坐一下？」

她神來一筆的提議害他反應不及，子言接著笑道，「我媽應該在家。記得我上次說過，她一直很想當面謝謝你。要不要進來？」

他逡尋她天真的笑臉，想了想，當真應允了，「好。」

子言滿心歡喜地開門，很有元氣地報告：「我回來囉！」

「子言嗎？」

樓上馬上響起媽媽的聲音。自從知道女兒跟海棠一起出門，她就一直緊張兮兮地注意子言的回家時間，現在才四點半，幸好不算晚。

「你們今天……」子言的媽媽踩著階梯快步下樓，一見到海棠出現在客廳，登時在樓梯上倉促打住。

「妳好。」他從容頷首。

子言的媽媽訥訥回禮，子言一面擱下背包，一面興高采烈地說：「我請海棠大哥進來坐，媽妳上次不是說想跟他道謝嗎？」

「呃，對。」她勉強堆出職業笑容，下樓，招呼海棠坐，「好久不見了呢！聽說你今天帶子言去看向日葵，這個季節去一定很漂亮吧……啊！家裡沒什麼飲料了耶。」

子言才剛撿好位置坐定，聽母親這麼一說，又發現她視線落在自己身上，於是輕快起身，「那我去買吧！海棠大哥，你想喝什麼？」

「果汁。」這一回他沒跟她客氣。

「好，我馬上回來。」

等到子言蹦蹦跳跳地出門去，子言的媽媽才若有所思地定睛在海棠身上。他配合她將子言支開，他從以前就是一個很懂得察言觀色的孩子。子言的媽媽因此感激地微笑。

「雖然認識你的時間也不算短，不過，和你坐在客廳聊天，好像還是第一次。」

海棠瞥瞥右手邊他常去的書房，頗有同感地彎起嘴角。

「老師，妳要跟我談子言的事嗎？」

子言的媽媽原本還在思索該怎麼起頭，沒想到他先單刀直入地進入正題。

「你都知道啦？也對，你平常雖然話不多，可是看在眼底的東西可不少。我自己也沒想到，有一天會以一個母親，而不是觀護人的身分找你談話。」

「我在今天之前，也從沒有想過要造成妳的困擾。」

他歉然回話，子言的媽媽笑出聲，「說困擾就太嚴重了，我只是以一個母親關心子女的立場，想問你一些事。海棠，之前你提到的那位『好人』，就是指子言嗎？」

「很抱歉那個時候沒有說清楚，當時我認為我們不會有再見面的機會。」

「沒關係，我反倒要謝謝你，謝謝你讓我了解到子言是一個很棒的孩子。」

一提到子言，他臉上淡漠的線條變得柔和許多，默默認同她的說法。

「海棠，我們不算陌生，我就直接問了。子言說她喜歡你。我想知道你是怎麼想的？」

眼前這位婦人只是一位普通的母親，會擔心普通的事情，還會以普通的眼光看待來歷如他的人。他向來尊重她，也喜歡這個婦人，如果可以，他不希望增加她的煩惱。

可是，他已經不願再逃避了。

「很喜歡。」

「嗯？」

子言的媽媽一開始還不確信自己聽見了什麼，海棠吸一口氣，又說了一遍。

「我喜歡子言。」

儘管做了所有的心理準備，她還是露出錯愕的神情，好一陣子說不出話來。

「老師，妳不贊成對嗎？」

半晌，子言的媽媽從頹然的姿勢抬起頭，意味深長地將他打量許久，才困惑地提出疑問：「我在想，無法寬恕人的你，能夠愛一個人嗎？」

他雙手一握，當下有語塞的難堪。

「沒辦法原諒你父親和你自己，海棠，你要怎麼好好去愛一個人呢？」

他微微張了一下口，又放棄地閉上，單憑現在的他是無法反駁這個問題的。

子言的媽媽蹙起眉頭，輕輕嘆氣，「老實說，我很擔心。」

「我不會傷害她。」

「你不會，我卻害怕子言那孩子會因為你而受到傷害。」

她終於說出內心的顧慮，海棠還來不及會意之前，子言回來了。

她雀躍的聲音和手上拎的塑膠袋嘩啦啦地打破客廳的沉寂。

「我回來囉！今天便利商店好多人喔！我不知道你喜歡喝什麼果汁，先幫你買柳橙汁。」

子言將買回來的飲料一罐罐從袋中拿出來，再一罐罐擺在他們之間的桌面，把方才緊繃的一問一答也中斷了。

後來，海棠並沒有待太久，說了一些今天去看向日葵的事，將那瓶柳橙汁喝完，便起身告辭。

「我送你出去。」子言不管媽媽會有什麼反應，三步併兩步地跑出門。

海棠站在她家門口外的街道，輕聲要她回去。「到這邊就可以了，快進去吧！」

「嗯！」她點頭，卻還是不進去。

「我看妳進去。」

「啊！對了，手帕！」她掏出那條繪有太陽的手帕，塞回海棠手中，「說好要給你了，你收著。」

「好。」

「那個，海棠大哥……」

「什麼？」

現在的她不似稍早之前在客廳那麼快樂，那些高昂的情緒像是夏季熱鬧的風吹過，透明的瞳孔宛如深秋，鋪了一地的綢繆。

「當我知道你把我的手帕帶在身上時，我高興得不得了，怎麼說呢，一想到自己被喜歡的人放在心上，眞的很高興。我知道海棠大哥有一段痛苦的過去，要讓別人走進你心裡並不容易，需要不小的勇氣。因此，爲了獎勵你的勇氣，我會好好的，你會看見我過得很好，不用擔心。」

他轉爲驚訝。

「可是，爲了負起這個責任，我需要的勇氣也不少，只要海棠大哥能看著我，一直看著我，我就有自信走下去。是我自己要喜歡你的，沒有人支使，以後，如果我不喜歡你了，就會讓你知道，不用別人的指點。」

她聽見他們的對話嗎？還是，她其實敏感地察覺了他和媽媽的顧慮，只是不說而已。

「所以，能不能請你答應我，如果以後決定要分開，也不要是因爲別人的關係才放棄。我也能答應你相同的事，這是約定！」

海棠以爲年紀輕輕的她，談起戀愛總免不了天眞了點，然而她卻比預料中更懂事。或許她帶他回家也是別有苦心，希望媽媽能接受他，希望媽媽能放心。若這是源於父母的離異所磨練出來的成熟，也未免過於悲哀了些。

他用小指勾住她舉起的手，定下契約般地勾勾手。子言這才笑逐顏開。

「妳比我還會杞人憂天呢！現在的我，根本沒辦法想像以後會不喜歡妳。」

他將他們的手拉近，子言跌一下，栽進他胸口，感覺海棠溫熱的唇輕輕啄過她臉頰。

時間洪流彷彿爲了這一刻而靜止了〇．〇一秒，她眞的那麼感覺到。

海棠離開她身邊，子言卻還傻氣地佇立。西下的日落斜斜照進這個平靜巷道，暖暖嫣紅了她青澀的臉龐，他的眼眸溫柔而笑，彎成了橋。

「爲什麼很幸福很幸福的時候，又擔心它有一天會消失不見呢？

能不能一直很幸福？

這樣的願望，怎麼連我自己都覺得是奢求？這樣的想法不是太寂寞了嗎？」

深夜，子言在讀到一半的課本空白處寫下一些感觸。盯著那些帶著淡淡愁緒的字句，她闔起課本，趴了下來，出神凝望今天和海棠出遊所帶的背包，還安穩地掛在衣架上頭。

她想起那輛公車上的拉環跳舞般不停搖晃，想著炙熱陽光曬在皮膚上的點點刺痛，想著自己在花田中央的哭泣，想著他說到「幸福」兩個字時聲音裡的柔煦語調，想著臉頰上那個出其不意的吻，是溫暖的洋流，從她整個人滿了出來，流啊流的，又回到那片金黃色的海。

他們都曾經深刻感受到幸福的那片海，夏天一過就不在了。

「我吃飽了，先走囉！」

今天是返校日，子言草草解決掉鮮奶和吐司，抓起書包就騎車出門。

現在去學校是早了點，不過她實在興奮得安靜不下來。

「姚子言，十六歲，第一次交男朋友了！」

她又羞又開心地哇哇叫，腳踏車也愈騎愈快，心想一定要趕快把那些事都告訴詩縈。車子順暢地衝進校園，她跳下車，踏著輕快腳步來到教室，一開門，教室還是空曠無聲的。

這片空曠讓她有稍微沉澱下來的空間。子言吐口氣，將書包擺放在座位，無事可做地閒晃一會兒，決定先將黑板擦過一遍，再把鋪上一層厚重粉末的板擦拿去機器裡打一打。

「不是很乾淨耶！」

她靈機一動，到講台抽出導師用的藤條，拿著三個板擦到窗口，正準備揚手一揮，沒想到底下的雜草空地竟然有人在！

子言連忙收回板擦和藤條，往下一看，那不是詩縈和阿泰嗎？

「你說還是不要，是什麼意思？趁暑假結束前再出去玩不是你說的嗎？」詩縈追問。

他們已經要好到可以在暑假相約出去玩囉？子言因爲自己後知後覺而感到有些受傷。

阿泰抱歉地搔搔頭，不怎麼有精神，「對不起，我覺得……我還是沒辦法。」

「什麼沒辦法？」

面對她困惑的純稚神情，阿泰苦笑一下，「沒辦法假裝妳是因爲喜歡我才跟我出去的。」

什麼什麼？子言將身體探出去一點，詩縈臉上隨即泛起被一語道破的窘紅。

「其實我知道，妳會答應和我做朋友，是因爲旭凱的關係吧？因爲我常常跟旭凱在一起嘛！」說到這裡，他仍舊俏皮地笑著，「不過，我不覺得是被妳騙了或是利用什麼的。我向妳告白的時候，就知道妳喜歡的人是旭凱。雖然知道，我還是想試試看，心裡在想，也許旭凱讓妳失望的時候，我就會有機會了。」

阿泰都知道嗎？詩縈、柳旭凱、子言，這麼難解的習題他都知道了？

詩縈沒有否認，她只是緊緊咬著唇，低下頭，眼裡閃爍著淚光。

「妳不用勉強假裝對我有好感，我沒有忘記我們說好要先當朋友。」阿泰揚起一個更大的笑容，一派輕鬆地爲她打氣，「妳喜歡柳旭凱，有需要我幫忙的儘管說。那傢伙很鈍，沒有人在旁邊幫忙搧風點火的話，他是不會知道的。所以，別客氣！」

他用力乾笑兩聲，詩縈默默抬起眼，看向他可愛的單邊梨渦，只是看著。這一次阿泰讀不出她臉上浮現的思緒，只好收起無謂的笑臉。

「那，我先走了，下次如果要出去玩，再找大家一起去吧！」

「下次？」這句話似乎引起她的格外關注，還沒吭過聲的詩縈抱著希望反問。

「是啊！反正當朋友的效期可以是無限長的，不管開學後、畢業後，甚至十年之後，不管是什麼時候，需要幫忙就說一聲吧！當然出去玩也一樣，這就是當朋友的好處啊！」

他說著說著又打起精神來了，哈哈大笑幾聲，最後才對詩縈說他不趕快回教室不行。

子言五味雜陳地目送他離開，不由得同情起阿泰了。而說時遲那時快，子言捧在懷中的一個板擦滑出她胳臂。她張大嘴，眼睜睜看著板擦應聲掉在詩縈腳邊的雜草上。

詩縈收回放遠的視線，狐疑地拿起板擦，仰起頭，撞見樓上窗口因爲躲藏不及而笑嘻嘻的子言。

學校舉行朝會，升上國旗，子言偷瞄隊伍中乖乖跟著唱國歌的詩縈，看上去並沒有因爲自己偷聽的事而生氣，但是也還沒能對阿泰的話感到釋懷。

朝會結束後便進行全校大掃除，子言和詩縈分配到擦窗戶的工作。她們站在教室外，手邊堆著髒抹布和舊報紙。子言拿起穩潔朝玻璃噴了三四下，當白色泡沫往下流，她們不約而同地開始動手。

「阿泰他，好像真的很喜歡妳。」

子言試探性地起頭。詩縈專心擦拭玻璃上霧濛濛的地方，「嗯」地應了一聲。

「詩縈，我問妳喔！妳真的為了柳旭凱，而利用阿泰嗎？」

詩縈停下動作，沉吟片刻，才又繼續把玻璃上的污點仔細抹去。

「一開始，我是想試著喜歡別的男生看看，總不能老是喜歡一個不喜歡我的男生啊！我一開始真的只是這麼想。後來，阿泰把我介紹給柳旭凱認識，那算是我第一次正式跟柳旭凱交談，第一次被他認真地看在眼裡，我在高興之餘，把那些本來想丟掉的暗戀心情都記起來了。不知道什麼時候開始，會找藉口和阿泰見面，這樣我就可以再和柳旭凱說話。妳一定認為我很卑鄙吧？」

「我……」子言也說不出一句答腔的話，感觸很多，偏偏無法一語道盡啊！

詩縈離開她身邊，繞進教室，動手擦起窗戶的另外一面。

「我從小心臟就不好，只聽說裝完人工瓣膜後起碼可以撐個十幾年，可是沒有人告訴我過了十幾年之後會怎麼樣。我一直很害怕，總覺得自己隨時都會走，不能和一般人活得一樣久。我本來連告白信都不打算給柳旭凱的，將來的人生這麼不確定的我，哪有什麼資格跟別人談戀愛呢？後來我對自己說，就當是給自己來過這個世界一遭的紀念，不管他會不會接受，那封信就是我給自己的一個紀念。」

子言聽得心上一酸，趕忙別過臉。詩縈好討厭，不要說那種話啦！對面的詩縈吸了吸鼻子，眨眨泛紅的眼睛，賣力地重複擦窗的動作。

「跟柳旭凱說了一句話，就會想再說第二句、第三句，仗著阿泰會讓我予取予求，變得貪得無饜起來了。有時候我也很討厭這樣的自己。所以子言妳啊，眞的讓我又愛又恨的。」

「啊？我？」她從窗縫中探頭。

「妳是直腸子嘛！想什麼就去說、去做，根本就沒有耍心機的能耐。」

「妳這是在誇我還是損我啊？」

「呵呵！所以才說我對妳又愛又恨嘛！」詩縈如釋重負地呼出一口氣，坦然一笑，「說起來，我反而得謝謝阿泰把事情說破呢！不好好跟他道歉是不行的。」

「我陪妳？」

「不用啦！妳在，我想說的話會說不出來。我想，先想清楚應該對他說什麼，怎麼說才不會害他太難過，然後找個時間和阿泰談一談。但是呢，子言，我之前告訴妳，阿泰是很好的人，那沒有騙人喔！我眞的認爲他很好，只是，我大概就是個無可救藥的死心眼吧！」

詩縈說到最後，爲自己無奈的感情又掉了一兩滴眼淚，子言只能隔著乾淨的玻璃心疼她的脆弱。這時，秀儀拿著掃把走過來，問起暑假作業寫完沒有，子言機警地拿起穩潔往才剛擦好的窗戶一噴，玻璃對面詩縈那張傷心的面容一下子化爲白色泡沫。

童話中的人魚公主也是帶著一段得不到回應的戀情，縱身躍入大海，變成了海沫。

就連童話也不一定全都是幸福快樂收場，更何況是現實世界呢！

「啊！結果沒說到海棠大哥的事。」子言去車棚牽車時才驚覺。

她在放學後騎車拐到海棠的工作地點，那是社區型的電梯別墅，稍微遠了點。海棠和原班人馬的工地大叔們一起換過一棟又一棟的大樓，像游牧民族。

海棠正在搬運長長木條，一抬頭，發現子言牽著腳踏車安分地站在外面。

他將那些木條從肩上卸下，一面脫掉手上的麻布手套，一面走向她。

「怎麼來了？」

「只是突然想到，你不用管我，我等一下就走。」

是因爲詩縈和阿泰的事，讓我突然很想念你，如此而已。

海棠正想詢問工頭能不能休息一下，這時認得子言的那位工地大叔發現他們，已經粗聲粗氣地下達命令，「喂！要在這裡談情說愛的話，通通給我戴上安全帽！」

安全帽？

她不解地看海棠走到一旁，拿起一頂跟他頭上戴的一模一樣的帽子，當場傻眼。

「一、一定要戴嗎？」

「這裡才剛開始施工，很多東西都沒固定好，還是小心一點。我幫妳戴。」

子言可憐兮兮地逼自己接受那頂黃得俗氣的安全帽，望望正幫自己上扣環的海棠，迷人的臉上清淡地掠過一絲笑意。

「很好笑嗎？」

「很可愛啊！」

想也知道那是安慰人的，不過她還是甜甜地給他一個回禮。

海棠帶她瀏覽大樓的內部，除了水泥的顏色，還有裸露的紅磚，以及數不清的木頭支架在上面縱橫著。

「什麼都沒有的地方，連說話都有回音呢！」子言看得脖子發痠，轉而對海棠興致勃勃地提起，「我啊，一直記得海棠大哥畫的一棟房子喔！」

「我？」

「嗯！房子前面有小花圃，車庫在地下室，一樓是挑高的，廚房和餐廳就設在一樓半的空間上。上到二樓的樓梯隱藏在牆壁後面，然後到了三樓，陽台外面還騰出一小片空地，有小池糖和種花草的地方。雖然不是什麼華麗的豪宅，可是第一眼看見就好想住進去呢！」

他看著她在髒灰的空間裡比手畫腳，清楚描繪出那間屋子的內部細節，覺得感動。很想告訴她，會為她蓋出那麼一棟房子，不過他不是自不量力的人，只能輕輕說：「我幫妳把那棟房子保留起來，那張設計圖不會給其他人用。」

於是，子言綻開純真而燦爛的笑容，好像得到很棒的禮物。她從書包拿出路上買的麵包，和海棠坐在外面台階，遞給他。海棠順手將麵包剝成兩半，又將一半遞還給子言。

子言慢慢接過麵包，盯著那半圓形狀，莫名地害羞和高興。一人一半耶！以前她總認為和男生分著食物吃是一件很噁心的事。

海棠看她盡是瞪著麵包卻不動手，恍然大悟，「妳不吃麵包吧？」

「沒有！我要吃！」深怕會被搶走般，子言趕緊咬下一大口。

他們並肩將麵包吃完，感覺又回到初相識的日子。子言細細回想那些點滴，還是不一樣了，記憶中的那些人都在，但就是不一樣了，連她自己也不是去年冬天的那個姚子言了。

「心情不好？」海棠察覺到她失落。子言猶豫片刻，把詩縈和阿泰的事告訴他，然後望著萬里無雲的藍天，說起自己的感觸。

「雖然老師早就告訴我們，起起落落的人生才精采。可是，爲什麼一定要這樣呢？平平順順地走難道不好嗎？總覺得好不容易柳暗花明，可是又好像有什麼暴風雨要來了。爲什麼會有這麼討厭的預感？一直順心如意地生活，一樣可以過得很快樂啊！不是嗎？一定會比起起落落要快樂得多吧！」

聽她一口氣自問自答地講完，海棠頓時覺得這孩子眞討喜。他以過來人的身分回答，含著慶幸的嘆息，「是爲了學會珍惜吧！」

「什麼？」

他說著，也想起了子言的媽媽，「不曾失去的人，不會懂得珍惜擁有過的。雖然是起起落落的人生，可是因爲珍惜的心情，擁有過的東西一定會比順遂的人生還要來得豐富寶貴，是一種對比。我想應該是這個意思。」

子言聽完，拿著一雙亮澄澄的眼睛看住他，「但是，我才不想先失去海棠大哥，然後再學會珍惜呢！你放心，我現在就很珍惜你啦！」

她竟然說出了那麼男孩子氣的話，害海棠一時好想發笑。他轉過頭硬是忍住，無意義地看著旁邊堆砌的磚頭。

子言兀自拿出記事本，翻了幾頁，又問：「對了，海棠大哥哪幾天的這個時候不用工作？我去你家找你好不好？老是跑來這裡打擾你工作也不是辦法啊！」

「星期一和星期五。」海棠猜測，她是不是不太想回去那個家？子言再大方，也不像是不懂得矜持的女孩子，因此他接著補上一句，「要來的話，就把書包一起帶來。」

「咦？爲、爲什麼？」

「妳都高三了，應該要把心思放在念書上頭。剛好我一個家教停掉，可以教妳。」

「是。」不知道爲什麼，面對海棠她就是沒辦法說「不」，海棠在某些方面還挺具威嚴的。

這時海棠的手機響起，走到一邊去。子言發現時間不早了，脫下那頂俗氣的帽子，再瞥正在專心講電話的海棠，有些洩氣。人家才不是爲了要念書才去找你的啦……不過，這樣也不賴，只要能跟海棠在一起，就算是念書也會變成有趣的事吧！神啊！請讓這樣的日子一直下去，我一定會好好珍惜的。

她這麼在心底祈求著，然而……

「子言。」

她聞聲側頭，海棠正放下手機，神情凝重。

「妳知道妳爸住院的原因嗎？」

她不懂爲什麼周圍的氣氛無故緊張了起來，「媽、媽媽打過電話，爸爸說他只是例行性檢查而已，因爲他以前開過刀……怎麼了嗎？」

那是她小六的時候，爸爸因爲胃出血而住院，後來安排開刀。當時她不曉得開刀的原因，只知道開完刀，爸爸就會好起來了。

很多時候我們以爲已經雨過天青，縱然她在心底那麼誠心地祈求過長長久久，然而暴風雨依舊說來就來，柳暗花明的日子只是轉眼之間而已。

在告訴子言實情之前，海棠還於心不忍地遲疑良久，最後也只能給她一個簡短的總結：「是胃癌。」

子言木然地呆住，好像那個名詞不在她的字典中，需要費些工夫將它吸收進去。

「我姊說，檢查出來的結果，是胃癌末期。」

她維持著難以相信的神色，緩緩垂下眼，對著敞開的書包，不知所措。

「子言。」

子言聽見他喚出自己的名字，驚嚇地抬頭，流露出赤裸裸的恐懼。

「妳媽媽一定還不知道這件事，快回去告訴她。」海棠溫柔觸摸她失了血色的臉，在她背上輕拍一下，「快回去，我晚一點再打電話給妳。」

那一拍似乎奏效了，子言回過神，用力點頭，匆匆收好書包，急急忙忙地騎車回去。

她把這個消息告訴媽媽，媽媽也是嚇一跳，當下撥打爸爸的手機，卻是關機沒有回應。

子言等著媽媽接下來的反應，誰知媽媽單手緊握餐桌桌緣一會兒，在天人交戰中做出決定。她試著輕鬆地安撫子言說：「聯絡不上也沒辦法，明天再試試看好了。晚餐想吃什麼？我沒有煮耶！」

那一刻，子言發現母親藏在微笑中的一縷倦容，她忽然什麼都明白了。面對背叛自己的丈夫，還被要求她關心他的生活是多麼殘忍。媽媽不是聖人，在孩子面前所表現出的冷靜和寬容，背後到底經歷多少掙扎及壓抑，只有媽媽自己知道。

這一切都是爸爸害的。

「就算妳不打電話給爸爸也沒關係喔！」她說話時聲音還在發抖。「就算妳和爸爸不相往來，我也是站在媽媽這邊的。所以，媽如果不想和爸爸聯絡，那就不要聯絡了。」

「子言……」女兒說出義氣相挺的話語，讓她不自覺濕了眼眶。

三天後，子言的媽媽還是撥了電話過去，把情況都問清楚，約了時間到醫院探望已經分居三個月的丈夫。

她是帶著一臉愁容回來的，在電話中簡單告訴大女兒爸爸的情況，等子言回家又重述了一遍。

「妳記得爸爸以前開過刀嗎？其實那時候就已經發現癌細胞了，動了手術把一部分的胃切除，以爲沒事，最近才發現癌細胞又開始擴散，而且轉移到肺部。」

子言冷靜聽完那一句句不樂觀的描述，問了一句：「會死嗎？」

媽媽愣一下，子言淺淺蹙起眉頭，「這樣，會死嗎？」

媽媽哀傷躊躇，避開子言眨也不眨的目光，並不打算回答那個問題。「子言，要不要去醫院看爸爸？他一直問起妳們的事，好像很想見見妳們。找個時間，我們一起去醫院吧！」

「……不要。」

「子言？」

「我爲什麼要去看他？反正有那個女人和那個小孩在，爲什麼還要我去看他？」

「他是妳爸爸啊。」

「是他先選擇不要我們的，我才不管他會怎麼樣呢！」

「萬一來不及怎麼辦？」

子言的媽媽在激動的爭論中不經意脫口而出，看子言嚇得住口，她自己也怔住了。

「子言，媽媽是說……」

「我不想聽！」

子言抓了書包就往外跑，連腳踏車都忘了騎，她是一路頭也不回地跑到海棠家的。

海棠來開門時，子言喘得幾乎站不穩。「我來……來寫功課了……」

他訝異地扶她一把，「妳跑來的嗎？」

海玉在家，見到子言，熱絡地請她進屋子裡坐，順便把正在吃晚餐的小弟趕回房間。海玉喜歡子言，應該說，只要有人能夠打開海棠的心房，她都會喜歡。知道他們兩個在交往，海玉顯得十分高興。

「我會跟安娜出去看電影，小弟會在房間念書，我已經命令他不准出來當電燈泡了，你們好好用功吧！」海玉巴不得早點讓他們獨處，隨便打扮一下就出門去了。

子言喝光兩大杯白開水，這才慢慢恢復過來。她乖巧地拿出作業簿，認眞寫起習題。

海棠觀察她反常的安靜，不發一語，心想前幾天要她帶書包來時明明還一張苦瓜臉。

「妳怎麼了？」他教完第三題，開口問。

子言一度停住原子筆，又繼續書寫算式。「剛剛跟媽媽吵架了。」

「爲什麼？」

她第二次擱下手，倒抽一口氣，勉爲其難地說：「她要我去醫院看我爸。」

「妳不去嗎？」

「那個人早就跟我們沒有關係了，爲什麼要去？」

「這次的情況不是很好吧？還是去看看。」

「不要！那是他的報應！就算他死了……」一觸及那個忌諱的字眼，她立刻住口，恓恓惶惶地和海棠不捨的目光交接後，子言起身閃躲。「我去洗手間。」

她將自己關在廁所，燈也不開，靠著門，媽媽和海棠逼人的催促在黑暗中清晰許多。那幾度脫口而出的「死亡」，無以名狀地化作一股寒意，直爬背脊。

「他一直問起妳們的事，好像很想見見妳們。」

然後，媽媽那句話又讓她僵硬的身體暖和起來了，暖上眼眶，融成一顆顆滾燙的淚滴。子言順著門滑下，緊緊閉上嘴，不讓自己出聲。這孤獨是如此龐然無邊，她只能將所有無助埋進膝蓋裡。

海棠站在外面，聆聽裡頭偶爾藏不住的抽泣，隔著一扇門，就這麼陪上好一會兒。想來，她真的和自己非常相像，就連情不由衷的憎恨也幾乎如出一轍。有時候看著她，就好像看著另一個自己。

心，會有撕裂的痛。

「子言。」他終於動手敲門，「子言，出來吧！」

大概過了一分鐘吧，子言終於主動打開門，壓低著頭，仍然可以見到淚痕猶新的臉。

「難過的時候不用忍啊！」他體貼提醒。

不說還好，子言先前拚命按捺下來的情緒剎那間決堤，淚水開始撲簌簌掉落。

她張開雙臂，撲進海棠胸口，忍不住痛哭失聲。他擁著她，不發一語。

當年他強迫自己忍下來了，那些無以宣洩的怨恨、那幾滴脆弱的眼淚，都忍下來了，卻鑄下不可挽回的過錯。

如果他未來的人生還有那麼一點意義，讓子言能走上和他截然不同的路，讓她從此可以變得很幸福，那就是他存在的意義。就算她的幸福將會與他相距甚遠也不要緊，對他而言，都會是一種救贖。

愛，是孕育恨意的種子，因為怒火的烘烤而裂成碎片；有時，它也是儲存在根部的水分，好讓生命有滋潤重生的一天。

【第十三章】

昔日的情感化作回憶，深刻到即使多年後驀然想起，
仍舊能夠觸動最深的感觸，同時無法被復刻的。
她回不到過去，但「過去」始終都在，
而且會一直無聲地停駐，與她同在，如影隨形。

醫生評估過癌細胞擴散的情況，並不建議開刀和化療，目前只以症狀控制爲主，預估子言的爸爸活不過三個月。

三個月，很像偶像劇中常出現的期限，初聽之際，子言也感受不到它的具體期間。子言的姊姊在一次返家時，主動到她房間找她。「我明天會跟媽到醫院。」她原本也和子言一樣，堅持不原諒爸爸。因此子言聽見她改變心意了，非常詫異。

「爸外遇的事，我到現在還是很生氣。」姊姊迎向她恍若遭到背叛的眼神，操著大人的口吻辯護，「不過事到如今，原不原諒又有什麼意義呢？」

最後，只有子言還堅持著。

眞要問她，她也說不出這樣下去到底有什麼意義，只是當初都說不會去醫院了，就像這當中有什麼咒語一樣，說什麼也不能違背初衷。

姊姊跟她不同，姊姊沒有撞見爸爸去找那個女人的情景，姊姊沒有在病重時被丟在家裡，姊姊也沒有被盛怒的父親打那一巴掌，那些姊姊都沒有經歷過，子言卻記得清清楚楚。她就是沒辦法帶著那些記憶去探望那個人。

每一天，她責備著父親，也責備自己。

在不眠的夜，只好點亮桌燈，可悲地用複習功課來打發時間。

第一次月考下來，子言進步不少，詩縈湊到她桌前檢查亮麗的分數，又羨慕又嫉妒地問：「妳改頭換面啦？爲什麼突然考這麼好？」

「幫我補習的人是海棠大哥耶！還考差不就太丟臉了嗎？」

「等一下！海棠大哥？」

撞見詩縈滿腹狐疑，子言「啊」了一聲，「對了，我還沒跟妳說過海棠大哥的事喔！」

放學後，子言在同學漸漸離開的教室，把和海棠交往的經過詳細地向詩縈說清楚，沒想到詩縈聽完的第一個問題是，「那柳旭凱怎麼辦」。

子言回給她同樣錯愕的表情，「什、什麼怎麼辦？不是跟妳說過我和他沒怎麼樣嗎？」

詩縈一臉大受打擊，花了一番工夫才吞吞吐吐地說：「我以爲妳是顧慮到我，嘴巴上才那麼說的。」

「這種事，是就是，不是就不是，一旦確定了，我不會說得模稜兩可。」

她理所當然的回答，帶給詩縈幾分扎心之痛，詩縈想了一想，失笑低語：「也是啊，本來就應該這樣的嘛！」

子言不了解她爲什麼一副頗爲哀傷的模樣，提心吊膽地確認，「詩縈，妳是不是……不認爲我和海棠大哥交往是好事？」

「嗯？不是啦！」她歉然地恢復先前的開朗，撐著下巴，「海棠大哥很好啊！我只是沒想到你們會在一起，有點嚇一跳。對了，妳媽知道這件事嗎？」

「知道，我故意讓她知道的，我不想像我爸那樣，偷偷摸摸地和別人交往。」

「是嗎？不過，對象是海棠大哥的話，以後這場戀愛談得不會很輕鬆吧？」

「沒關係，我們約好了，誰都不可以因爲其他原因就隨便放棄，要一起加油。」

子言舉起打勾勾的小指頭，詩縈看了，噗嗤一笑，「不會吧！妳眞的和他打勾勾啊？好幼稚喔！」

「什麼幼稚！我可是非常嚴肅的！」

和詩縈告別後，子言還延續著笑鬧的好心情，來到和海棠相約的茶店，得意地展示自己的考卷。

「噹噹噹！全部都在八十分以上喔！」

海棠審視她淺淺的黑眼圈，猜想她是不是太勉強自己了。

「恭喜妳。可是，不要因為念書就不注意身體啊！」

「我很好啊！」她興致高昂地把考卷收回去，要求道：「剛考完試，找個地方出去走一走嘛！」

「去趟醫院吧，我陪妳。」

他又提起醫院，子言逃避地喝起面前的珍珠奶茶。每次海棠這麼說，子言都選擇沉默。因為這樣，這一次他們分開前的氣氛有點僵。

她不是沒去過醫院，有一次，幫自己買好一件牛仔褲，還不想那麼早回家，騎著腳踏車晃呀晃的，不知不覺也來到橘褐色的醫療大樓前。

子言在大樓外佇留了十多分鐘，就算好不容易為自己找到上去探望的理由，一想到見到父親又不曉得該說些什麼，就再也沒有勇氣了。醫院前進進出出的路人見到她的猶豫不前，不免多投來兩眼，促使她飛快地逃離現場。

記得姊姊從醫院回來那天，眼眶紅紅的。子言想問為什麼，同時害怕自己真的去醫院了，也會紅著眼睛出來。

打從決定對父親的事不聞不問那一刻起，有許多話在這中間忽然毫無理由地消失，蒸發得無影無蹤，任憑她怎麼絞盡腦汁，能夠對話的句子偏偏是一道空白的欄位。

第一次月考後，高三有個兩天一夜的戶外活動，在日月潭住一晚。由於那天才鬧僵了，子言並沒有向海棠提起這件事。

晚上的煙火大會，每個班級都必須表演，那是重頭戲。傍晚有個自由活動的空檔，子言雙膝跪在牆邊的椅子上，看看窗外熱鬧的街景，再瞧瞧因爲暈車而躺在床上的詩縈。

「我看見外面有賣阿薩姆紅茶，幫妳買一杯進來好不好？」

詩縈依然閉目養神，有氣無力地點點頭。

逮到一點透氣的時間，子言迫不及待地穿上涼鞋，跑出飯店。

飯店外面就是一條有著各式店家的長長街道，遊客熙熙攘攘，他們不一定是眞的要買什麼，大多東看看西瞧瞧的。子言也感染到這裡輕鬆的氣氛，深深呼吸，盡情將這陣子的悶氣大口呼出去。

她興沖沖幫詩縈買杯阿薩姆紅茶，發現碼頭那邊的人群也不少，於是走了過去。

碼頭的平台建造得很大，左邊有當地樂團在演唱，圍坐了一些聽眾，一首結束，他們就熱情鼓掌。純粹因爲喜歡而唱的單純歌聲，自然而然地融入這片遼闊的景色中，彷彿那聲音也是畫面的一部分，那般自然。

一望無際的日月潭。子言不由自主地在廣闊的碼頭中央停住，凝視深邃寧靜的墨綠色水面，整個人也變得澄澈透明了起來。當她手上提的那杯阿薩姆紅茶淌下冰涼水滴，落在她潔淨的腳趾頭上，人潮、歌聲、腳下用來堆蓋碼頭的無數木板，退潮般地一一退到起霧的遠方了，只剩下她，和平靜的潭水。

一頂帽子的形狀驀然浮現腦海。

子言想起她擁有過那樣一頂帽子，是粉紅色的，小女孩都喜歡的那種粉嫩顏色，帽簷又寬又圓，繫在頸子上的絲帶鑲著漂亮的蕾絲。那頂帽子在一次絆跌時，飛出碼頭欄杆，子言從欄縫間的空隙看見它漸漸被綠色的潭水覆蓋。

它的沉沒是如此地不可挽回，年紀還小的她當場傷心大哭。

「現在一定還沉在水底吧……」子言在回憶中喃喃自語。

然後呢？她隱約記得有人做了什麼有趣的動作，轉移她對帽子的注意力，依稀……有繽紛的顏色轉呀轉，那場哭泣並沒有持續太久。

「啊！」子言在碼頭上發現一張熟悉的面孔，「你好！」

她精神奕奕的招呼害柳旭凱一時亂了手腳，打翻擺在長椅上的空杯子。

見到自己成功地嚇到人，子言吐吐舌頭，好奇地看看椅子上的乒乓球和三個空杯。

「你在做什麼？」

「只是在練習晚上的表演節目。」他鬆口氣，子言的活力多少影響到他，因此柳旭凱笑著問道：「你們要表演什麼呢？」

「我們班要表演跳舞，班長說是結合啦啦隊表演、華爾滋，嗯……芭蕾之類的。」

她愈說愈不確定，柳旭凱也聽得一頭霧水，子言大而化之地笑道：「哈！其實我自己也搞不懂我們到底要跳什麼舞，不過，真的還不賴喔！大概是像這樣。」

才說完，她就踮起腳尖，邁步滑開，旋轉，再旋轉，雙手圈出天使翅膀般的弧線，鞋底踏在木頭地板上的聲音清脆，輕盈的身形在鵝黃色天色下流淌著令人屏息的青春光彩。

柳旭凱出神地看著她在無止境的水面上自我陶醉的舞步。

「妳有喜歡的人了吧?」他問。白色涼鞋邁開的步伐在碼頭上瞬間僵凝。子言失措地靜止下來，望著他，他純淨無瑕的面容。

「有。我已經有一個喜歡的人了。」她回答，想起海棠，暖融融的思念猶如碧水，潮來潮去，拍打著心岸，「很喜歡的人。」

「是嗎?」柳旭凱咧開一抹爲她高興的笑意，不多久又轉爲惆悵的笑，「其實我不應該問的。妳對我說過『對不起』，我就不應該再過問妳的想法。我猜，大概是非得聽到一個當頭棒喝的答案，才能死心吧!」

「你眞的很好喔，好到我幾乎快喜歡上你了，也許已經喜歡上了也說不定。」

「哈!妳要發我好人卡了嗎?」

「我喜歡你這個人給人的感覺，好善良;喜歡你的頭髮顏色;喜歡和你在一起的自在輕鬆，眞的很舒服。可是，我喜歡的那個人是，就算沒有那些優點，只要有他在身邊，我就能感覺到希望，是一種就算他不顧自己安危也會拉我一把的希望。因爲他，你現在看見的我，還是那個你會喜歡上的姚子言，不至於對我失望。」

她那番話潛藏著一個不容易經歷的故事。他向來就不了解，又或者，子言從沒想過要讓他深入了解，不然，那個遇上發高燒的她的雨天，她就會說了。

「看來，妳的喜歡有層級之分。對我是看得見的部分，對他是無形的，在心裡的。」

柳旭凱將那些無以名狀的感受具體地說出來，子言輕輕一笑，笑他一點即通的慧黠，另一方面暗暗傷感起爲什麼不讓海棠知道自己的行蹤，說好要珍惜對方的人明明是她呀!

怎麼辦？好想馬上回去，如果等一下裝病再搭車回去，不知道行不行得通。

「妳在想什麼？」

「嗯？沒有。」子言暫時打住歪主意，問起椅子上那顆橘色小球和三個杯子的事。「話又說回來，你們班到底要表演什麼啊？」

「呃……要表演魔術。」在大師面前班門弄斧，他顯得不太好意思，「總共要表演十個項目，從最簡單到最難，最後的陣仗最大，幾乎全班都會上場，我是第一個上台開場的。」

「好像很好玩耶！」子言在椅子的另一端坐下，很感興趣地晃動雙腳，「你要表演什麼樣的魔術？可不可以偷偷告訴我？」

「小魔術而已，還是妳以前跟我說過的。」

「我？」

「記不記得去年在理化教室找量杯？妳當時說，小時候妳爸爸只表演過一種魔術給妳看，就是把銅板放到三個不同顏色杯子中的一個，再猜出最後銅板會在哪個杯子裡。」

柳旭凱將代替銅板的乒乓球扔進其中一個空杯，用生疏的手法變換三個杯子的位置。子言直視杯子們的轉動，五顏六色的殘影也在她的記憶中飛舞。那頂在水面載浮載沉的粉色洋帽，誰的安慰低語。

「別哭，妳看，妳看，爸爸會把這十塊錢變不見喔！子言，快看！」

她守著那些杯子，一動也不動地夢囈：「我那樣說過嗎……」

柳旭凱奇怪地抬頭，看她慢慢用雙手掩住臉，無聲哭泣。

悲傷，像一道浪打上來。

「呃……」他不確定是不是自己說錯了什麼，然而她卻哽咽地說不是他的錯。

「對不起，請你不用管我……」

她已經很久沒有跟父親說話，就連那些會讓自己心軟的點滴也盡量不去想起。子言告訴自己，等她長大了，變堅強了，就不需要它們了。

不過，遙遠的回憶卻穿越層層偶然，來到她面前。

她知道她的確長大了，因爲昔日的情感已經化作回憶，一種深刻到即使多年後驀然想起，仍舊能夠觸動最深感觸的回憶，同時無法被復刻的。她回不到過去，但「過去」始終在那裡，而且會一直在那裡，與她同在，如影隨形。

子言回到家時，天色已經暗下來。媽媽昨天出差去了，明天才會回來，屋內黑壓壓的。她衝進房間，連電燈都沒開，急忙把忘記帶到日月潭的手機找出來。

「喂？海棠大哥，我回來了！」

電話才接通，她立刻脫口報行蹤，另一頭的海棠還覺得疑惑。

「剛回來嗎？剛剛我經過的時候，妳家還是暗的。」

「咦？」子言跑到窗口，打開窗，探身出去尋找路上稀疏的人影，「你在哪裡？」

「我已經要回去了，這兩天聯絡不上妳，有點擔心，知道妳在家就好。」

「海棠大哥，你等一下，等我一下！」

「晚了，妳先休息吧，有事明天再說。」他等了一會兒，看看手機，還在通話中，可是子言不再說話了。他又將手機貼近耳畔，「子言？妳在聽嗎？我先讓妳休息……」

怪了，從手機裡傳來的跑步聲好像就在身後。

海棠回頭，兩排路燈定時發亮，將子言停在後方巷道的身影照得白亮。她放下手機，費力地給他一個微笑。

「妳怎麼……」

「我一定要見到你才行！今天！現在！這一秒！一定要見到你！」

他不了解她語調中高亢的哀傷，子言已經朝他快步奔來，圈住他頸子，撲進他懷中。

「對不起，讓你擔心。」

海棠在脖子被她勒得有點呼吸困難的情況下，不明究理地問道：「發生什麼事了嗎？」

「什麼也沒有，只是突然好想你。」

子言活脫是受了委屈而渴望呵護的孩子，盡是將臉深深埋入他胸口。海棠柔柔撫捧她的長髮，笑了笑，「子言眞像小孩子。」

「我本來就是小孩子。」看不見她的表情，不過聲音聽起來像是嘟著嘴說的，任性，又脆弱地要求他：「所以，請你帶我去找爸爸。」

聽見她這麼說，海棠很訝異，只覺她的手將衣服抓得更緊。

「海棠大哥，我想去醫院了。」

「那天是妳生日嗎？我們在這間餐廳吃飯的那天。」

「不是，好像是父親節，你看，照片上的日期是八月八日。」

「喔，對。値得慶祝的節日好多，都搞不清楚了。」

「男人比較不會去記這些事吧！」

單人房裡互動著再普通不過的對話，一個丈夫，一個妻子，一起瀏覽相簿中那一百多張的照片，彷彿，日子就這麼溫馨平凡地過去。

「對了，協議書……妳帶來了嗎？」

子言的爸爸話鋒一轉，提起離婚協議書的事。子言的媽媽將目光從照片上移開，坐正身子，認真地定睛在他迅速消瘦的臉上。

「我說過了，我不會簽字，除非她打算跟你結婚，那又另當別論。」

「她沒說要結婚，我也不會希望她這麼做。現在這個情況，還是單身一個人比較好。其實妳可以不用再來，我妹會過來幫忙。」

「我現在還是姚太太，本來就應該來的。你不要再跟我爭這個了。」

她有些不耐地嘆口氣，子言的爸爸轉過頭，望向窗外明媚的秋光，許久，有感而發，「說這種話是有點自私，不過，我怎麼也不能想像會娶除了妳之外的女人，這是眞心話。」

他肺腑的眞心話，讓子言的媽媽不小心淚濕鼻酸，觸見丈夫正溫柔望著自己，她匆匆起身，吸吸鼻子，面對著沒有裝飾的牆壁，一時百感交集。

她忍住淚光，吃力地吸氣，搖搖頭，不由得苦笑，「我們，爲什麼會走到這個地步？到底爲什麼……怎麼走到了這個地步？」

他靜靜端詳妻子穿著昂貴套裝的背影，不同於大學時代認識的那名少女，不同於初見面的瀾漫開朗，那背影透著無奈與無助，讓他悵然的視線模糊。

「啊，子言。」媽媽發現站在門口、不知道該怎麼打斷他們談話的子言，很是驚喜。

「妳來看爸爸了嗎？」

聽見朝思暮想的小女兒來，子言的爸爸硬是撐起上半身，坐直起來。

她看上去似乎又長大一些的身影，扭扭捏捏地從門邊走過來，帶著放不開的靦腆，子言輕輕朝他抬起臉。

早在踏進這間病房之前，她就下定決心，說什麼也要保持最自然的態度，起碼，要不動聲色，好像一切沒什麼大不了。

然而，當子言第一眼見到胃癌末期的爸爸，還是愣愣了那麼一下。

爸爸消瘦的速度超乎她所能想像，臉上的顴骨、頸間的鎖骨，還有擱在棉被上的腕骨，都異常明顯突兀；臉上沒有健康的血色，連嘴唇也是紫白的；手臂接著點滴，拇指上也接著她沒見過的機器，床邊有氧氣罩，那些儀器和爸爸密不可分地為伍，成為他的一部分。

一場病，把爸爸變成一個她完全不認識的人了。

「呵！被爸爸嚇一跳喔？」他寬容地給她一個笑容。

子言窘迫地收回視線，媽媽趕緊拖她進前。

「子言，這邊有椅子，到這裡坐。」

她不想坐啦！一坐下去就好像必須待很久。為此，子言還彆扭地抗拒了一會兒。

這一坐，她真的後悔了，完蛋！完全想不到應該說什麼才好。不過，子言的爸爸則因為她願意接近，始終面容和藹地注視著她。

「這個。」緊繃半晌，子言從背包拿出成績單，放在他手邊的棉被上。「是我這次考試的成績。」

「喔！有考試啊……」爸爸仔細察看成績單上的分數和排名，大感意外，「第五名耶！子言，妳這次怎麼進步這麼多？連妳最差的數學都考了八十二分。」

「海棠大哥有幫我補習。」

那個名字讓父母同時吃了一驚，尤其子言的媽媽，更是對她猛使眼色，明知道爸爸生病，還禁止她和海棠見面，怎麼偏偏提起他的事呢？

子言的爸爸倒是沒有預料中生氣，只是頗有感觸頷頷首，喃喃地說「是那位學長啊」。他友善的反應讓她受寵若驚，覺得和爸爸的對話不再是那麼困難了，於是笨拙地問起他的身體狀況，「你……會有哪裡不舒服嗎？為什麼要氧氣罩？」

「有時候會喘，先放著備用而已。」

她點點頭，好奇地拿起氧氣罩左翻右轉，又將它湊近臉上試戴看看。子言的爸爸從旁打量她淘氣的舉動，不管孩子年紀多大，在父母眼中永遠都是小孩子啊！眞的是這樣呢！

「子言，聽媽媽說，妳前幾天跟學校去日月潭玩啊？」

「嗯！玩兩天而已。」

子言自己想起了在碼頭上的哭泣，尷尬地抿抿唇，將氧氣罩歸回原位。

「我們以前也去過那裡，妳還記得嗎？坐遊艇遊湖的時候，妳害怕得不敢往外看，姊姊就比較勇敢，一直要我帶她到船尾坐。」

「……我不記得了。」

她說謊了。為什麼爸爸要突然提起這些事？她不想聽他提起過去的事。

但是子言的爸爸正在興頭上，急於要幫忙喚醒她的記憶般，繼續說下去，「怎麼會不記得？妳還在那裡掉過一頂帽子。」

這時媽媽也想起來了，「對耶！子言很喜歡那頂帽子，每次戴上就要我們叫她公主。」

「那時候子言在追姊姊，我們叫妳不要跑太快，妳不聽，結果一跌倒，帽子就掉進水裡。妳馬上大哭，後來爸爸……」

「你跟我說這些做什麼？」像是受不了暗示他們是一家人的話語，子言忍不住打斷那些美好時光，「爲什麼要告訴我那些事？那些都回不來了，回不來的事我根本不想聽！」

「子言！」媽媽難得嚴厲地制止她。

子言不去看父親失落的神情，拎起背包起身，低聲說：「我要回去了。」

她還是不該來這一趟。

「子言。」聽見父親叫她，子言緩緩往前走了兩步，站住，悶悶回頭，一道不以爲忤的微笑映入眼簾，「還不能原諒爸爸嗎？」

她的心，好像黏土被一把揉捏住。

子言緊閉著嘴，一聲不吭地看著病床上的爸爸。她不喜歡這麼低聲下氣的爸爸，那根本不像平常的他，幹麼把自己弄得這麼可憐？好煩喔！

子言的爸爸還在殷殷等待一個答案，媽媽也期盼她能說點安慰的話，即使是騙人的也好。她卻掙扎地瞪視地板幾秒鐘，掉頭走去開門。

「反正，我有空會再來。」

「子言！」媽媽追上前，從被她開啓的門縫發現海棠站在外頭的頎長身影，不由自主地脫口喚他：「海棠……」

他原來不想讓其他人知道他來過，這會兒只好禮貌地朝她點頭。

「是子言那個學長來了嗎？」子言的爸爸想探身張望，但被牆壁擋住，只好揚聲詢問。

子言的媽媽硬是將爲難的海棠請進來，子言頓時有些緊張，爸爸爲什麼突然要找海棠？該不會又想對他說一些有的沒的吧？

「是、是我要海棠大哥陪我一起來的。」

她提防性地聲明在先，爸爸露出「我都知道」的眼神，要她放心。

「我只是有事要跟他談一談，是公事。」

公事？海棠和子言莫名其妙地面面相覷。子言的爸爸請太太幫忙從公事包裡拿出文件。

「公司前陣子接下一個小案子，要幫一位自己出資的老闆打造一家庭園式的簡餐店。我們委託的那位設計師前天生病住院了，要動手術，短時間內不能接案子。最近又遇上旺季，一時找不到適合的人選，所以，我想問你願不願意試試看？」

這個提議讓在場的每個人都大吃一驚。子言比較單純，一回神，立刻對海棠展開欣喜的笑容。

「我不是專業的設計師，也沒有那個背景。」海棠倒是實際多了，不疾不徐地誠實相告。

子言的爸爸闔了一下眼，表示也認同他的顧慮，不過他又睜開漾著確定的目光，對他說：「如果是大案子，我就不會冒這個險。我看過你的作品，按照你的設計圖看來，我想應該還能應付一間簡餐店吧！」

子言掩不住歡喜地拉拉他的手，「海棠大哥，這是個好機會，接下來嘛！」

他不相信機會會有降臨的一天，因此提出內心的疑問。

「為什麼是我？除了我之外，應該還有更好的人選。」

「你就是那些人選之一。」子言的爸爸說到這裡，將那些文件往棉被上一攤，「我是以一個建設公司總經理的立場在考慮，才向你提出這個要求。如果你不願意，可以取代你的人當然也有，就看你了。」

「海棠大哥。」子言心急地將文件拿過來，遞給他，「不要讓給別人！」

他凝視著這份企畫案，好久，都無法好好說出此刻的心情。對他這種人而言，他以為「機會」是已經不會出現在生命中的東西，頂多，只能看看天空，回想自己曾經也有擁有過什麼的歲月。

海棠望向子言的爸爸，想說些話，卻找不到合適的言詞，只能努力壓下心中澎湃心緒。

「我可以嗎？」

「那得問你自己了。時間很趕，只剩一個月。」他稍稍猶豫了一下，繼續說：「如果來得及，就拿給我看；如果來不及，我給你一張名片，你拿給公司另一位林經理看。只要過關了，就會付你酬勞。」

起初，子言以為「來不及」是指交稿時間，後來才領悟到，時間緊迫的，是爸爸才對。

子言很快失去笑容。那感覺又來了，心臟被用力揉捏過一樣，痠痠痛痛的，從踏進醫院開始，她的心臟就不停地在變形扭曲。

「謝謝。」海棠接過文件和名片，真誠地道謝。

子言的爸爸沒再多說，慢慢躺下，臉轉向另一邊，疲倦地闔起雙眼，像是想休息了。

離開醫院後，海棠和子言步行回去，她有好一段時間都是安靜的。

「妳還好吧？」

「嗯？」子言倉促轉頭，對他笑笑，「很好！應該說，太好了呢！爸爸願意讓你試試看，一定要加油喔！海棠大哥，你一定可以設計出很棒的房子。」

「我想，應該多少是託妳的福。」

「我？」

他意味深長地看她一眼，笑著，「妳爸爸願意把案子交給我，應該是因爲想到妳。」

海棠的話，讓子言回家後還反覆思索一整夜，她並不是眞的不懂。

翌晨，悠悠地站在更衣鏡前換上制服，紮起馬尾。眼角一瞟，看見鏡中倒映著牆上掛的月曆。

子言走到月曆前，上頭有許多可愛的卡通圖案，有些日期已經被她標上當天要做的事，考試、買CD、減肥第一天、秀儀的生日……

她審視良久，直接伸出手將月曆摘下，捲收起來。然後又來到書桌前，好像那是一連串的工作程序，翻開書包，從裡頭拿出慣用的記事本，同樣二話不說就將它丟進垃圾筒。

從今天起，她討厭「時間」。

媽媽昨晚留在醫院，今天早餐子言只得自理。雙腳才剛從階梯上落地，她望望無人的飯廳，透氣窗外夾著一片落葉，在微涼的風中偶爾拍打著玻璃。

子言一隻手放在餐桌桌面上，沿著桌緣慢慢踱，一一撫過每個人習慣坐的位置，最後她回到自己的座位，輕輕趴在桌上。只要一闔眼，這裡曾經發生過的每一道光景、每一種聲響，又浮現出來了。

安靜的雪白鮮奶、廚房中白瓷的碗盤碰撞、對面桌前翻動報紙的聲響……那感覺……彷彿伸出手就觸及似的，清晰得叫她捨不得睜開眼。

窗角的落葉在下一陣風來時終於飄走了。不知不覺間聽不見暮蟬雨般的鳴叫，猛然驚覺，身邊已是滿滿的秋天氣息。

愛，也和人們過著四季，只是世事無常，再怎麼絢爛熱鬧，這一個夏天永遠不會是上一個夏天。

【第十四章】

人生，好像必須不停地做選擇，
好不容易決定要走的路，到了下一個路口又得再苦惱一次。
我們總在這條不怎麼寬敞的路上，遇見了一些人，
然後，不得不再和一些人分離。

不少人都看得出來，海棠變了，變得容易親近，願意開口聊的話也多了。憂鬱的氣質雖然還在，倒是被平和的笑容淡化不少；空閒時，他習慣拿起手邊的筆，在本子上塗塗畫畫，少分昔日預料機會會石沉大海的隨性，現在描繪房子雛形的筆尖多了一分期待，為了得到認同的期待。

熟人都知道，海棠交了女朋友，對方是一個笑容很甜的高中生，有著豐富又靈氣的神韻。海棠和她在一起時，總是溫柔許多。女孩梳著長長的馬尾，左鄰右舍都管她叫「綁馬尾的」，老是打趣糗海棠「今天綁馬尾的沒有來喔」。

他們相信海棠的改變一定和那女孩有關，從旁看著他們一動一靜的美好互動時，總不由得在心中默想，如果一切能這樣一直下去就好了。

而子言總以為自己會一直待在這片土地上，在這個國家完成學業、和某人墜入情網、找工作，甚至結婚，然後牽手到老。

「美國？」

初聽見這個國家時，除了「好萊塢」和「漢堡薯條」之外，子言並沒有太多具體概念。

媽媽說，等爸爸的事情告一段落，她想帶著姊妹倆到美國去。

「我和爸爸很久之前就計畫要送妳們到美國念書，最近又發生不少事，媽媽在想，等這一切結束，我們就到美國找妳阿姨，重新過我們的生活，妳說好不好？」

媽媽沒有明說「等爸爸的事情告一段落」是什麼意思，可是子言不喜歡這種預知的說法，當然也不願意到美國去。

「我不要，我的朋友都在這裡耶！而且……」她把海棠的名字嚥下去，咬咬嘴唇，「反正，我在台灣很好，我才不去。」

對於女兒的反應，媽媽早有心理準備，心平氣和地開導她。「姊姊一開始也這麼說，不過她昨天同意了喔！她說換個環境也不錯，朋友再交就有了，而且又不是去美國就要妳放棄這邊的朋友，平常還是可以保持聯絡啊！子言，媽媽覺得台灣有太多傷心的事，離開一陣子，讓我們都有空間沉澱下來也好啊！」

子言猶豫了一下，媽媽那番話沒有錯，眞的有太多叫人想掩面遺忘的傷心事，遠離這個地方，也許會容易一些。

媽媽見子言有點動搖，握握她的手，暖洋洋地鼓勵，「子言，我們一起到美國去吧！」

她抬頭望著媽媽柔軟的神情，想起了海棠。

人生，好像必須不停地做選擇，好不容易決定要走的路，到了下一個路口，又得再苦惱一次。這些選項並沒有對或錯，不會有人告訴你怎麼走才是最好的，因爲你做出的決定就是你的人生。在這條不怎麼寬敞的路上，遇見了一些人，然後，不得不再和一些人分離。

她坐在黃昏的長椅上，對著人來人往的公園一隅發呆，海棠來到她身後，她也沒發現。

「生日快樂。」

聽見祝福的聲音，子言先是爲了海棠的到來而露出開心的笑容，然後對他的話皺皺眉頭，接著才恍然大悟。

「對喔！今天是我生日！」

「妳忘了嗎？」

「今天是星期天嘛！不然以前同學都會幫我慶祝的。」她腦筋動得快，興奮地反問，

「你約我出來，是為了要幫我過生日嗎？」

「我想把這個拿給妳。」

他將手上的大紙袋交給子言，裡頭裝了一個方形紙盒。子言捧著紙盒，不太能回神。

「是、是禮物嗎？」

「本來應該先問妳想要什麼的。不過，這個東西我一直想要送給妳，下次再送妳想要的禮物好了。」

她還是盯著手上的盒子，似乎沒把他的話聽進去。「記得我的生日耶……」

「打開看看。」海棠鼓勵地說

子言謹慎地將紙盒打開，再將裡頭裝的東西拿出來。

是一棟房子模型！

子言瞪大眼睛，仔細打量長寬高各不超過三十公分的木製房子，手工非常精細，屋頂漆成磚紅色，一樓庭院和三樓陽台都有綠色草坪，裡頭擺設了各種小巧的傢俱，她馬上就認出是海棠答應要送給她的那張設計圖中的房子。

「這裡有開關。」海棠動手按一下平台側邊的開關，整棟小房子立刻一片光明，鵝黃色的亮光從壓克力做的玻璃窗透出來，在她吃驚的眼前閃爍。

「好漂亮，海棠大哥，好漂亮喔……」

見她喜歡，他便放心了，「做得有點趕，我拿回去再修好一點。」

「不要，這樣就很好了。」子言深怕被搶走一般，趕緊將它往身後藏，「我只要這樣就夠了。」

「我修完會再給妳。」

他伸手要拿，子言卻用身體擋住，「海棠大哥記得我生日，我就很高興了，眞的！」

「那不相干吧！我只是要把房子修得更好一點再給妳，聽話。」

「眞的要問我想要什麼禮物，我最想要的是海棠大哥！」她情急地脫口而出，害得正要拿回禮物的海棠當場愣住，子言看著在自己面前猛然定格的海棠，不禁紅了臉。「呃……那個、意思是……想要見你的時候隨時就能見到你，想跟你說話時也能馬上聽到你的聲音……這樣子，好像是奇蹟，我覺得……是比禮物還棒的奇蹟。」

應該是去美國的事，才讓她有了這些想法。子言愈說愈不敢正視他，吞吞吐吐的尾音最後也沒了聲息。

明明是値得歡喜的言語，爲什麼他會感受到一絲相聚無常的悲傷，宛如若隱若現的蜘蛛絲在暮色下飄飄蕩蕩。

子言微微抬起頭，發現他沉澱下來的專注神情。那雙深邃眼眸不似從前冷冰冰的深海，這一刻，他的目光燃著灼暖的溫度，把她一部分的精神都融化了，沒有妄動的力氣。他靠近的手安放在她臉頰，她第一次讓男生款款捧住臉，彷彿，被深深疼惜著。

「海棠……」子言想出聲問他，卻連話也沒辦法完整說完。爲什麼他一直看著她？看得她好緊張，看得她就連轉移視線也辦不到。心臟跳得好厲害，現在這種氣氛……是要接吻嗎？怎麼辦？她沒有學過。平常、平常應該怎麼呼吸才對？她現在是不是正在憋氣啊？好像忽然不會呼吸了，救命啊！

子言下意識用力閉上眼睛，嚇了海棠一跳，看她過度缺氧的臉紅通通的，忍不住笑了。

「下次再說吧！」他輕輕在她額頭上敲一下。

被、被笑了……子言當下只想朝椅子一頭撞去。姚子言，笨蛋！笨蛋！笨蛋！

海棠起身，說句「我送妳回去」，便朝公園的出口走。

子言摸摸剛剛被他輕敲的額頭，望向那個全身沐浴在夕照下的背影，方才他眼底略微霸氣的溫度還在，在她緊張到快要窒息時，那溫度十分奇妙地擴散開來。他雖然沒碰到她，子言卻感到自己已經被擁抱住，從臉頰，到腳，都被擁抱住了。

對於那樣的溫度，她有點害怕。害怕，可是還想再和他在一起。

她今天……好像比昨天更喜歡他了。

「等等我！」子言抱著禮物房子追上，走在他身旁。從這個角度看過去，海棠的肩線很寬，溫和的側臉令人心安，秋日燦煦的夕陽照在他那件水藍色的襯衫上，反光成一片亮白，居然讓她有點睜不開眼睛。

「啊！檯燈歪了耶！」聽見她的驚呼，海棠奇怪地轉頭，子言正將那棟房子捧到面前，對它左看右看，嘴裡還嘀咕著「是不是壞掉了」。

「我記得都有黏牢啊！」

「可是它真的好像快掉下來了嘛！」

「我看看。」海棠探身靠近，想查看屋子內部情況，在他驀然想到自己根本沒擺進什麼檯燈時，子言冷不防親吻了他一下。

他睜一下眼，還沒弄清楚狀況，大概花了三秒鐘才憶起唇間殘留的柔軟感觸，和護唇膏的水蜜桃香。

淘氣的子言青澀地笑一笑，用房子擋住一半的臉對他說話：「嘿嘿！眞的成功了。」

安娜問過他，到底喜歡小妞哪一點。如果他想穩定下來，應該找一個年紀相仿的，起碼性情要沉著穩重一點。愈年輕的女孩，心意轉移得愈快，通常不會考慮到太長遠的未來。

有時候，他也認爲現在和子言交往，是過早了點。他們的交往不會是條順遂的路，現在的子言也許還沒有面對那些困境的準備。而明知如此的他，卻捨不得離開那張純眞的笑臉。

「妳眞的很皮。」

海棠既歡欣又沒轍地嘆氣，牽起子言的手。小小的、細緻的手，握在他飽受風霜的掌心，有什麼治癒的療效般，情緒就安定下來了，不再黑暗狂亂。

子言喜歡他牽她的手，感覺在依賴著她，彷彿可以從她身上得到什麼力量似地依賴著。他從不開口任性要求，因此，她喜歡他牽著她的手。

「海棠大哥，我跟你說一件事。」

「什麼？」

「我媽說，想要帶我和姊姊去美國。」她頓一下，看他一臉的詫異，說下去：「爸爸的事，好像讓她非常傷心，傷心到非得換一個新環境才能再振作起來，所以她想要帶我們去美國的阿姨家住。」

「多久？」

「沒說耶，不過聽起來應該會住上好幾年吧！她說要讓我在那邊讀完大學。」

這麼說來，他也聽姚先生提過這件事。儘管聽過了，爲什麼心裡還會陣陣抽痛？

子言發現他沉默下來，趕忙澄清，「不過，我不會過去的喔！」

「不會嗎？」

「我跟你約好了啊！不會因爲其他事就分開。就算必須一個人在台灣生活，我也不會過去，你放心！」

她不再迷惘，當海棠費心送給她那棟屋子時，子言就決定不去美國了。

「妳媽媽不會同意的。」他一向沒有她來得樂觀。

「我說不去就不會去，我想要和你在一起。」子言堅定地說到這裡，注意力轉移到天空過境的鴿群上，她高舉雙手，歡欣地喊聲「鴿子」。

他望向絢爛天際，成群的鴿子背光形成一隻隻黑色剪影，像萬花筒的圖案不時變換隊形，聚了，又散開。

子言帶著生日禮物回到家門口，愉快地計畫起明天的事。「我們補吃蛋糕吧！我最喜歡吹熄蛋糕上的蠟燭了，明天我帶蛋糕過去找你。」

她正要開門，海棠沒來由脫口喊住她。子言好奇回身，在他幾度欲言又止的遲疑中等待。

「抱歉……」他淺聲說。

「咦？爲什麼？」她不解地笑問。

海棠沉靜的視線駐留在被她寶貝地抱在懷裡的生日禮物。還是不說開了，只是良善地催她進屋裡，「快進去吧！明天見。」

眞的很抱歉，到頭來，他原來是這麼自私的人。

如果他眞的爲她好，應該勸她和家人在一起，不管是台灣或美國，那個女孩本來就應該和自己家人在一起才對。

然而海棠一句話也沒有說出口。他也感到意外，竟然也會想要爲自己把握住什麼，想要爲了自己掙取什麼，甚至從子言的家人身邊將她奪過來，把她留下。

因此，當她那麼率眞地承諾不會去美國時，他很高興，也很痛心。

安娜錯了，不去考慮長遠未來的人不是子言，是不願放手的他才對。

今年的秋天似乎比往年平靜，颱風一個也沒來，雨期都不長，天空經常是秋高氣爽的。纖瘦的詩縈站在這樣的天空底下，久了，也染上了幾分清蒼的顏色。

子言路過她斜後方，發現她又在下課時間倚在欄杆那兒看操場，八成是柳旭凱又出現了吧！

其實學校不少女生都喜歡在下課時靠著欄杆看校園，不管認不認識，看著其他學生的動靜，好像看著電視中的畫面，說不出緣由地會入迷一樣，久了，就習慣了。

子言一聲不響地來到詩縈旁邊，跟著往下看，找半天也見不到柳旭凱，怎麼……今天不踢球嗎？那，詩縈到底在看什麼？

「咦？阿泰！」

子言一叫，嚇得詩縈抽身退開，「妳、妳是什麼時候來的？」

「剛剛啊！」子言沒管她的慌張，悠哉地將雙手靠在水泥扶欄上。「阿泰他們班下一節要上體育課耶！」

阿泰和其他男生正在搬跳箱，一面搬一面打鬧，同班的女生拿著手機對他們猛拍照，她只顧玩不幫忙的行徑遭到阿泰修理，肩膀被玩笑性地拍打一下，這才笑嘻嘻逃開。

詩縈看著看著，忽然冒出一個疑問，「妳想，那個女生會不會喜歡阿泰？」

「嗯？」子言起初不明白她指的是什麼，後來跟著看出一點所以然，「沒怎麼樣啊！而且，我哪知道她喜不喜歡阿泰。」

詩縈倒不這麼認為，她操著推理的口吻對她說明：「我覺得那個女生喜歡阿泰，不然怎麼被他揍還很高興的樣子。雖然好像是在吵架，不過是感情很好的那種吵架。」

說完之後，有一陣子發現子言沒有接腔，詩縈掉頭看她還一愣一愣的，嘟起嘴，「妳那什麼表情？」

「太、太深奧了，我不是很懂耶……」

「拜託！妳都是有男朋友的人了，怎麼還那麼鈍啊？」

她一副子言無可救藥似地搖搖頭，繼續看著逐漸熱鬧的操場。不意，阿泰終於發現詩縈在二樓教室外的蹤影了，手腳的動作都不自覺放慢半拍。

詩縈一和他四目交接，立刻轉過身背向操場。阿泰一頭霧水地看看子言，子言雙手一攤，給他「我也搞不懂」的回應。

這時，柳旭凱也出現了。他和其他同學一起搬動鋪在地上的墊子，靈犀相通似的，他一抬眼就見到子言，好像老早就知道她會在那裡一樣。

子言一想到上次在他面前哭得一塌糊塗，就覺得難為情，只能僵硬地向他揮一揮手。他見到她怪里怪氣的表情，立刻咧開爽朗的笑容。

啊！為什麼他就可以笑得那麼自然？

話又說回來，畢業後，或許就見不到那張迷人的笑臉了！

子言還在沮喪，詩縈倒是將雙手擺在身後，靠著欄杆喃喃自語了起來：「我們明年就要畢業了呢！畢業之後，大家都考上不同的大學，過不同的生活，那個時候，我應該會漸漸忘掉柳旭凱，阿泰也會漸漸忘掉我吧！」

子言望望身旁多愁善感的好友，詩縈一手撥著耳邊的髮絲，說起不是太久的將來，然後陷入感傷，「從以前到現在，每次快到一個結束的階段，都會擔心，我是不是就要錯過了什麼呢？」

這一刻詩縈所說的話，子言有一點點明瞭。最近，「時間」巨輪滾動的聲響，在她耳畔日益接近，近得令人害怕。

周圍很多事情都在變化著。

子言每隔一兩天就到醫院去，爸爸需要戴氧氣罩的時間愈來愈長，變得比較沒體力，必須常躺在床上。但見到子言來，他還是會勉強自己坐起身，和她有一句沒一句地話家常。

海棠花了兩個星期便交出設計初稿，不過被子言的爸爸退回去，指出稿子還有哪些缺失，要他繼續改。子言一方面希望海棠可以順利完稿，另一方面又不願意見到那一天的來到，那表示時間又往前推進了些，而爸爸剩餘的日子相對減少了。

在「死亡」這件事上，是沒有辦法選擇要或不要的，對子言來說也一樣，面對這個別離，也是早晚的事。

人生中，除了非得做出無可奈何的抉擇之外，還要面對不可違逆的時間，到底是誰發明

「人定勝天」這句話的？

望著時鐘秒針的走動，會有一種無能為力的感覺。有時候她覺得一點一滴奪走爸爸生命的，不是癌細胞，是從不等人的時間。

「子言，難道還不能原諒爸爸嗎？」

那似乎成為他未了的心願，子言的爸爸不只一次那麼問她。每回他問，子言總是不給予回答，有時默默削著蘋果，削得七零八落的。

回到家裡，媽媽不時試著說服她早點和爸爸和好，子言有好幾次都像是被壓力逼得喘不過氣，而不耐煩地離開。

他們想不通她到底在倔什麼。

海棠停下鉛筆，瞧瞧對面寫字寫得特別意氣用事的子言。心想，這孩子什麼情緒都表現在臉上。

「怎麼了？」

她的腮幫子還鼓鼓的，發現海棠問她，這才鬆口：「跟我媽吵架啦！」

「為了去美國的事嗎？」

「這次不是，是為了爸爸，一直要我跟爸爸和好，好煩。」

海棠暫時將設計圖擱下來，看她又開始氣呼呼地寫習題，語重心長地勸著，「我也覺得早點和妳爸和好比較好，畢竟，他的時間……」

又是「時間」。子言「啪」地將原子筆用力按在桌上，站起來，「因為他時間不多就要原諒他嗎？因為他生病了，所以背叛我們的事就要一筆勾銷？我辦不到！」

「子言，妳要賭氣到什麼時候？」

「一直到最後，我絕對不說原諒他！如果你也要和媽媽說同樣的事，那我先回家好了。」

她迅速收好書包，快步走出海棠家門口。「我還以爲海棠大哥是最能了解我的人。」

是啊，海棠總是善解人意，她不用多說一個字，他就什麼都了解。更何況，海棠也是受到自己父親傷害的人，還爲此吃了不少苦，一定更能體會她的心情才對，子言以爲是這樣的，應該會是這樣的。

「啊！好痛……」

她在院子被攔下來，手腕緊緊握在海棠手中，那施加在她手上的力道讓她感到疼痛。

「海棠大哥，手……」

「就是因爲了解，才對妳那麼說。」他沒有放手，反而將她拉得更近，「就是因爲和妳一樣憎恨過，才要妳適可而止。」

子言緊閉著唇，動也不敢動地望進他幽黑的瞳孔，那裡蜇伏著隱隱憤怒，對她，也對他自己。好可怕，她第一次見到這樣的海棠。

「我爸已經不在了，可是妳爸爸還活著，難道妳要一直冷戰下去嗎？如果不和好，最後妳一定會後悔的。」

她搖搖頭，抗拒著他的威脅，「我不會後悔，才不會後悔！」

「我認識的子言不是這樣的人。妳總是笑容滿面，即使自己很傷心，還是希望對方能夠幸福，這樣，自己或許也能夠是一個幸福的人。當初妳是這麼對我說的，我認爲那樣的妳很堅強，是一個給人溫暖感覺的女孩子。」

她試著想把手抽回來，可是沒有成功，「但是爸爸把我們家的幸福都摧毀了，就算和好，過去的幸福也永遠回不來！海棠大哥你不懂，你經歷的事情已經過去，可是爸爸的背叛還在啊！那是現在進行式！這樣我要怎麼原諒他？我絕對不說原諒他！」

「難道妳要像我一樣來不及嗎？妳想像我這樣，即使想爲過去做點什麼事，可是不管我做什麼都沒有用！再怎麼努力都沒用了！」

「要是我一說出口，爸爸就會死了！」

子言失控大喊，令海棠稍稍愕然地鬆開手，而她的眼淚已經漣漣滾落。

「我覺得……只要我眞的說出原諒爸爸的話，他沒有牽掛，就會離開了，像他當初毫不留戀地離開媽媽一樣，永遠離開了……我不要那樣……」她無力地垂下手，放聲大哭，「所以我不要說，我才不說呢！」

「傻瓜。」他心疼地將子言擁在懷裡，「妳眞是傻瓜。」

院子的向日葵不久前都謝了，園圃又回到光禿禿的一片。她的淚水像是要爲這幅乾枯的景象注入一些滋潤，在海棠的胸口，說什麼也停不住地落下。

海棠的稿子幾經修改，終於獲得認可，聽說要蓋餐廳的客戶也很滿意，建設公司給海棠一筆可觀的酬勞。

已經可以感受到天氣轉涼的一個深秋午后，一連晴朗兩個月的天空忽然飄起小雨。灰濛濛的雲層、灰濛濛的濕漉道路、灰濛濛的窗外街景，彷彿全世界都灰濛濛的那一天，是子言的爸爸還清醒時最後和子言交談的日子。

子言是和媽媽一起來的。子言的爸爸已經必須整天都戴著氧氣罩，他拒絕插管治療，好幾次發生喘不過氣的緊急狀況。不過今天看起來還不錯，很安穩地躺在床上。

子言走上前，用指尖碰碰他的手，爸爸不能說話，就算只是一個字，也會耗盡他所有的力氣，他已經不能再問她原不原諒的問題了。

感覺到她的手，子言的爸爸微微睜開眼，用衰殘的視力看清楚站在床邊的人是子言後，想要笑一笑地牽動嘴角。

她眞的不喜歡到醫院來，每次見到絲毫沒有起色的爸爸，總需要費一番力氣，費一番力氣去忍住不爭氣的眼淚。這樣的日子到底要持續到什麼時候？偶爾她會殘忍地希望這一切能早點結束就好了。

爸爸很累，她也是，幾乎到了一種瀕臨極限的狀態。

忽然，子言的爸爸發出含糊的聲音，她聽不清楚，稍微湊近一點，「你再說一次。」意識到自己無法把話說好，他改伸出削瘦的手，那手抖得很厲害，子言趕忙接住它，又問：「爸，你要什麼？」

然後，她的臉被碰了一下。子言的爸爸掙脫她的手，輕輕地，吃力地，在她臉頰上安放一會兒。子言不明白，正想再詢問清楚，她突然聽懂爸爸說的下一句話了。

「對不起……」

儘管是氣若游絲的聲音，她還是聽出那三個字，因而愣了愣，隨後想起這面臉頰正好是她和爸爸吵架那天，被他狠狠打下一掌的地方。

爸爸還掛念著那天的事嗎？她的臉早就不痛了，心中的創傷也幾乎要習慣了啊……爲什麼爸爸還記著那一巴掌？

子言慢慢握住他留在她臉頰上的手。這雙將她拉拔長大的手，厚實又寬大。這些時日來的種種壓抑在手與手的觸碰下，瞬間解開了禁錮，隨著眼淚一滴、兩滴、三滴，開始潰堤。

「我原諒你……」她終於還是說出來了，是那麼無理，那麼泣不成聲，「我說我原諒你，可是你要好起來才可以！」

爸爸浮腫的雙眼緩緩泛紅，積了滿眶淚水，還有說也說不完的滿腔情緒，含著對這一段人生的遺憾、對女兒的不捨，他激動地閉上眼，四十九年的歲月，那一切的一切就從他萎靡的眼角滑落下來。

五天後，子言的爸爸走了。

子言的媽媽最終還是如願以姚太太的身分幫他舉行喪禮。情婦也來了，穿著黑色套裝，很低調地和兒子站在角落，沒有人去招呼他們。

原本活潑的小男孩似乎感染到喪禮現場的肅穆氣氛，始終一臉惶恐地待在媽媽身邊。子言遠遠望著他們，頓時升起一種感慨萬千的平靜。如今，誰都得不到了，不管是那個女人，是過世的爸爸，還是媽媽和她自己，都得不到了。

「嗨！」子言來到同父異母的弟弟跟前，蹲下來，和善地對他笑笑，「你叫什麼名字？」

小男孩不安地抬頭看看媽媽，她暫時收起防備，給他一個勉強的微笑。

「李昱棋。」

「哇！你名字裡有一個字和爸爸一樣耶！」

「爸爸呢？」他是不是沒能理解死亡是什麼？

爸爸不在了。子言的腦袋閃過一個聲音，悲傷說著。

「爸爸在天堂啊！來，我送你一個禮物喔！」

子言裝出愉快的語調，攤開自己空空的雙手給他看，然後煞有其事地唸起咒語，伸出右手，在他耳邊彈個指，指間很神奇地出現一隻天藍色的紙鶴。小男孩完全被她的魔術唬住了，張大嘴，興奮地盯著那隻送到自己面前的紙鶴。

「想跟爸爸說話的時候，就跟這隻小鳥說，等你睡著了，小鳥會飛到天堂去，然後把昱棋想要說的話告訴爸爸。」

「謝謝。」他很有禮貌地收下那隻紙鶴，還寶貝地反覆審視這隻會飛到天堂的鳥。

子言抬起頭，迎向他母親感激的眼神，她深黑色套裝的背後有一片雨過天青的藍天，今天看起來格外乾淨明亮。

不遠處有一縷煙裊裊上升，畫出蒼白的不規則弧線，最後飄進雲裡，看不見了。

嘿！海棠大哥……

海棠在喪禮這天，選擇一個人來到靈骨塔。放置骨灰罈的架子一排又一排地林立，好像那些長眠的人也整齊排隊，滿怪異的感覺。狹窄的走道冷冷清清，今天的訪客大概只有他一個人吧！這麼多年來，這也是他第一次到這個地方。

海棠站在嵌有父親遺照的罈前，花了很長的時間回想過去的事，然後想起子言在喪禮前一天，曾經仰頭面向陰雨的天空所說的話。

短短的時間裡，他想了許多，想得很雜，積壓已久的陰霾反而漸漸開朗。不想了，便專心凝視照片中的父親，印象中似乎從未認真正視父親的臉，畢竟避之唯恐不及啊。如今，就連他左邊額頭上的疤痕、他輕微大小眼的雙眼形狀，海棠都牢記在心。

「如果你能再多愛我一點，如果我沒那麼早放棄愛你這父親，或許現在一切都會不一樣。」注視著那張沒有笑容的黑白相片，輕輕寬恕了彼此，「如果能重新來過就好了，爸。」

嘿！海棠大哥，雖然現在下著雨，不過那些烏雲的頂端，一定是晴空萬里的吧！

是晴空萬里的吧！

海棠轉向又小又方正的玻璃窗，外面天空藍得不像話，宛如一張海水畫布。幾道雪白的浪，還有無邊無際的遼闊，往視野的盡頭不斷延伸過去。彷彿，那個世界，和這個世界，是相連的，那些人也在同一個時空當中活著。

他向來不相信無稽之談，然而有那麼一秒，海棠突然這麼想，就像子言所說，想說的話，那一頭一定聽得見了。

愛，是在有形的肉體腐敗後，經由死亡的轉化，以思念的形式存在著。

【第十五章】

抬起頭，繁星般的雪花從天空灑落，一片一片，她怔怔看著它們飄然降下，那只是雪。

悲傷，如雷打在她身上。

她環抱住忍受什麼劇痛的身體，在一個雪天無聲啜泣。

這思念，不知道還要多久才會消失。

有些時候，他會這麼想，希望子言不要太快長大。

當然海棠也曉得子言會一天比一天成熟，她不可能永遠是那個純稚無邪的高中女生。只是在她蛻變之前，她還會天眞地說要和他一直在一起，會像隻慵懶的貓咪，靠在他身上撒嬌。分離，似乎不可能發生。

在那個女孩那麼急於追上他之際，他卻抱著自私的想法，海棠因此感到深深的內疚，不知不覺，化成新的罪惡感佔據心上。

直到在一個深夜裡，意外接到子言的電話。她在那一頭強忍啜泣的聲聲道歉才讓他明瞭，子言不再是小孩子了。

爲了去不去美國的事，子言和媽媽已經爭吵了無數次，隨著日子過去，儘管心裡愈來愈徬徨，子言依然堅持己見，大吵一架後就奔上樓，再度把自己鎖在房間。

稍晚，實在口渴得受不了，才硬著頭皮開門下樓。才走到樓梯的一半，就發現餐廳還亮著燈。眞討厭，媽媽竟然還在樓下。

幾經猶豫，她決定速戰速決，拿了水就跑。子言先躡手躡腳地來到餐廳外，打探媽媽的動靜，這一看把她給嚇一跳！媽媽站在椅子上，正試著幫餐廳電燈換燈泡，動作有點笨手笨腳的。本來嘛，換燈泡這種活兒一向都是爸爸負責的啊！

一個不小心，燈泡果然從她不熟練的手滑出去，在地上摔個粉碎。

子言心驚膽顫地差點叫出聲，媽媽也是，她低頭看看散了一地的碎片，惱起自己敗事有餘而嘆口氣。緩緩下了椅子，拿出掃把，在半暗的光線下，將燈泡碎片一片一片掃進畚箕。

當時子言原本打算先上樓，晚一點再下來。不過，也不知道爲什麼，她還是決定留下來看著母親把事情搞定。

曾經在哪本書上看過，人生的轉捩點，並不一定是轟轟烈烈的大事，即使是小如螺絲的事件，也有可能扭轉未來。

那天晚上，子言留下來看了，回想起來，那應該就是去美國的轉捩點。

抱著不放心媽媽的心情，她靜靜觀看媽媽機械式地掃著地。碎片又多又細，子言的媽媽慢吞吞地掃了很久，尖銳的玻璃互相擦撞，匡啷匡啷地被掃進畚箕。寂靜的夜裡，一聲一聲割劃著她尚未從丈夫的外遇及過世中痊癒的心靈。

她的哭泣是那麼突如其來，就像燈泡的破裂，隱忍的情緒恁地迸發開來。

子言起先不知所措地愣住了，呆呆望著媽媽單手順著掃把長柄蹲下去，無助痛哭。她不敢哭得太大聲，以爲還在樓上的子言會聽見，因此她摀著嘴，忍住不斷抽搐的身體，極度壓抑地痛哭著。

生病的爸爸老得很快，但是，媽媽也是一樣。好懷念媽媽爲了工作活力十足的幹勁，媽媽爲了一點普通小事而開懷大笑。那些美好的心情敵不過連日來的悲傷，從現實生活中枯萎，只存留在子言的記憶裡。

人的成長，大概就是這樣吧！當有一方特別軟弱，另一方便不得不變得堅強了。

「媽。」子言從牆後走出來，穩穩靜靜地，用著「我會保護妳」的口氣對她說：「我會去美國，我們一起過新的生活吧！」

她在淚水中迅速成長，過快的速度總會帶來無可避免的痛，和許多難忘的回憶。

反覆思量，子言終於在凌晨一點撥電話給海棠。

她從沒在這麼晚撥電話給他，也因此初接手機的那一刻，海棠隱隱察覺到一絲不尋常。

「喂？子言？」

另一頭的子言沒有說話，她想開口，沒想到竟會那麼難以啓齒。

「妳還好吧？」

海棠的問候總是能早一步知道她的不好，他溫柔的低語順著電話線滑到她身邊，子言闔上眼，等不及將所有情緒傾吐而出。

「海棠大哥，我……有一件事要跟你說。」

連聲音都是抖的，八成發生不得了的事了吧！

「我在聽。」

「我……決定跟媽媽去美國了。」

乍聽之際，還有不眞實的錯覺，然而那是經常在他腦海裡翻騰的結論，只是子言先說出口了。他也沉默了一會兒。

「剛剛，我看見媽媽在哭，媽媽她……也是很需要有人幫她一把的，我不能丟下媽媽。」

「嗯！」他忽然不能順利言語，混亂的目光放向紗門，有幾隻飛蛾之類的小蟲在那裡上上下下地拍打翅膀，做著困獸之鬥。子言終於決定去美國，他在一種如釋重負的輕鬆裡嚐到憂傷的苦味。

「海棠大哥。」當子言再度唸出他的名字，仍舊隱忍不住地哭出聲來，「對不起，眞的對不起，我明明說過不去美國的。說好不因爲其他的事而分開的人明明是我，可是我不能守約了。對不起，對不起，對不起……海棠大哥對我來說很重要，可是媽媽也是很重要的啊！眞的對不起……」

她在電話那一頭哭得厲害，不停歇地道歉，海棠聽著，深深體會到成長的不可抗力。

「子言，眞的長大了呢！」

子言怔忡拿著手機，在過去與現在的落差中悵然若失。時間宛如利刃，切割她一部分的靈魂，有什麼就這樣在不斷前進的洪流裡輕輕遺落。她緊緊閉上眼，淚灑如雨，「我才不高興，需要經歷這麼多痛苦才能長大的話……我才不要呢！」

到美國的手續，子言的媽媽老早之前就辦好了，現在，就等著行李打理好，出發在即。行程確定後，一切忽然變得緊湊，當子言告訴詩縈要去美國時，詩縈坐在樓梯間，像身上被抽走電池，動也不動地定格了好些時候。

子言曾經暗暗祈禱詩縈千萬別哭，不然一定會引起連鎖效應，她自己也會哭得很悽慘，學校並不是一個適合上演悲情戲碼的地方。

幸好詩縈回過神後，只是很平常地答個腔：「是喔？好突然喔……」

「嗯。其實也不算突然啦，我媽已經準備好久了。」

「嗯……」

兩個女孩坐在樓梯上，無事可做地面對前方校園，偶爾詩縈抓抓被蚊子叮咬的小腿，接著毫無預警地問：「對了，要不要我去送妳？」

子言搖搖頭，「不要，我會哭，鐵定會。」

「喔……」她沒什麼意義地垂下頭，伸伸腳，「本來以爲有藉口可以蹺課了。」

短短的十分鐘，兩人交談的內容差不多就那些而已。

打鐘之後，子言聽著台上老師的講解，一面專心作筆記，上課不到二十分鐘，她不經意注意到斜前方的詩縈連連吸著鼻子，好像鼻水很多。子言好奇地看，詩縈終於受不了，彎身去拿面紙，抽出一張，往臉上擦，再吸鼻子，不夠，再抽第二張……

子言就這麼安靜地看好友不停地抽面紙，不停地吸鼻子。天花板的風扇轉呀轉，教室中迴繞的氣流清清爽爽，卻怎麼……連她都熱淚盈眶了。

雖說朋友還是可以保持聯絡，不過以後，她上廁所會找不到人陪；她想聊心事就只能自言自語；她忽然心血來潮要爲了什麼好事而慶祝時，頂多，透過電話報報喜而已。

不只一次，子言都想反悔不去了，再怎麼想像，未來都只是叫人更加沮喪。

子言去美國之前，如果曾有過那麼一兩件好事，那也是海棠接到了面試通知，並且順利被錄取了。

「林經理？最後處理你設計稿的就是他嗎？」

海棠跟一位自稱林經理的人通過電話後，就和子言在公園見面，詢問關於那位林經理的事。他坐著，她站著。

「他跟爸爸雖然不同部門，可是和爸爸是很多年的好朋友，他們兩個一起從公司基層做起，一起升上管理職。林叔叔常常來我們家，我覺得他是一個很不錯的人。」

「是不是妳爸跟他提過什麼，不然他怎麼會突然叫我去面試？」

「不清楚呢！不過，就算是，一定也是因爲你的作品受到肯定的關係。」她露出近來罕見的笑容，「加油！海棠大哥，我爸的公司很棒，很大一間喔！如果你眞的順利進那家公司，搞不好以後就得穿西裝打領帶了，我好想看見那樣的……」

子言的歡欣剎那間止住。當意識到自己再也見不到那樣的海棠，許多的猶豫和恐懼都滿漲起來。

「會看到的。」

海棠接了話，伸出手，長長的手臂依然搆得到她，安慰地摸摸她的頭頂。

子言破涕為笑，那些可怕的情緒，在他結實的掌心下，神奇地煙消雲散了。

海玉幫海棠準備了一套便宜好看的西裝，讓他應付面試，就算海棠希望穿件襯衫就好，還是爭不過姊姊。

面試當天很順利，林經理在海棠離開之前告訴他，子言的爸爸交代過，如果覺得這個年輕人不錯，不用太刁難，直接讓他進來做就是。

「依照程序，今天的面試還是必須由主管討論後才能通知你結果，不過我可以先告訴你，可以準備來上班了。」

「不好意思，再耽誤一點時間。」他請林經理留步，「請問是因為姚先生的關係嗎？」

「不是，他只是向公司推薦有你這樣的人才。」林經理從口袋掏出菸盒，咬住香菸的當下瀟脫一笑，「你有資格接下設計師的工作，是我個人的看法。」

坦白說，他很高興，比那天拿到那筆酬勞時還要高興。生平第一次受到不認識的人的肯定，讓他自覺那雙卑微的手也有能力去做更多的事。

「對了，你是……子言的男朋友嗎？」林經理邁開一步後又停下，側身探問。

「是的。為什麼問？」

「沒什麼，姚先生在介紹你的時候，就給我那個感覺。」他笑笑，這次眞的走開了。

子言的爸爸多少認同他了嗎？這個問題，海棠明白再怎麼追根究柢也不會有答案，畢竟唯一知道答案的人已經不在了。

眞的好神奇，不再那麼看輕自己的時候，世界看起來比以前更寬廣，視野能夠收納的景物也多得超乎想像，走在路上，不會再有無處容身的感覺。

他動手想把勒緊的領帶扯開一些，想起子言還沒看過他這身拙樣，他答應過讓她看的。

海棠放下手，觸見投射在柏油路面的影子，他穿著體面西裝、一個人的影子。

子言和其他學生發現海棠時，他正站在放學時分的校門口旁，雙手插在褲袋，抬頭觀看越過圍牆生長的鳳凰花木。

「那、那是海棠大哥嗎？」詩縈瞇起眼睛，一時認不出來。

子言驚訝地放緩腳步，倒不是認不出那是海棠，而是她從沒見過他這個樣貌。但，就跟其他女生一樣，會因爲他帥氣的外型而看傻了眼。

「果然人要衣裝耶！」詩縈笑嘻嘻地推她一把，「子言，快去啊！」

「啊……喔！」子言牽著腳踏車跑去，來到他面前，微微紅著臉，莫名有點緊張。

「面試很順利。」他先自己提結果。

「眞的？」子言開心得幾乎要大聲歡呼，「太好了！海棠大哥，眞的太好了！」

「我們……要不要一邊走？」他不怎麼自在地瞥向周圍側目的人群。

子言這才發現他們實在太顯眼，高中女生和成熟的上班族並不是太相襯的組合。

於是她牽著腳踏車慢慢踱，海棠陪在一旁散步，走出擁擠的放學通道，來到比較寬敞的馬路，子言還是被他身上那套灰黑色西裝感動得難以言喻。

好想再多看幾眼，好想就這麼一直看著他，看他的美好的轉變，看他從此過得一天比一天幸福，好想……和他在一起啊……

「海棠大哥，我有個預感喔，是魔術師的預感。」

「什麼？」

「原本是『零』的你，會一加一加一地得到很多東西，像五月的桐花不停地掉在你身上，掉啊掉，多到你都撿不起來了。撿不起來的花啊，就鋪成一條又白又柔軟的道路，走在上面，花瓣還會從腳邊飛起來，是那麼漂亮的一條路喔！」

他聽她童言童語地勾勒出未來的美景，不由得失笑，「魔術師的眼睛眞的能看到不一樣的東西呢！」

「哈哈！是吧！」

她開朗地繼續往前走，海棠反而逐漸慢下來，最後留在原地，望著子言的背影。

直到她察覺有異地回頭，他毫無理由地要求她：「不要回頭，就這樣停一下。」

子言一頭霧水地把臉轉回去，尷尬地等待，連手腳都不曉得該怎麼擺，就這麼讓後方的海棠深深凝視。

「上次在向日葵花田，妳問了我一個問題。」他在她背後柔和地開口：「妳問我見到妳離開的背影，會不會難過。」

「嗯。」

「其實並不全都是難過的經驗。記得有一次我被打傷，妳說要回家拿醫藥箱，那時候看妳那麼賣命騎車離開的背影，一想到有人在擔心我，在關心我的事，心裡很高興。雖然妳走了，可是我知道妳還會再回來，有了這個期待，就不難過。」他難得一口氣說了這麼多，要休息似地停頓半晌，才告訴她真正想說的話：「所以，不用擔心我。妳到美國去，我也會很好。妳長大了，而我也不是從前那個蕭海棠了。」

她聆聽著，訝異著，微笑著，他到底是什麼時候看出她放心不下的？

「子言，妳幾點的飛機？」

「你要來嗎？不要！你來，我會哭。」

她不要在機場上演柔腸寸斷的十八相送，那會讓她想要跳機的。

「那，起碼讓我送妳坐車吧！」

子言想起一件重要的事，匆匆找起書包裡的紙和筆，「對了，我一直想跟你要你家地址和e-mail。我們一直都是打電話聯絡，最近才發現我根本不知道你家地址。」

海棠無端陷入一種漠然的遲疑，稍後答應她，「等我送妳的那天，再寫一張給妳。」

「海棠大哥，到美國之後，我每天都會打電話給你，一個星期寫一封信，逢年過節就回台灣。搞不好……搞不好不到一個月我就想回來了也說不定，那個時候，我一定說什麼也會飛回來。」她可愛的承諾猶在耳際，人已經奔向海棠，用緊緊的、不願分開的力道摟住他，「如果你要我回來，我也會回來的！」

海棠深切擁抱她。未來，在他深黑的眸子前一閃而逝，那亮光太過刺痛，不禁使他鎖眉闔眼。

他那海闊天空的世界，子言並不在。

子言所說的那條雪白道路，他看不見她的存在。

子言搭機飛往美國那一天，是初冬的時序，她遇見海棠，也在一個微寒冬天。

子言的媽媽包車開往機場，行李都進了那輛九人座。海棠來到這個安謐社區送行時，子言的媽媽意味深長地朝他頷首，催促愛看熱鬧的姊姊上車，留下子言和海棠在車外話別。

應該有很多話要說，見了面，他們反而寂靜的時刻比較多。子言瞅著他頸下的鎖骨看，凸出的骨頭拼出迷人的形狀，像是一個特別的記號。

「房子，帶了嗎？」偶爾，海棠說話又恢復了單字的習慣。

「帶了，一定要帶的啊！」

「那，我會在台灣好好努力，希望有一天……真的能幫妳蓋一棟可以住的房子就好了。」

她聽進他類似求婚的話語，淺淺紅了臉龐。

「快上車吧！別讓她們等妳太久。」

「嗯。啊！海棠大哥，你家的地址。」

她還記得，海棠從口袋掏出一張摺好的便條紙，探身塞進她背後的包包。

「保重。」

他簡單地要她保重，子言壓下被牽動的哀傷，給他一個完全沒問題的笑臉，「我會寫信讓你知道我好不好，講電話時，你只要聽我的聲音就會曉得我今天有沒有遇到難過的事，還是開心的事。不用我說，海棠大哥一定都會知道。」

「是啊！」

他笑一笑，再次催她上車。於是子言快步跑進車子裡，搖下窗戶，車子開動時，她拚命向他揮手。

「你也要打電話給我喔！一定喔！」

海棠半舉起手，才揮動兩下，便不由自主地停住。車子，變遠了，子言也愈拉愈遠。

昨晚安娜和海玉還聯合起來慫恿他將子言留下，「你眞的什麼都不說，就這樣眼睜睜看她離開嗎？只要你開口，她一定會爲了你留下來的。」

海棠牢牢目送子言還那麼用力揮手的身影，憂忡，從心頭擴大。腳，開始不聽使喚地往前走，走著走著，然後跑了起來。

「子……」他沒辦法成功喚出她的名字，聲音一下子哽在發酸的喉頭，發覺自己根本無法追上那輛車，甚至那架即將高飛的飛機時，原本小跑步的腳步又落後下來。

他不想放手，他不得不放手。

子言在座位上坐好，一個不安的直覺，讓她動手從背包翻出剛剛那張紙條，打開，只有一行整齊的字跡。

「和妳在一起的日子，是這輩子唯一讓我覺得，能夠活下去，原來是一件好事。」

她震驚地睜大眼，迅速將紙條翻到背面，是一片空白。

「沒有……沒有地址……」子言立刻明白是怎麼一回事了！她衝向窗口，向已經被拋在遠處的海棠大聲哭喊：「海棠大哥！你沒有給我地址！地址！海棠大哥！海棠大哥……」

她要的是地址，還是海棠，最後也分不清楚了。

痛徹心扉的哭泣，海棠彷彿聽得見，遠眺小小的車身、小小的子言，然後什麼都變得一片模糊。

他垂下頭，用手蒙住臉，當炙燙的淚水滑下，終於痛哭出聲。

別離，是一道五千英里的傷口，從他們之間狠狠拉開。

聽說，子言是哭著被架上飛機的。

聽說，後來海棠在送她離去的地方待到夜深。

聽說，曾經有過這麼一段既幸福又寂寞的故事，在冬天開始，在下一個冬季結束了。

子言到美國的第一年，適應得很辛苦，大多是在哭泣中度過。

剛開始，她很努力地尋找海棠，可是結果總是落空。海棠的手機號碼變成空號，打電話到家裡，海玉不肯透露他的行蹤，又過一陣子，連那支電話也成爲無人使用的狀態。

子言要詩縈幫忙找海棠，卻說不出他家住哪裡，詩縈也幫不上忙。

於是她聽著話筒傳來斷線的「嘟——嘟——」聲，只能一次又一次掉著淚。

她眞的不懂，爲什麼海棠會突然和她切割得這麼徹底？爲什麼要欺騙她？爲什麼最後只給她那麼一行字而已？是不是她搞砸了什麼？

起初那一陣子，子言天天吵著要回台灣，每每都給媽媽和姊姊勸下來了。

過了幾個月，紊亂的心情日漸平撫，她不吵也不鬧，便開始等待，等待海棠自動和她聯絡。他答應會給她寫信、打電話，這一點，子言還痴痴抱著一線希望。

適應著美國的環境、不同的語言、新的學校，對她來說都是痛苦的事。

這一年發生僅有的好事，就是詩縈交男朋友了，她的男朋友是阿泰。

他們在畢業典禮那天正式成爲一對。

至於爲什麼是阿泰，詩縈說是因爲阿泰講過的一句話。他曾在大樓後面不經心地對詩縈說：「不管是開學後、畢業後，甚至十年後，不管什麼時候，需要幫忙就說一聲吧！」

詩縈在e-mail裡偷偷告訴子言：「那天他的話，讓我這個隨時都有可能因爲心臟病而走掉的人，在他將來的日子裡預見我的存在。」

子言很替他們高興，那分喜悅和時間相同，有著沖淡悲傷的作用。

家裡開始養狗，是一隻漂亮的黃金獵犬，叫Philip，從此子言開懷大笑的次數就變多了。

過新年的歡樂節慶，兩個女孩隔著長途電話非常三八地互相問好，子言在一陣安靜過後，沒頭沒腦地發問：「喂！妳說，我這是不是……被甩了啊？」

沒有激動，沒有抗拒，就是慢慢地接受不會再有來自海棠的消息，就只能這麼做而已。

第二年，美國的生活對子言來說已經不成問題，她每天都過得十分充實，到哪裡都如魚得水。

就在漸入佳境的日子裡，忽然出現一個驚喜。暑假，她和一位台灣的故人不期而遇。

子言和五個學校同學一起到Yosemite這個國家公園玩，住在那裡的樹屋。半夜，聽見傳說中的熊出來覓食的聲音。

第一天實在太興奮了，根本睡不著，她躡手躡腳地跨過睡成一排的室友，打開窗，靠在窄小的陽台上往外看。

這個露營區的外圍就是茂密的森林，遠遠的圍籬放置幾個分類的垃圾筒，亮著幾盞燈。子言的眼睛適應黑暗以後，意外地在燈光陰影下發現棕熊的蹤跡。

「哇……真的有熊耶！」一隻大熊帶著小熊在翻動垃圾筒裡的食物，不時碰撞出聲響。她看得目不轉睛，不多久，察覺到隔壁樹屋的陽台上也有一個探頭張望的人影，他們互不相識，卻在同時觀看棕熊動靜，子言覺得好有趣。

那個人也注意到隔壁的視線，掉頭過來。子言豪氣地揮手笑笑，又繼續看那隻小熊走到另一個垃圾筒扒食物。

「姚子言？」刻意壓低的男生嗓音叫出她的名字，還是中文名字，令子言狐疑地轉頭，瞪住那個被埋在暗處的身影。是、是有點眼熟，看得愈久，好像愈能看出什麼端倪……

這時，月亮從雲層中露出一半的圓，皎潔光芒順著樹的頂端照下，映亮他的面孔。

「啊！」她伸直手臂指住那張臉，失聲大叫。

室友差點就被吵醒了，翻個身，將棉被往上拉。子言趕緊摀上嘴，驚魂未定地將明眸睜得又圓又大。

柳旭凱……柳旭凱！

他看起來並不比她少幾分驚訝，不敢置信地小聲確認，「真的是妳？」

子言已經不紮馬尾了，長髮一剪剪到肩際，多分女人味地任它披垂在赤裸的肩上。

「你、你怎麼會在這裡？」

「我來遊學，今天是學校的戶外教學。」

「哪間學校啊？」

「戴維斯大學。」

「咦？離我學校很近耶！天哪！好巧喔！眞的好巧喔！」

她眞心的欣喜令他快樂，後來提議：「我們要不要到外面聊？這樣講話好像不方便。」

子言瞧瞧他們兩人爲了用極小的音量對話，身體都快跑到陽台外面去了，於是再度跨過一排正在睡覺的室友，興沖沖跑下樹屋階梯，和他在空曠的地方見面。

那一次的不期而遇，他們並沒有太多時間相處，Yosemite 廣大得一望無際，彼此的行程不同，隔天又各自行動。

那一個繁星多到令人暈眩的夜晚，他們聊著高中畢業後的近況，聊著阿泰和詩縈，聊著那兩隻母子熊會不會在發現他們之後，就把他們吃掉。

回到學校，他們約出來見面三次，然後柳旭凱又回台灣了。

子言在課堂上瞥瞥手錶時間，一想到這個時候他的班機正好要起飛，有些許難過。他的到來，對身在異鄉的子言意義不小。除了遇見故人所帶來的安慰，其實還有細細傷楚。他親切的臉孔、熟悉的笑容，都會讓她想起那段曾在台灣生活過的歲月，而那段歲月在措手不及的傷痛中戛然結束。

對於那份來不及收回的情感，她在不知該怎麼畫下句點的難堪中，繼續等待。

第三年的寒假和暑假，柳旭凱都到美國找子言，他總說學校辦的遊學，不來白不來。後來在一次和詩縈的電話中，知道參加遊學的門檻高，名額不容易爭取。子言才明白原來事實並不是像他所說的那麼輕鬆瀟灑。

和他一起悠閒地在公園散步，即使知道豔陽就是這麼毒辣，她還是燙熱得難受。偷偷拿出隨身鏡一照，發現雙頰透著美麗的櫻花顏色，不是爲了夏天，是爲了身邊這個大男孩。

周遭朋友都知道有柳旭凱這號人物，大家明著不說，但私下已經擅自把他當作是子言痴情的愛慕者。

他們喜歡鼓勵子言答應他的邀約、主動找他出去看電影，團體活動時還會很有默契地放他們兩人落單在一起。

「妳要裝傻到什麼時候？已經是大學生了，我就不相信妳沒有發現那個男生對妳的感情。他可是每半年就飛來找妳一次，很辛苦耶！妳也該好好給人家一個答覆了吧！」

一天，一個看不過去的朋友凶巴巴地提醒她，子言才發現，繞了這麼多圈，彷彿，多年前同樣的問題又回來了。

柳旭凱回台灣的期間，她常常要自己思索關於他的事。他用手指幫她撥開臉上髮絲的方式，他忽然不說話專注凝視她的眼神，他因爲她的淘氣而溫柔的嘆息。

眞的好令人動心。

「下次，等他再來的時候……」

回到現實後，子言坐在結霜的長椅上，對天空喃喃說了一個沒頭沒尾的結論。

就在她準備下定某個決心之際，晚上媽媽來房間找她，突如其來地開口道歉。

「幹麼道歉？」她在電腦鍵盤敲下儲存鍵，從書桌前轉過身，困惑地問。

出乎意料之外，一個已經沉寂很久的名字竟然從母親的嘴裡吐露出來。

「妳都沒想過，爲什麼海棠會毫無理由地跟妳斷了聯絡嗎？」

那個名字，猶如縫紉時忘記抽走的針，從她心臟毫不留情地刺穿過去！

她當然想過啊！想了無數個答案，還是不知道爲什麼。就算現在告訴她，難道會好受一些嗎？

子言不安地避開母親質疑的目光，「反正，一定是因爲要和我保持聯絡太累了吧！」

子言的媽媽否認了，還說一切都是因爲她的緣故。如今過了三年，她認爲就算把眞相說出來，子言也不至於失去冷靜思考的能力。

當年在台灣，在子言不知情的情況下，子言的媽媽約海棠見過面，和他做了一個約定。

「我到現在，還是不認爲子言和你在一起，是因爲喜歡你的關係。她是被我們保護得很好的孩子，最近經歷過不少事，對你的依賴一定更重，我不希望她因此以爲這就是眞正的感情。所以，我以一個母親的立場，自私地拜託你，請你放手，讓子言跟我去美國，在那裡學會獨立，在那裡沉澱情緒。我了解這孩子的個性，她一旦有了在乎的人或事物，就會整個人投入進去。就算到了美國，不用多久，一定會吵著要回台灣。海棠，我知道我的要求很無理，可是我希望你能答應，別和子言聯絡，讓她好好適應美國的生活。兩三年後，如果她對你的感情沒變，如果你仍然這麼喜歡她，那麼到時候應該放手的人是我，我會祝福你們，由衷地祝你們幸福。」

原來事實並不是如她所想的，她的世界好像整個顚倒過來了，只能恍惚地問：「他答應了？」

媽媽點頭微笑，「答應我之前，他想了很久。」

子言的思緒，分不清是亂糟糟還是一片空白，錯愕、沉默，最後才漠不關心地說：「原來是這樣。」

「子言？」

「沒事的話，我要趕報告了，明天一早要交。」

她回答得好似那個人只是一個過客，簡單將媽媽打發走。

後來那篇報告還是沒能打完，只寫了兩行，她就發現自己完全無法集中精神。

「我帶Philip出去喔！」子言在玄關嚷一聲，便牽著Philip出門。

地上積了雪，在夜色下一閃一閃。儘管有毛帽和圍巾，子言還是在沒戴手套的手上多次呵氣，有一步沒一步地踱著。

媽媽說，海棠在答應之前，想了很久。他在想些什候？是用什麼樣的心情答應的？

子言在心中反覆問著同樣的問題，她也想問問海棠。話又說回來，如今求證答案也沒什麼意義了。

都這麼久了，她也不難過了。剛剛除了訝異，沒有太多複雜的情感，大概就是這樣吧！

低頭看著靴子在雪地烙下一個個腳印，再多下一點雪，她來過的痕跡一定很快就被淹沒不見。再過一些時候，曾經到過心裡的那一個人，也會是這樣吧！

不意，手上牽的Philip發現了什麼而倏地往前衝！

「哇！」子言被強大的力道一拉，整個人往前撲去，臉重重埋在雪地上。

Philip拖著繩子跑到樹下挖起雪來了，子言費了一番力氣才從地上坐起身，她拍落臉上和衣服上的雪，這下子手和臉都凍得冷冰冰的。

「一會兒就好了。」

愣一下，誰的輕柔語調從樹梢落下，拂過臉龐。

愣一下，誰的輕柔語調從天上落下，拂過臉龐。

子言緩緩觸碰失溫的臉頰，一盞燈火恍然在這片雪地浮現。她記得那是很溫暖的亮光，在離家出走的時刻深深吸引了她許久。爸爸在盛怒下所打落的那一巴掌，被冰塊舒舒服服鎮熄了灼痛感，他告訴她，一會兒就好了。

抬起頭，紛飛的雪花從天空灑落，一片一片，她怔怔看著它們飄然降下，那只是雪。

悲傷，如雷打在她身上。子言環抱住忍受什麼劇痛的身體，在一個下雪天無聲啜泣。

什麼都沒有。海棠大哥，你留給我的只有無盡的思念。你早就不在我的生命裡，我卻不知道這思念還要多久才會消失。它好像會跟著我一輩子，我害怕這個效期，因爲沒有一個承諾是永遠的。

你明明答應過的，海棠大哥，你答應過的。

你在哪裡？最後一次想起我是什麼時候？現在你心裡愛著誰？今天的你，幸福嗎？

來到美國第四年的冬天，柳旭凱依舊和子言共度寒假，比較不同的是，他今年夏天就要畢業了。

「子言。」

他罕見地拉住她的手，用一種別具意義的方式，牽她的手。子言因爲他意外的舉動而回頭看他，在他兩枚褐色眼眸中尋見一種好不容易鼓起勇氣的眞誠，動人發亮。

「明年，我再也沒有藉口來找妳了。」

她低著頭，緊張得手心沁汗。

「我其實不該一直來找妳。明明告訴自己應該死心，也參加過幾次聯誼。只是每次妳一對我微笑，高中時代喜歡妳的心情好像就回來了。」柳旭凱依然握住她微微顫抖的手，不讓她有逃脫的機會，「我聽說，妳以前喜歡的那個人已經沒有聯絡，那麼，就別再等了。」

等……等什麼？「我沒有在等。」

「那我，可以做妳的男朋友嗎？不用現在回答我也沒關係，我可以再等一陣子。不過，請妳好好考慮，再給我答案。」

「……好，我會想想。」

她說好。柳旭凱喜出望外地露出陽光如昔的笑容。

「我明天沒有課，你幾點飛？」子言在他離開前匆忙問。

「很早，妳不用來送。」

「告訴我幾點，你來美國這麼多回，我總得送你一次。」

她說起話都變成熟了，瞅著柳旭凱，甜甜彎起嘴角。

飛機在清晨七點起飛，子言目送柳旭凱搭上的那架飛機，在機坪上滑行，拉高，遠去。

試著……體會當年海棠送她離去的光景、感觸。

尾隨的颼風撩起她的髮絲，她的髮，長了又剪，剪了又長，今年，又延伸到腰際了。

回到家，打量稍嫌凌亂的房間，釐清自己的想法之前，決定先把環境好好整理乾淨。

清理到一半，有個大紙盒從書架最上層掉下來。子言大叫一聲，丟開撢子，奮力抱住它。

「這是什麼？」她搖搖盒子，打開，那年的點點滴滴全跑出來了。

子言小心翼翼地將那棟木造的房子模型拿出來擺好。紙盒覆上厚厚的灰塵，房子卻沒有，完整得宛如昨天才剛被製作好。

她都快要忘記它的存在，不過，電燈開關在哪裡倒還記得。

子言點亮燈，看著和煦的光芒溢滿了小房子。

「希望有一天……眞的能幫妳蓋一棟可以住的房子就好了。」

她在懷念的光輝中恬靜一笑，稍後又爲了那不經心的笑意而感到不可思議，接觸到和海棠有關的事物，會笑了。

她，是不是變得比以前勇敢了呢？

海棠的放手，有沒有讓她變得更好？如果他未曾放手，她又會過著怎樣的人生呢？

她想知道答案，這四年等待的意義，她想聽見一個答案。

愛，是恆久忍耐，又有恩慈；不求自己的益處，不輕易發怒；凡是包容，凡是相信。愛是永不止息。「哥林多前書 13：4～8」

【愛是……】

似乎不能再更快樂了，卻還有淡淡悲傷沉在心中，
而且永遠在那裡，和快樂並存……
這一份心情，她也許要花上一生才能夠完全明白。

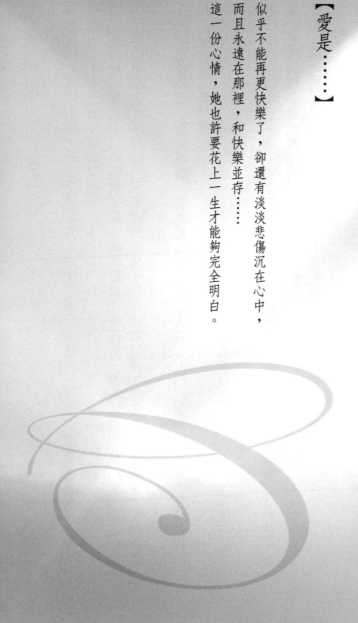

她重新踏上這片土地，除了時差之外，沒什麼不能適應的，子言這麼想。這裡是台灣，畢竟是她生活了十七個年頭的故鄉。

同樣是炎熱的夏天，只是悶濕了點，動不動就汗流浹背，單是從背包找出家門鑰匙的簡單動作又讓她滿身大汗。打開門，不顧整間房子的霉味和灰塵，子言先衝去洗澡，洗個舒服再說。

子言的爸爸將房子留給媽媽，媽媽最後還是沒有賣給一位出高價的投資客。她總是說，這樣將來回台灣還有個落腳處。

傢俱大部分都用防塵布覆蓋，這邊一塊，那邊一塊。去了一趟美國，連回憶都被殘缺不全地遺留下來。

她待在蒙塵的空屋一陣子，環顧四周充斥著生疏感的空曠，光線從落地窗放肆照耀，金色光束中，塵埃粒子幽幽飄浮著。景物依舊，但無形的時間的流還是改變了一切。

今年，她已經二十一歲了，站在和十七歲記憶中不太一樣的屋子裡。

「嘿咻！」

子言從倉庫搬出久違的腳踏車，它也沒被處理掉，摔車時脫落的漆從來沒補上。子言和媽媽一樣，都是念舊的人。

「還能騎嗎？」

她打量著一副已屆退休之齡的車身，半信半疑地將它清洗一番，又覺得熱得受不了。

輕快地用白色髮束將長髮綁起來，眨眼間好像又回到高中時代的姚子言。路過落地窗時，子言照照窗上似曾相識的倒影，會心笑笑。

女人眞的好奇怪呢！過了一個特定的年齡之後，就不介意被說年紀小了。

騎上車後，她才發現根本不是車子老舊的問題，而是她太久沒騎淑女車，在馬路上活脫像酒駕上路。

「哇啊……我在蛇行……」

好不容易騎一段路才終於穩定下來，子言沿著記憶中蜿蜒的路線往前騎，踏板踩呀踩呀，踩出了這一路的猶豫和徬徨。

她沒有先打電話就直接過去找海棠，會不會把場面弄得很尷尬啊？可是打電話好像更可怕，更容易被打回票的樣子。

事實上，打從決定回台灣到這一刻，子言就沒有考慮太多，總覺得如果想得過於複雜，她連一步也跨不出去。想到了，就去做，那個輕狂的年紀就是如此啊！

「啊！還在。」

她稍稍煞車，路邊鐵皮屋翻新過的檳榔攤，連裡頭坐的辣妹也換了一張生面孔。全身膚色刻意曬得黝黑，嘴裡嚼著口香糖，穿著十吋高跟鞋的腳隨著耳機裡的音樂打拍子。

安娜不做了嗎？也對，沒有人是做一輩子的檳榔西施吧？

可是，安娜去哪裡了？

子言在一幢平房前面再度下車，直挺挺地佇立，望著四年後的光景許久，許久。蒲島太郎遊了一趟龍宮回來，大概就是這種人事已非的心情吧！

人去樓空的大門不怕被闖入地半開著，荒廢的園圃已經長出高高的雜草。

向日葵在哪裡？裡面的人去哪裡了？

海棠，在哪裡？

她看得心酸感傷，就在這時候，有個疑惑的聲音路經她身後。

「請問妳有什麼事？」

子言倒抽一口氣，快速回頭，有位已經不認得她長相的鄰居大嬸操起台語詢問她。

「伯母，妳知不知道這家人……」

「結婚了喔！一年前搬走了。」

大嬸的快人快語，使子言整個人愣住，一句話也吭不出來。熱心的大嬸問她女兒有沒有記下新的地址，抄了一張紙給子言。

「這一家的長子啊，現在在大公司做得不錯，幫家裡還了一些債，有錢去住好一點的房子了。」

「……謝謝。」

子言訥訥將紙條握在手心，牽著腳踏車恍神離開。結婚……她怎麼沒想到結婚這個可能性呢？時光飛逝，海棠都已經到適婚年齡了。

也不是太傷心，就是打擊好大。她長大了，卻依舊追不上他。

子言頓時虛弱得再也拖不動步伐，她看看紙條所寫的陌生地址，離這邊有一段距離了，電話也是她所不熟悉的號碼。

眞的不是太傷心，她只是……有點絕望。

夏日午后的天氣陰晴不定，原本是豔陽高照的晴天，不一會兒已經烏雲密布，子言坐在公園長椅上，出神眺望天氣無常的變化。

不是說海棠不能跟她之外的女人結婚，她是因爲自己被遺忘得如此快速而傷心。當年她對海棠的感情，不能讓他感受到刻骨銘心嗎？頂多只是像小孩子玩玩具，那種喜新厭舊的膚淺程度而已？

如果他已經成爲某個人的丈夫，她就不應該再找他。

子言落寞地翻翻擺在腿上的幾本教科書，有張紙條從夾頁中飛出來，觸見時令她些微地訝異。

「大家都說，我在玩扮家家酒，像小孩子想裝成大人，迫不及待地要長大，才以爲那份感情是眞心的……」

讀著發黃的紙條，事過境遷後，當時的激動和傷狂被時間沖淡得如今只留下紙張受潮的柔軟觸感和上頭微微暈開的秀氣字跡。

頭頂傳來微小的雷聲，彷彿還在很遠的地方。抬起頭，公園另一端飄來一塊十分烏黑的雲朵，透著飽含水氣的味道，那味道涼涼的，有那個冬天的溫度。

她繼續仰著頭，等著親眼看見雨滴落下似的，彷彿只要這樣做，他就眞的會出現。

子言不是認眞在等待他的出現，只是，只是啊……安靜獨處時，總有那麼片刻容易觸景傷情，那年的故事好像才發生過，怎麼也不會結束一樣，和他並肩走完的那條安靜小路、不讓自己痛哭失聲的極度壓抑，有時漫長得不見盡頭。不過有些事的的確確已經完結，不管被動或主動，他們都成長了，用一些純眞換來世故，用一點傷口得到堅強，某些東西被取代，然後不再回來。

坐在公園的長椅上耐心等候，雖然不清楚自己到底在等什麼，一個人？一份感觸？

「子言！」

爽朗的聲音讓她自回憶中迅速抽離，她朝迎面跑來的人影招招手。

「抱歉，我剛剛找不到路。等很久了嗎？」

柳旭凱停下來喘氣，子言站起身，俏皮地說：「是等很久，幸好我喜歡這個公園。來，這是你妹要的書。」

「謝謝！不好意思，還麻煩妳特地把課本找出來，我不是讀文組的，幫不上忙。」

「沒關係，不過我上面的筆記很亂喔！」

柳旭凱接過那一袋沉甸甸的課本之後，快樂地端詳她今天的模樣。

「妳綁起馬尾，感覺好像又變回高中生了。」

柳旭凱他……在她想念台灣想得不知如何是好的時候，那麼適時地出現在她面前。他每隔一段時間就來找子言，讓她的期待不至於落空。如果沒有他，或許到現在她還因為想念而哭泣不止。

「我如果還是高中生，現在一定會很想逃跑吧！」

「爲什麼？」

「因爲我要給你答覆啦！不逃避了。」她反覷他反應不及的神情，笑得十分美麗，「在美國，你不是問了我一個問題嗎？」

二十二歲的海棠、二十三歲的海棠、二十四歲的海棠，還有二十五歲的海棠，她完全一無所知，她所認識的那個擁有一雙憂鬱黑眸的蕭海棠，已經停留在他的二十一歲，消失了。

「是的，我問了妳一個問題，在我還是高中生時就想開口問的。」柳旭凱溫柔的褐色眼睛，款款注視眼前讓他情願多次往返美國和台灣的女孩，「子言，和我在一起，好嗎？」

她剛剛說，她喜歡這個公園。她曾經在這裡投機取巧地騙到那個初吻；那個房子，也是他在這個地方送給她的。其實，她眞正喜歡的是，那個吻、那棟房子、在這裡所發生的一切回憶。可是，海棠不在了，早已走向一個沒有她的未來。

「柳旭凱……」

而她正面臨一個重要抉擇，很久以前她也做過同樣艱難的決定，去美國？還是留下來？最後子言選擇美國，所以失去心愛的人；這一次，她已經是必須爲自己的人生負責的年紀，和自己所選擇的人，走自己選擇的路，哪怕那一條路，哪兒也抵達不了。

「對不起，我沒有辦法和你在一起。」子言深深道歉，「雖然應該將那個人的事忘得一乾二淨，可是直到這一秒，我還是無意放手。這樣的我，沒辦法和任何一個人交往，對不起。」

柳旭凱起先不發一語，他以爲自己會更吃驚、更受傷的，但，這也不是她第一次說「對不起」了，說來好笑，是因爲習慣了嗎？

「不用對不起，沒能得到妳點頭答應，是有點遺憾。不過，我聽說過，不成功的戀情還是有意義的，抱著喜歡妳的心情一直到現在，才有今天的我，這一段歷程，並沒有白費。現在能夠坦然接受妳的回答，我覺得很好，謝謝妳。」他在體貼的微笑過後，忽然欲言又止地冒出一句話：「以前在那個洗手台……」

「嗯？」

「算了，當我沒說，那是我心裡的感覺，不一定形容得明白。」

於是，那個擁有漂亮的褐色頭髮和褐色眼睛的柳旭凱，也向她告別了。

子言站在公園一隅目送他離去，直到再也見不到人影。她愛上的，應該是詩縈帶著她第一次窺見的柳旭凱，穿上紅色球鞋，戴著耳機，站在公車最後面的位置，從容聽著MP3的他。那一年青春的色彩好燦爛，隨著記憶中的公車消失在白花花的歲月了。

「妳不能來？有沒有搞錯啊？」

子言用下顎夾著手機講電話，雙手握著吸塵器賣力地打掃客廳。

詩縈在電話那頭拚命道歉，「早就答應要一起去烏來了，現在臨時說不去不好意思。喂！我說子言，妳難得回台灣一趟，應該不急著回美國吧？」

「話是沒錯……」子言鬧起彆扭，開始用吸塵器在地板上畫圈圈，「但被手帕交晾在一邊，心裡有點不平衡啦！」

「哎唷！妳不要故意害我內疚。反正我後天就回來了，妳就等到那個時候，了解嗎？」

子言拿下手機，一臉不敢置信，這詩縈，不僅健健康康活著，連個性也強悍起來了！

今天原本打算找詩縈敘舊，結果落得無事可做，總不能一直打掃屋子吧！

子言看看窗外，天氣眞好。

她在興起的念頭驅使下，回到高中母校。就快放暑假了，現在正是繃緊神經的考期。她從以前就知道圍牆有個洞可以進出，那個洞還在，於是從那裡偷偷溜進去。

上課中的校園安靜得像一個人也沒有。她放輕腳步，在每一個她曾經到過的庭院、花園、操場，走著。

「子言，妳啊……會不會喜歡上柳旭凱？」

子言在走廊上佇立，循著來自遠方的說話聲，望向抹茶色的光線斜射在樓梯間。穿著高中制服的女孩們穿透那道光，輕快跑下階梯。翻飛的百褶裙襬一眨眼就消失在她懷念的視線盡頭。如夢初醒的怔忡之下，那仍舊是一個什麼都沒有的寂寞樓梯間。

那大概是她、詩縈以及柳旭凱之間故事的開頭。又想起柳旭凱了，或許她一輩子都會記著他吧！

那個良善的男孩竟然說，這一切沒有白費……

子言若有所思地晃見旁邊的洗手台，沒關緊的水龍頭凝著發亮的水滴，一顆落下後，很快又凝出新的水滴來。

柳旭凱以前幫她拿著弄髒的飲料罐到洗手台沖洗乾淨，涼涼的自來水嘩啦嘩啦的，那時候她覺得心情好舒服啊！

子言驀然想起分手時柳旭凱話說到一半而提起的洗手台，哈哈！他們該不會想起同一件事吧？

她在無人的庭院兀自覺得有趣地笑起來。笑一笑，也就不會感到自己一無所有了。

「明天是星期六，公司應該都放假吧！」死盯著寫有地址的那張紙條，子言在公車上逕自盤算，「明天去找他，應該找得到人才對……可是到時候會不會被趕出來？萬一介紹他太太給我認識怎麼辦……啊啊！為什麼我又會希望找不到他呢？姚子言，妳要爭氣一點！」

才說完，她抬頭一看，公車上三三兩兩的乘客因爲她的喃喃自語而投以奇怪的眼光。子言閉上嘴，安分轉向窗外。

刺眼的金黃色倏地閃進眼簾！

她直起上身，興奮得難以言喻，到了！那片向日葵花田。

子言幾乎是以跑步的方式奔入園區，穿過蓮園和育苗溫室，來到農場主人駐守的餐廳。

雖然是星期五，但客人已經湧進不少，聘請的員工增加了，走到哪裡都熱熱鬧鬧的。

子言四下觀望，她記得以前的餐廳比較像餐廳，現在這個地方倒比較像貨物進出的通關處。不需要餐廳了嗎？

農場主人趙大哥開著大嗓門到處指揮，他沒什麼變，忙得不亦樂乎，接著，他發現子言。

「呃……你好，我是……」她想，只有過一面之緣的人肯定不記得她了，沒想到趙大哥張開手臂朝她走來，呵呵笑得跟聖誕老人一樣。

「嘿！好久不見了！子言，聽說妳去美國，今天回來玩啊？」

「對，回來玩。」她也不吝嗇地給他一個大笑臉。

一旁員工聽到他們提起美國，放下手邊工作，好奇地靠過來問：「不會吧？她就是那個女朋友？」

哪個女朋友？子言莫名其妙地看看自己。

另一位員工也走過來，上下打量她，指著她背後笑道：「眞的耶！有馬尾。」

有馬尾又怎樣啦？子言躲過他的指點，直接問起趙大哥：「他們到底在說什麼？」

「別理他們。喂！回去幹活了！」趙大哥朝他們甩甩手，又對子言解釋：「海棠在我這邊工作，他們常聽他提起妳，多少知道妳的事。」

「咦？可是海棠大哥不是在我爸公司……」

「哈哈！他在我這裡算是打工性質，只有假日才來。海棠在那間公司拿到的薪水要付房貸和弟弟學費，他說，除此之外，他需要存很多錢，給自己用的。」

她收起黯然的神色，試著應和那句話：「喔……結婚一定需要不少錢吧。」

「誰結婚？」

「海棠大哥啊。」

「哈！他幾時結婚啦？」趙大哥發出如雷的笑聲，「結婚的是他姊啦！和男方已經交往很多年，去年終於對弟弟們比較放心，才快快樂樂地結婚去了。」

子言不敢相信自己的耳朵，她是不是……誤會得一蹋糊塗啊？

「海棠大哥沒結婚嗎？」

「沒有，他現在和弟弟搬到新的公寓住，離他姊姊的夫家很近……喂！妳怎麼了？」

子言一骨碌往地上蹲，掩著臉，一放鬆，就忽然覺得好高興好高興啊！

趙大哥八成看出她的慶幸所為何來，極力邀請她入園參觀。「子言，既然人都來了，就去逛逛吧！看看有沒有新的發現。」

他神祕地對她眨眼，子言點點頭，朝花田走去。

這一趟回台灣，到目前為止，大概只有這片花海是唯一不變的。多年過去，無邊無際的朝氣色彩依舊令她感動得睜不開眼，黃的花，藍的天。

子言一個人在花田中的小徑走，細細感受向日葵的大花朵和蓊鬱葉瓣碰過手臂的觸感，微微的刺痛，猶如她發酵的思念，隨著呼吸，會痛。子言沉醉在過去與現在混亂的醺然，走著，聽著，和當年在這裡的自己一同唸起沒有邏輯的童語……

「我們好像走在一個不是地球的星球上，星球上只有天空和花。雖然明知道只有天空和花，可是這樣一直走啊走的，還是很好奇會走到哪裡去。反正就只有天空和花，可是這樣一直走，總希望前方會有什麼在等著我們吧！」

她的尾音隨風消失在最後一句。子言屏住氣息，一個原本不在這個地方的景象竟然出現，奇蹟般地座落在她開闊的視野。

農場新的簡餐餐廳就蓋在花田盡頭，溫馨精緻的外觀，她曾經見過！在不眠不休的作圖中，一角一隅地成型。海棠就是靠這張設計圖得到子言爸爸的認同，並且推波助瀾地得到現在的工作。

原來當初簡餐餐廳的委託人是趙大哥，原來……

「親眼看到眞實的房子，是這種感覺啊……」她出神地看，逐漸熱淚盈眶，「太好了呢！海棠大哥，眞的好漂亮啊！」

她以爲沒能參與到這四年的變化，就和一切都格格不入，沒想到許多她熟悉的事物也隨著時間成長，轉而以另一種全新又令人懷念的風貌存在。

或許，她並沒有像想像中離開得那麼久；或許，時間也不是那麼可怕。

子言懷著滿腔平靜不了的激動，下了公車。

走在路上還有點恍恍然，一種腳底踏不到地面的飄忽。

得知海棠沒有結婚，是很高興，但也不代表他的情感至今如一。

人是會變的。這種話她聽多了，特別是朋友勸她接受柳旭凱時。不過……

子言摸摸口袋，再次掏出那張寫有地址的紙條，她回台灣，就是爲了見他一面。

突然，彷彿感受到了什麼，她朝路旁抬高頭，定睛觀察這棟氣宇非凡的商業大樓，這不是當初那棟工地大樓嗎？哇！變得好熱鬧喔！人來人往的，連帶周邊巷道都擁擠起來了。

她瞥向前方人群，有一個背影，恍若泅泳的魚影一下子就閃逝不見。

子言還看得發愣，肩膀被一個疾行的路人擦撞一記，那張紙條就從她手中飄離。

「啊！等一下……不好意思，借過……」

她著急地在下班人潮中穿梭，眼看紙條在每一道停不下來的腳步間愈飛愈遠，後來終於一個踉蹌，子言跌倒了，紙張也從她努力伸直的手中再度遠離，被人群踢呀踢，到最後不見蹤影。

她怔怔望著它消失的方向，錯過了……很重要的時機，她又錯過了對吧？

人與人之間，彼此存在著某些「時機」，一旦錯過，就不再回來，它們會拉成兩條筆直的平行線，往遠方延伸而去，那遠方……

那遠方，有隻手撿起那張飄到腳邊的紙條，看看上頭內容，納悶回頭。

忽然，他好像看到了她。

他吃驚地睜大眼，起初不敢相信，在確定是她之後，立刻快步趨前。

子言難過地起身，狼狽地拍拍衣服，才抬頭，發現人群漸漸散開，像是讓出了一條路。

她忘了，「時機」其實並沒有錯過，只是渺小得被忽略而已。這條路的那一頭，有一個逆向而行的身影，那麼心急地穿越人群，朝她而來，那個身影，是海棠。

她站在原地，彷彿在作夢，剛剛還那麼擁擠的人潮這一刻都不見了，眼裡，只有海棠一個人。

她的思念，積了四個寒暑，層層堆疊，像是從未清掃的厚厚落葉，春夏秋冬，一年一年地過去，滿滿的，到底是不是已經滿到她所能負荷的地步，她也不清楚。她只感覺到一陣飄然，穿越四年的時空，終於見到二十五歲的海棠。

深海般憂沉的眸子，歷盡滄桑的骨感身形，一擔心她就顯得格外溫柔的眉宇，依然和她記憶中一模一樣。

以為他只是一個心裡喜歡過的人，以為時間必定會切斷一些聯繫，她以為……今天只是要看他過得好不好而已……

「我一直在等你！」她開口，海棠就地打住，看她可愛的面容噙了滿眶淚水。

「一直在等你，等你有一天會突然出現，把我從美國帶走……可是你沒有來，這麼久了你都沒有來，就算是和我媽有過約定，也未免太久了吧！如果我沒回台灣，你是不是打算永遠不來找我？是不是沒有我也沒關係？不然我怎麼老是覺得一輩子也等不到你……」

她一面說，眼淚撲簌簌淌落。海棠守望著可憐兮兮的子言，一會兒，才平靜地說一句：「住址寫錯了。」

咦？子言霍然止住哭泣，傻傻回看他。講、講話習慣也沒變嗎？可是她已經適應不良了，聽不懂啊！

「什麼地址？」

「妳留給我的美國地址，寫錯了。那是妳媽媽工作的地方，後來去了才知道。」

「去了……是什麼意思？海棠大哥，你去美國嗎？」

「妳到美國的第三年，我去找妳。到了那裡，完全不像有住家的樣子，我怎麼問也問不到妳的消息。我想打電話問吳詩縈，可是她的換手機號碼了。」

她聽完，一時眞是啼笑皆非，好、好愚蠢的感覺喔！但，那一連串愚蠢的經過都不重要，重要的是，海棠的確來美國找過她，他沒有放棄，沒有。

「那麼，海棠大哥，如果你今天沒見到我，還會再去找我嗎？」

他露出一個雲淡風輕的微笑，當她問了一個笨問題。「美國機票不便宜，我在趙大哥那裡打工存錢，存夠了，就去找妳。」

兩道未乾的淚痕再一次濡濕，那麼，她還能要求什麼？原來她這寂寞的四年，好幸福，好幸福呢！

「我在趙大哥那裡，看到你設計的餐廳了，好棒！眞的好棒，那是海棠大哥第一棟蓋好的房子……」

海棠再度啓步朝她走來，她的聲音剛停歇，他已經抱住她，深刻擁抱著。

「我眞正想蓋的，是我和妳約定的房子。我們的約定，我沒有一天忘記。」

他略微沙啞的男性嗓音在子言耳畔低語，那麼接近，陽光融人的夏日夕照將這他們分開的時間蒸發得乾乾淨淨，彷彿重逢之後，那一段分離就自動消失不見了。

「當年妳在花田預見的未來，我走到了。有了自己喜歡的工作，交了不少朋友，也過得很好，可是沒有妳在，就沒有意義。」

子言暗暗訝異。從前，她總希望他能任性一點，更依賴一點，別把一切都往身上攬。然而那個淡漠的海棠，今天竟然說出需要她的話。

媽媽她呀，果然是專業的輔導人呢！這麼難熬的四年，到頭來還是得感謝她。

子言離開他的懷抱，仰著頭，滿滿一笑，「我還有一年才能畢業。現在，雖然不會說出一定要怎麼樣才可以的任性話，不過，如果你能再等我一年，那我一定會回來找你。」

而她，也不再是那個會吵著要馬上搬回台灣的小女孩了。

時間，還是改變了一部分的世界，一部分的靈魂。

當他牽起她的手，互相說起這幾年的經過，並肩走入雜沓的人群，他們腳下所走的那條路，靜悄悄退化到還沒經過商業文化的洗練，仍是那條漫長不見盡頭的蜿蜒小路，聽得見為了對方而怦動的心跳，一步一步，在懵懂的時候相遇，在愛中分離，然後又再偶然重逢。

她似乎是回到原來的地方了，但生命中重要的人卻早已不在，某些她所珍惜的時光，也隨著時間流逝化作回憶。

終究，還是孤清了些。

「對了，這個我一直帶在身上，來，給妳。」

他拿出一張有點久遠的照片，子言接過一看，原來是她家的全家福合照。

「這是姊姊高中的畢業典禮，我們都去參加。哇……那時候我的樣子好拙喔！」

「這是那位林經理交給我的，他從妳爸的抽屜找出來，要我還給你們。」

「可是，你為什麼一直帶在身上呢？」

海棠愣愣，這個問題他從沒想過，因此薄薄的唇角理所當然地浮起一縷微笑，「離妳很近的感覺。大概是因為相片中的妳，看起來好像很幸福。」

子言專注凝視淡淡泛黃的相片，還很健康年輕的爸爸一身西裝領帶的老樣子，和一臉滿足的媽媽略微正經八百地站在一起，捧抱一大束花的姊姊笑得像是得到了全世界，至於她自己呢，很青澀、很羨慕地被姊姊親暱攬住，也笑著。

「不是好像，是真的很幸福呢！」

子言輕輕拉開笑靨的同時，一顆淚珠順勢落在照片上。

當海棠因為感到不捨而用點力握住她的手，子言挨近他，靠著想念的體溫，輕輕闔眼。

我愛你，我愛妳……

似乎不能更快樂了，然而海面上的星光再燦爛，波浪多活潑，說不出的淡淡悲傷好像深海縱谷般蜿蜒，像不被撈起的沉船，永遠在那裡，在心底，和快樂並存，不能割捨。這一份心情，她也許要花上一生才能明白。

真真切切地愛過，生命就有了意義。因為它的消失而寂寞；因為它的存在而深深幸福。

愛，還能怎麼形容它呢？

愛，它是幸福，它是寂寞。

【全文完】

☆後記

愛與幸福的意念

這是我的第九本書，忽然想起《天使棲息的窗口》的故事，寫的就是女主角安琪她第九本日記的內容，這個數字好像有什麼紀念性一樣。

除此之外，如果還要說有什麼特別之處，這個故事，應該是我所有故事當中最「平均」的一本吧！我想以「愛」為主題，所以它的情感比重必須是平均分配，男女之情、親情、友情等等，我想寫寫以這幾種關係的愛為譜，所演奏出來的人生點滴。這是一個平凡的故事，每天發生著瑣碎而普通的情節，普通到或許自己或是身旁認識的人也有過相同的遭遇。不用高談闊論，只是想說一個關於許多愛的故事。

故事的起初，乍看之下好像是要講一段意外觸發的三角習題，其實我真正想呈現的，是眩目的青春底下如詩的少女情懷。女孩們沒什麼意義的輕言笑語、乾淨無瑕又波動起伏的純愛、只有那個年紀才能穿上的制服印象，我想用我的文字將那樣的青春凍結住。看過一段這樣描述青春的話：青春，是在隨時感到它就要結束的當下，卻依然不擔心地恣意揮灑。

記得有個讀者發現到，晴菜筆下的家庭好像都不怎麼美滿，（這難道是除了有角色必走入死亡的

$y = \sin e^{nx}$

☆後記

定律以外，另一個習慣？）我當時回答，不是喔！這一次故事到最後，會是很美滿的。當然也不都是一路和平順遂，畢竟家家有本難唸的經嘛！我選擇「外遇」作為衝突的導火線，沒想到在創作期間得到不少迴響。每寫一本書，從過程當中所得到的東西很多，但不一定相同，這一次，《是幸福，是寂寞》讓我的收穫很特別。我發現，原來這個世界上有家庭問題的人們比想像中還要多，他們有相似的寂寞、憤怒，和堅強。每次看到讀者留下悄悄話和我分享他們的經歷，就不禁想著，我一定要用這個故事安慰他們。由於子言這個角色年紀尚輕，還不到「子欲養而親不在」的遺憾層面，不過，我還是想藉由父女情感間的矛盾與相依，表達「愛，就要及時說出來」的想法。

為整篇文章收尾時，我一度遲疑一下，咦？怎麼又寫愛了？似乎我每本書裡的元素都是一樣的，愛啦、幸福啦、時間不回頭啦，可是不寫不行呢！如果我的文字能夠傳達某些東西，我希望那會是美好的事物，那麼，就當我是愛與幸福的傳教士好了。（笑）

要是這個關於愛的故事，能帶給你們一點感動，闔上書之後，就牽牽你所關心的那個人的手，打通電話問問好，一個實際簡單的小動作，也具有很大很大的意義，現在也許看不出來，時間拉長了，就會知道的。

剛送走一位到天國的朋友的晴菜

二〇〇八年六月十一日

◎特別企畫——晴菜的畫筆

大家經常會說，晴菜的小說讀起來十分「有畫面」。即使只有文字，讓人讀著讀著，也彷彿故事裡的角色、場景和情節，都在眼前活了起來。不過，大概很少有人知道，文字很有畫面的晴菜，除了愛好卡通和漫畫，本身同樣是個愛畫畫的人喔！笑說自己已經封畫筆很久的晴菜，這次特地為了《是幸福，是寂寞》，嘗試畫出想像中子言的漫畫形象。也和我們分享了這次重拾畫筆的心情。

最早是什麼時候開始學畫的？

我沒有學過畫畫，而且也不擅長。美勞分數向來不高。受到漫畫的影響，我喜歡畫漂亮的女孩子，是從小學就開始的，比創作小說來得還要早，我大概是國中左右才開始寫小說的

對妳來說，作畫和寫小說的靈感來源及樂趣，有什麼相同或不同之處？

寫小說很依賴靈感和感覺呢！一旦兩者缺一，我幾乎就是停筆狀態了。或者，就是振筆疾書，日思夜想的都是故事情節。這種過度用腦的日子得熬到一個故事完成，短則三個月，長則半年以上。作畫比較不一樣，不用構思劇情，只要興致一來，先畫張臉，接著就可以想到這張臉應該配上什麼樣的表情和姿勢，然後認真畫個三小時就能完成，還能多少得到些藝術家的成就感！嘿嘿！

妳說很久沒有畫漫畫，這次難得有新畫作，畫的又是新小說中的角色，作畫時心情如何呢？

總覺得一定沒有以前畫得好，都好多年沒畫了！可是也因此非常懷念，還回老家一口氣找出以前所有畫的圖出來回味。如果我的青春歲月做過什麼瘋狂的事，大概就是寫小說和畫畫這兩件吧！打完子言底圖後，衝著興致，我還跑去多買了兩張西卡紙回來喔！（雖然現在還沒動手畫第二幅。）

畫了子言，還想再畫，或曾經畫出小說裡的些哪角色嗎？

我真的畫過自己筆下小說（手寫稿時代的小說）的角色。有時就算是臨時想出來畫下的人物，也會幫她們取名字，然後註明她們的外在特色，比方眼睛和髮色。我其實滿想畫《真的，海裡的魚想飛》的洋洋，不論是個性或外型，她都是挺有特色的一個女孩，希望我有那個毅力再努力。

每次出新書，晴菜的部落格上常會有讀者開始討論，如果拍成戲劇，哪一位偶像明星會是想像中男女主角的形象。這次，也說說看妳個人對《是幸福，是寂寞》偶像劇當中每位角色的想像吧！讀者的反應又怎麼樣呢？

在《是幸福，是寂寞》中，我只對子言這個角色有過想像。一開始是《花與愛麗絲》中的蒼井優。梳著長長的馬尾，淘氣調皮。意外的是，後來有些讀者和身邊朋友，一看到子言就說想起新垣結衣！呵！我承認有點受到打擊，只有一點點而已。因為仔細想想，新垣結衣的形象也和子言的活潑俏皮很接近，對吧？至於海棠，他和柳旭凱都被我塑造成美型男，不過他又憂鬱深沉了點，到目前為止，我還沒辦法將他和任何一位具體人物聯想在一塊兒，如果有人想到，請記得告訴我一聲！反倒是這次封面的插圖，已經將海棠畫得足夠讓我眼睛一亮了，大概也不需要太多想像了吧！

（完）

國家圖書館出版品預行編目資料

是幸福，是寂寞／晴菜著. -- 初版. -- 台北市；商周，
城邦文化出版；家庭傳媒城邦分公司發行，
民 97. 07
面 ； 公分. --（網路小說；112）

ISBN 978-986-6662-97-3（平裝）

857.7 97011022

是幸福，是寂寞

作　　者／晴菜
副總編輯／楊如玉
責任編輯／陳思帆

發 行 人／何飛鵬
法律顧問／台英國際商務法律事務所　羅明通律師
出　　版／商周出版
台北市中山區民生東路二段 141 號 9 樓
電話：(02) 2500-7008　傳真：(02) 2500-7759
email ：bwp.service@cite.com.tw
發　　行／英屬蓋曼群島商家庭傳媒股份有限公司城邦分公司
台北市中山區 104 民生東路二段 141 號 2 樓
書虫客服服務專線：(02) 25007718 、(02) 25007719
服務時間：週一至週五上午 09:30-12:00 ；下午 13:30-17:00
24 小時傳真專線：(02) 25001990 、(02) 25001991
劃撥帳號： 19863813 ；戶名：書虫股份有限公司
讀者服務信箱： service@readingclub.com.tw
城邦讀書花園： www.cite.com.tw
香港發行所／城邦（香港）出版集團有限公司
香港灣仔駱克道 193 號東超商業中心 1 樓
E-mail ：hkcite@biznetvigator.com
電話：(852)25086231　傳真：(852) 25789337
馬新發行所／城邦（馬新）出版集團【Cité (M) Sdn. Bhd.】
41, Jalan Radin Anum, Bandar Baru Sri Petaling,
57000 Kuala Lumpur, Malaysia.
Tel: (603) 90578822 Fax:(603) 90576622

版型設計／小題大作
封面繪圖／文成
封面設計／山今伴頁
電腦排版／浩瀚電腦排版股份有限公司
印　　刷／鴻霖印刷傳媒股份有限公司
總 經 銷／高見文化行銷股份有限公司
電話：(02) 26689005　傳真：(02) 26689790
客服專線： 0800-055-365

■ 2008 年（民 97）7 月 3 日初版
■ 2016 年（民 105）7 月 22 日初版 15 刷
Printed in Taiwan

定價／200 元

ISBN 978-986-6662-97-3

廣　告　回　函	
北區郵政管理登記證	
台北廣字第 000791 號	
郵資已付，免貼郵票	

商周出版

104 台北市民生東路二段 141 號 2 樓

英屬蓋曼群島商家庭傳媒股份有限公司　城邦分公司

請沿虛線對摺，謝謝！

商周出版

書號： BX4112G　**書名：** 是幸福，是寂寞　**編碼：**

請於此處用膠水黏貼

商周出版

讀者回函卡

謝謝您購買我們出版的書籍！請費心填寫此回函卡，我們將不定期寄上城邦集團最新的出版訊息。

姓名：＿＿＿＿＿＿＿＿＿＿＿＿＿＿＿＿＿＿ 性別：□男 □女

生日：西元＿＿＿＿＿＿年＿＿＿＿＿＿月＿＿＿＿＿＿日

地址：＿＿＿＿＿＿＿＿＿＿＿＿＿＿＿＿＿＿＿＿＿＿＿＿＿＿

聯絡電話：＿＿＿＿＿＿＿＿＿＿＿＿傳真：＿＿＿＿＿＿＿＿＿＿＿＿

E-mail ：＿＿＿＿＿＿＿＿＿＿＿＿＿＿＿＿＿＿＿＿＿＿＿＿＿＿

學歷：□ 1.小學 □ 2.國中 □ 3.高中 □ 4.大專 □ 5.研究所以上

職業：□ 1.學生 □ 2.軍公教 □ 3.服務 □ 4.金融 □ 5.製造 □ 6.資訊

□ 7.傳播 □ 8.自由業 □ 9.農漁牧 □ 10.家管 □ 11.退休

□ 12.其他＿＿＿＿＿＿＿＿＿＿＿＿＿＿＿＿＿＿＿＿＿＿

您從何種方式得知本書消息？

□ 1.書店 □ 2.網路 □ 3.報紙 □ 4.雜誌 □ 5.廣播 □ 6.電視

□ 7.親友推薦 □ 8.其他＿＿＿＿＿＿＿＿＿＿＿＿＿＿＿＿

您通常以何種方式購書？

□ 1.書店 □ 2.網路 □ 3.傳真訂購 □ 4.郵局劃撥 □ 5.其他＿＿＿＿

您喜歡閱讀哪些類別的書籍？

□ 1.財經商業 □ 2.自然科學 □ 3.歷史 □ 4.法律 □ 5.文學

□ 6.休閒旅遊 □ 7.小說 □ 8.人物傳記 □ 9.生活、勵志 □ 10.其他

對我們的建議：＿＿＿＿＿＿＿＿＿＿＿＿＿＿＿＿＿＿＿＿＿＿＿＿

＿＿＿＿＿＿＿＿＿＿＿＿＿＿＿＿＿＿＿＿＿＿＿＿＿＿＿＿

＿＿＿＿＿＿＿＿＿＿＿＿＿＿＿＿＿＿＿＿＿＿＿＿＿＿＿＿

＿＿＿＿＿＿＿＿＿＿＿＿＿＿＿＿＿＿＿＿＿＿＿＿＿＿＿＿

請於此處用膠水黏貼